ANNE L. PARKS

INOCÊNCIA

Traduzido por João Pedro Lopes

1ª Edição

2023

Direção Editorial:	**Revisão Final:**
Anastacia Cabo	Equipe The Gift Box
Tradução:	**Arte de Capa:**
João Pedro Lopes	Buoni Amici Press, LLC
Preparação de texto:	**Adaptação de Capa:**
Marta Fagundes	Bianca Santana
Diagramação:	Carol Dias

Copyright © Anne L. Parks, 2021
Copyright © The Gift Box, 2023

Todos os direitos reservados.
Nenhuma parte do conteúdo desse livro poderá ser reproduzida em qualquer meio ou forma – impresso, digital, áudio ou visual – sem a expressa autorização da editora sob penas criminais e ações civis.
Esta é uma obra de ficção. Nomes, personagens, lugares e acontecimentos descritos são produtos da imaginação da autora. Qualquer semelhança com nomes, datas ou acontecimentos reais é mera coincidência.

Este livro segue as regras da Nova Ortografia da Língua Portuguesa.

CIP-BRASIL. CATALOGAÇÃO NA PUBLICAÇÃO

P263i

Parks, Anne L.
  Inocência / Anne L. Parks ; tradução João Pedro Lopes. - 1. ed. - Rio de Janeiro : The Gift Box, 2023.
  308 p.

Tradução de: Vindication
ISBN 978-65-5636-221-2

1. Romance americano. I. Lopes, João Pedro. II. Título.

CDD: 813
CDU: 82-31(73)

Para Drue: você se recusa a suavizar as coisas, briga comigo quando é necessário, e é um verdadeiro amigo. Nem todos entendem o meu senso de humor peculiar... Eu sou uma mulher de sorte por ter você comigo.

CAPÍTULO 1

— Casa comigo. — Os lindos olhos azuis de Alex são suaves, mas ansiosos.

Todas as partes do meu corpo formigam. Minha boca está seca.

— Você quer se casar comigo?

Um sorriso se espalha pelo rosto dele, seu olhar se prende no meu. Ele inclina a cabeça ligeiramente para o lado.

— Case-se comigo, Kylie.

Isto não pode ser real...

A adrenalina flui em minhas veias como lava subindo à superfície do vulcão, palavras jorram da minha boca antes que o cérebro registre o que está acontecendo. Pela primeira vez na vida, estou certa do que o futuro me reserva.

— Kyl...

— Sim! — Eu me jogo em seus braços, e enlaço seu pescoço conforme nossos lábios se encontram. Recuando um pouco, inspiro e expiro fundo, entrecortadamente.

— Sim, Alex, eu me casarei com você.

As mãos fortes agarram meus quadris e me puxam contra o seu corpo. Tudo está girando ao redor; estou flutuando e espero nunca descer deste lugar. Tudo o que nunca me permiti sonhar está se tornando realidade. E o homem com os belos olhos azuis, olhando para mim como se eu tivesse acabado de lhe dar vida eterna, é a única razão para isso.

— Eu te amo tanto, Alex.

Ele diz "eu também te amo" sem emitir nenhum som. Aplausos estrondosos ressoam pelo lugar.

Caramba! Esqueci totalmente que estamos no meio de uma festa de

Reveillon. Uma centena de pessoas está de pé, aplaudindo, e algumas estão assoviando. Patty e Ellie, as irmãs de Alex, e minha melhor amiga, Leigha, se encontram à beira da pista de dança. Todas com olhos marejados e largos sorrisos.

Ao lado delas, Paul e Ryan estão aplaudindo. Corro para os dois homens que são minha família, como se fôssemos parentes de sangue, e os abraço ao mesmo tempo.

— Estamos tão felizes por você, docinho — Ryan sussurra no meu ouvido. Dou um beijo em sua bochecha e me viro para Paul.

Ele se inclina para perto de mim.

— Ele é um bom homem, Kylie. Eu nunca teria dado minha bênção se não acreditasse que ele sempre amaria e cuidaria de você.

Assinto, em concordância, tentando falar mesmo com o nó alojado na garganta.

— Eu amo tanto vocês dois, e estou tão feliz por estarem aqui — respondo, olhando para um e depois para o outro. Eles me puxam de volta para um abraço, e ficamos absortos no momento.

Alguém me cutuca no ombro, e eu me viro e encaro meu noivo.

Noivo!

— Acho que esquecemos uma parte importante deste ritual — diz ele.

Ele segura uma pequena caixa de joias, e aninhado ao veludo preto está um anel de rubi. Pequenos diamantes circundam a pedra, com outra fileira de rubis ao redor da borda externa. O aro é de platina, adornando por uma fileira central de rubis e duas fileiras externas de diamantes.

Eu ofego, e minha mão esfrega a base da garganta.

— É impressionante.

Alex tira o anel da caixinha, desliza no meu dedo anelar e deposita um beijo suave.

— É vermelho ardente, como você, amor. — Dá uma piscadela.

Começo a rir, me lembrando das vezes em que ele me deu algo vermelho, e alegou essa mesma explicação.

Harold, tio de Alex, vem até nós. Apertando a mão do sobrinho, Harold passa por ele e me abraça.

— Eu esperava poder te chamar de filha — diz, e me abraça com tanta força que quase me esmaga.

Eu sorrio quando ele me solta, apoiando as mãos em seus antebraços, para retribuir o gesto amoroso.

INOCÊNCIA

— Eu me sinto muito honrada em fazer parte de sua família.

Um após outro parabeniza Alex, conforme sou acolhida pela família. Exceto por Francine, sua tia, a mulher que o criou depois que sua mãe foi assassinada, e que está com o braço em volta da cintura de Alex, sussurrando ao seu ouvido. Ele está sorrindo, mas não com os olhos, e abana a cabeça.

Eu suspiro… duvido que alguma vez conseguirei a aprovação de Francine. Então, por que tentar? E por que deixá-la arruinar o momento mais feliz da minha vida? Eu sorrio para Alex e lhe asseguro que nada do que ela diz importa.

— Você e eu — murmuro, sem ser ouvida por outros, e gesticulo para ele.

Ele sorri, se afasta de Francine, e se apodera do meu cotovelo enquanto me afasta da multidão. Jake e Thomas estão diante de nós, nos protegendo de qualquer outro abraço e cumprimento.

— Tenho mais uma pergunta… bem, na verdade, um pedido.

— E o que seria? — pergunto, enquanto ele ergue minhas mãos e as beija, o olhar nunca se desviando do meu. A esta altura, não consigo imaginar o que mais ele poderia estar pedindo. Ele acaba de me fazer a maior proposta da minha vida.

— Case-se comigo agora.

E meu coração para novamente. Eu já deveria saber que Alex nunca deixa de me surpreender com seus pedidos.

— O quê?

— Case-se comigo… agora mesmo. Quero que você seja minha esposa no início do ano. — Baixa nossas mãos ainda entrelaçadas.

— Agora, agora?

Assente com a cabeça.

— Sim, agora, agora.

Eu continuo o encarando, e tenho certeza de que estou boquiaberta, entorpecida.

— Alex, temos uma casa cheia de convidados, não podemos fugir para Las Vegas, ou onde quer que seja, para nos casarmos.

— Não temos que ir a lugar algum. Podemos nos casar aqui mesmo, diante de todos os nossos amigos e família.

Dou uma risada e inclino a cabeça para o lado. Deus, este homem é adorável em sua impetuosidade.

— Gato, isso é muito romântico, mas não podemos simplesmente nos casar. Temos que fazer certas coisas, como obter uma licença…

— Já cuidei de tudo — ele me assegura.

Eu congelo.

— Como... — Alex abre a boca para responder, mas eu levanto minha mão. — Não importa, não quero saber.

Ele solta uma de minhas mãos, enlaça minha cintura e me puxa para perto de si.

— Então, o que me diz? — O timbre de sua voz adquire aquele tom rosnado baixo e sexy que praticamente garante que lhe darei tudo o que ele quiser. — Você quer ser a Sra. Stone quando o relógio bater meia-noite?

Eu olho bem no fundo de seus olhos. *Casar com Alex hoje à noite?* Acabamos de ficar noivos. Podemos fazer isso? Mesmo no meu atual estado de espírito, não consigo pensar em uma única razão para esperarmos.

— Sim, eu quero ser sua esposa quando virarmos o ano.

Ele me dá um selinho rápido nos lábios e se volta para sua família.

— Vamos nos casar agora.

Leigha e Ellie seguram meus braços, me ladeando, e me guiam em direção à casa.

— Tá na hora de preparar a noiva para o casamento — diz Leigha com um sorriso bobo no rosto.

Eu rio, mas, pelo canto do olho, vejo Jack sentado à sua mesa com a esposa, Annabelle. Jack era meu chefe e mentor. Mais importante ainda, ele tem sido como um pai para mim. Eu paro abruptamente.

— Ei, você pode me dar só um minuto? Tenho que fazer uma coisa.

Elas assentem, porém mal dou atenção a isso e me dirijo a Jack. Ele e a esposa se levantam assim que me aproximo. Dou um abraço e um beijo na bochecha de Annabelle enquanto ela me parabeniza.

— Tenho um favor a pedir — digo a Jack, que me abraça de lado.

Ele se inclina para trás, entrecerrando o olhar, e diz:

— É claro, qualquer coisa que você precise. O que posso fazer?

Respiro fundo e exalo.

— Você poderia me levar até o altar?

Jack me puxa para um abraço apertado e murmura:

— Será uma honra para mim.

— Obrigada — sussurro.

Eu me afasto, e quando me viro, Alex está do outro lado da pista de dança, me observando. Ele sorri, acena com a cabeça e dá uma piscadela. Só posso deduzir que ele entende o que acabei de fazer e aprova. Minha cabeça está girando com tanta coisa acontecendo, mas tudo parece estar se encaixando perfeitamente, como se fosse destinado a acontecer.

— Certo — Ellie murmura, me conduzindo ao quarto. — Acho que podemos prender uma parte do seu cabelo para cima e deixar o resto solto… talvez refazer os cachos, só para ter certeza de que estejam um pouco mais definidos, não tão largos como esta noite.

Ela coloca a escova no balcão, e se posiciona às minhas costas, me encarando através do espelho.

— O que você acha, Leigha? Apenas um pequeno retoque na maquiagem? Acho que ela não precisa de muito.

Leigha está ocupada com vários pincéis e pós compactos e olha para o meu reflexo.

— Concordo, basta acrescentar um pouco de pó e contornar os olhos… — Ela sorri para mim. — E então podemos colocar o seu vestido.

— Meu vestido? — Confiro o vestido vermelho que estou usando e que Ellie trouxe para mim. — Eu vou usar isto?

Ellie ri.

— Por que usaria isso quando há um vestido de noiva feito sob medida pra você pendurado em seu armário?

Puxo um pouco da barra do vestido, para não tropeçar, e vou correndo até o armário, com as duas em meu encalço. Quando entro no closet, estaco em meus passos e respiro fundo.

Um vestido branco perolado está exposto em um manequim no canto. Dou alguns passos para mais perto, admirada. Costura dourada o adorna em um padrão intrincado que se estende do peitoral direito, através da seção intermediária, e envolve o lado esquerdo da saia.

— Ellie o desenhou — Leigha comenta.

— Mas Alex insistiu na costura dourada, que eu adoro totalmente — diz Ellie.

Arrasto os dedos por cima do bordado, sem conseguir desviar o olhar.

— É deslumbrante, Ellie. Nunca vi um vestido tão bonito. — Lanço um olhar para ela por cima do ombro. — É perfeito.

ANNE L. PARKS

Ela sorri, e suas bochechas coram. Acenando com a mão no ar, ela diz:

— É melhor irmos andando antes que Alex venha aqui questionar o que está nos atrasando. — Ela entrelaça o braço ao meu, e nós voltamos para o banheiro. — Ele pode ser um pouco impaciente, especialmente quando se trata de você.

— Você acha? — Leigha brinca, e não consigo reprimir o riso.

Eu amo tanto essas mulheres, e elas serão minhas irmãs em breve. Tudo porque um homem viu algo que ainda tenho dificuldade de ver em mim mesma, e decidiu que não poderia viver sem mim. E que me amaria para sempre.

Ainda não tenho certeza se mereço Alex de verdade, mas tentarei ao máximo ser a melhor esposa, amante e amiga que puder, e espero que isso seja suficiente.

INOCÊNCIA

CAPÍTULO 2

Como cheguei aqui? Em poucos minutos, compartilharei meus votos com um homem que jurou ser incapaz de amar, e, ainda assim, aqui estamos. O mundo acredita que Alex é um solteirão convicto, mas desde o nosso primeiro encontro, este tem sido um relacionamento destinado a durar para sempre.

Não consigo parar de contemplar meu reflexo no espelho. O vestido de noiva se encaixou com perfeição, e precisou de mínimos ajustes feitos por Ellie. O brilho do cetim perolado ilumina meu corpo inteiro. Traço com as pontas dos dedos os sutis detalhes dourados que acrescentam um toque dramático à peça.

A porta do quarto se abre, e eu observo Alex entrar. Ele se posiciona atrás de mim, o olhar vagueando pelo meu corpo e de volta ao rosto, encontrando meu sorriso. Admiro seu reflexo no espelho, o *smoking* preto ajustado perfeitamente, como se o próprio Armani o fizesse para o corpo de Alex.

— Como você conseguiu passar por Ellie e Patty? Achei que elas tivessem trancado o quarto até o evento principal.

— Coloquei Will e Leigha para distraí-las. — Ele coloca uma mão no meu quadril e beija meu ombro. — Você gostou do vestido?

— Eu amei.

Seus dedos acompanham as linhas do fio dourado.

— Hera — diz ele — Significa amor e fidelidade ao casamento.

Ele estende a mão à minha frente e me entrega um lindo buquê de flores brancas unidas por uma espessa fita prateada. As pontas de seus dedos roçam de leve uma das flores de cinco pétalas com o centro dourado.

— Prímula. Simboliza que não posso viver sem você.

Erguendo delicados bulbos que pendem pelo arranjo, emenda:

— Urze, significa proteção e sonhos se tornando realidade.

Proteção. Sempre foi um aspecto tão importante de nossa relação desde o início. No momento em que Alex descobriu que John me agrediu, ele jurou me proteger de qualquer outra violência.

Ele aponta para o lírio do vale.

— Minha favorita — sussurro, com a voz embargada.

O olhar dele se prende ao meu.

— Significa que você completou minha vida.

Eu o encaro.

— Você escolheu todas estas flores?

Alex assente.

Meus olhos marejam e meu coração quase explode de amor por este homem.

— Está tudo perfeito, Alex… — Poucas vezes na vida fiquei tão sem palavras.

Ele enxuga minhas lágrimas que escorrem pela bochecha com o polegar.

— Você é perfeita para mim. Somos perfeitos juntos e mal posso esperar mais um minuto para me casar com você. — Deposita um beijo na minha mão antes de fazer menção de sair do quarto.

Eu puxo sua mão para que ele pare.

— Espere.

Ele olha para mim e ergue as sobrancelhas.

— Estou tão feliz, Alex. Desde o dia em que te conheci. Não importa o que tenhamos passado ou quem tenha tentado se meter entre nós. Nunca pensei que a vida pudesse ser tão boa assim. — Aperto seus dedos de leve e sorrio. — Obrigada.

Enlaçando minha cintura, ele me puxa para perto e pressiona os lábios contra os meus. Em seguida, me guia porta afora e em direção ao nosso novo futuro.

Juntos.

INOCÊNCIA

CAPÍTULO 3

Jake posiciona o cartão-chave na frente do leitor e a porta do Queen Anne Inn se abre. Segurando a porta com o pé, uma mochila em cada mão, ele espera enquanto Alex e eu entramos no saguão do hotel do século XVIII. Alex agarra firme minha mão quando entramos no elevador. Ele aperta o botão para o último andar, apoia a minha mão em seu braço e brinca com a aliança de casamento no meu dedo anelar esquerdo. Eu olho para ele, depois olho de volta para nosso reflexo no painel dourado das paredes do elevador, e sorrio quando ele olha para cima e sorri para mim.

— Você está feliz? — ele pergunta.

— Extremamente — respondo, e dou um leve aperto em seu braço. — Não acredito que você nos arranjou um quarto aqui para nossa primeira noite.

Ele ergue uma sobrancelha e um lado de sua boca se curva.

— Tínhamos um acordo, lembra?

— Sim, eu me lembro.

E eu me lembrei mesmo; cada palavra da conversa volta para mim instantaneamente. Poderia ter sido um dos piores dias da minha vida, mas acabou se tornando um dos melhores. Alex tinha reservado uma suíte para mim, Lisa e meu cliente, Anthony Trevalis, para aguardar as deliberações do júri. Tony havia sido acusado do assassinato em primeiro grau de sua esposa. Foi o meu primeiro caso criminal de alto nível, e eu era a advogada principal. Eu não poderia estar sob mais estresse, mas Alex estava lá, e conseguiu pensar em todas as pequenas coisas. Isso fez uma enorme diferença: ter uma suíte preparada em um hotel de luxo muito popular em frente ao tribunal, incluindo comida e bebidas, para que pudéssemos nos afastar do circo da mídia.

— Você me fez algumas promessas se eu a trouxesse de volta para cá... promessas que pretendo que você cumpra, Sra. Stone.

Um rubor cobre minhas bochechas. Ah, sim, eu também me lembro. Não sei se havia detalhes específicos, mas me lembro de dizer que queria fazer amor na linda cama, e em algumas outras áreas da suíte. Alex ri baixinho e ergue minha mão até seus lábios.

As portas do elevador se abrem e Jake leva nossas malas para dentro da suíte, sai e entrega o cartão-chave a Alex.

— Vejo vocês dois pela manhã para levá-los ao aeroporto — informa, e volta ao elevador. Assim que as portas se fecham, Alex me pega em seus braços.

Eu deixo escapar um gritinho de surpresa.

— O que você está fazendo?

— Carregando você porta adentro, é claro. — Ele passa pelo umbral, dá alguns passos e me põe suavemente de pé. — É tradição. — Então se inclina e me dá um beijo rápido, uma pitada de champanhe ainda adocicando seus lábios.

A suíte é exatamente como eu me lembro. A luz da manhã mal incide pelas janelas. A noite praticamente acabou, um novo dia está nascendo, e o novo ano chegou. E eu sou a Sra. Alex Stone.

Eu deveria estar acostumada com a rapidez com que as coisas se movem com Alex, porque nada tem sido lento em nosso relacionamento, mas, casados à meia-noite do Ano-Novo, antes mesmo de completarmos um ano desde que nos conhecemos…

Eu tinha praticamente desistido de encontrar o amor, quanto mais assumir este tipo de compromisso.

— Vou verificar a previsão do tempo, e então podemos decidir onde você gostaria de consumar nosso casamento, esposa. — Alex liga a TV e começa a zapear os canais.

— Quão romântico, marido — brinco, mas minha atenção é desviada para a notícia que surge na tela. Há uma foto minha e de Alex em algum evento beneficente, e a grande e pomposa legenda diz: *"Alex Stone se casa em cerimônia surpresa no Ano-Novo"*.

— Como isso vazou? — Alex murmura, de cenho franzido. — O meu pessoal não deveria ter feito um anúncio até que estivéssemos fora da cidade.

Uma dor incômoda pulsa em meu peito, e eu me pergunto o porquê Alex não quer que ninguém saiba sobre nossas núpcias.

— Muita gente esteve lá ontem à noite, lindo. Tenho certeza de que uma delas deixou escapar sem saber que você não queria que soubessem ainda.

INOCÊNCIA

Alex segura meu pulso conforme passo por ele e me puxa para os seus braços.

— Você faz parecer como se eu tivesse vergonha e não quisesse que as pessoas soubessem que me casei com você.

Eu encaro o tapete, sem conseguir olhar para ele. Odeio sua capacidade de me decifrar tão facilmente.

Com um dedo abaixo do meu queixo, ele o ergue para que possa ver meus olhos.

— Você sabe que isso não é verdade. Eu quero gritar para todos ouvirem que sou o homem mais sortudo do mundo por me casar com você. Eu queria que saíssemos da cidade antes que a imprensa fosse avisada, para que pudéssemos ter um pouco de paz. Agora, receio que talvez tenhamos que enfrentar a mídia no aeroporto, nos seguindo em nossa lua de mel.

Retiro o controle remoto de sua mão e desligo a TV.

— Podemos fazer algo a respeito agora?

Ele nega com um aceno de cabeça.

— Então, não vamos nos preocupar com isso. Ao invés, vamos nos preocupar em provar como você está feliz por eu ter dito 'sim', e me deixe te mostrar como estou feliz por ser sua esposa.

— Gostei disso — diz ele, os olhos cintilando com um brilho malicioso. Ele me levanta mais uma vez e me carrega até o quarto, me jogando na cama.

Repouso a cabeça no peito de Alex, respirando normalmente, porém meu corpo ainda ressoa por conta dos múltiplos orgasmos. Eu olho para ele. Mesmo que esteja com os olhos fechados, inspirando e expirando com tranquilidade, não creio que tenha dormido ainda. No entanto, isso não deve demorar.

Eu me aconchego a ele e contemplo a aliança dourada ao redor de seu dedo. Está meio arranhada e gasta. Toco o metal frio e liso com a ponta dos dedos.

— Alex Stone usando uma aliança dourada. Ai! Os corações devem estar se partindo em todo o mundo — cantarolo.

Seu peito se move, e ele levanta levemente a cabeça, erguendo a mão em seguida. É como se ele tivesse se esquecido que usava uma aliança e precisasse conferir para ver do que estou falando. Eu sei que não é verdade, e repreendo o pequeno demônio que quer roubar minha felicidade.

— Sim, bem, não se acostume muito a isso. Não vou usar por muito tempo — declara.

O demoniozinho na minha cabeça dá as caras novamente. Meu batimento cardíaco acelera, quase me roubando o fôlego.

— Você já está desistindo de mim?

Ele me deita de costas em um movimento rápido, me pegando completamente desprevenida e me beijando com paixão. Levantando a cabeça, sou mantida refém pelo belo azul dos seus olhos.

— Jamais. Esta aliança foi emprestada pelo Harold, mas terei que devolvê-la quando chegarmos em casa.

Uma onda de calor flui dentro de mim e não tenho certeza se é por alívio ou por um amor inabalável por este homem e sua família.

— Achei fofo — digo, a voz rouca. — Mas você precisa comprar uma pra você.

Ele chega mais perto, seus lábios pressionando levemente contra minha mandíbula, pescoço e o lóbulo da orelha.

— Bem, minha adorável esposa, comprei a aliança que está em seu dedo, cabe a você comprar a outra para mim.

Arrasto os dedos por seu cabelo curto, passando as unhas sobre o couro cabeludo e puxando sua boca para a minha.

— Desafio aceito, marido lindo.

INOCÊNCIA

CAPÍTULO 4

Um SUV preto da Mercedes para ao lado do jato quando aterrissamos no Aeroporto Estadual de Telluride. Jake se apressa pelas escadas e aperta a mão do motorista. Eu fecho meu casaco por conta da brisa fria que me rodeia.

— Qual é seu lance com SUVs da Mercedes? — Inclino a cabeça para trás quando Alex se posta atrás de mim e agarra meus quadris.

— Desconto de fidelidade. — Ele me empurra em direção aos degraus.

Nosso motorista, Jason, dirige para fora da cidade, em direção às montanhas. É lindo aqui. Eu não voltei ao Colorado desde... desde que meu pai morreu. É isso mesmo?

Jake se vira ligeiramente e me olha do banco do passageiro da frente.

— Você já esteve em Telluride, Kylie?

Eu nego com um aceno.

— Não, acho que nunca saí de Springs até ir para a faculdade.

A cabeça de Alex vira para mim.

— Springs?

— Sim — respondo, sem entender o motivo da reação. — Colorado Springs.

— Você é do Colorado? — Alex pergunta.

— Nascida e criada lá.

Alex me encara com seus olhos arregalados.

— O que foi? — pergunto.

— Como nunca falamos sobre o lugar onde você cresceu? — pergunta ele, balançando a cabeça e rindo.

O calor aquece minhas bochechas. Eu não falo sobre a minha infância. Minha mãe foi embora quando eu era bem novinha. Meu pai, incapaz de viver com a rejeição, tornou-se um alcoólatra que não conseguia manter qualquer emprego. Nós nos mudamos entre os abrigos para sem-teto e os quartos de hotéis reservados por semana, e, provavelmente, não teríamos comido se eu não tivesse arranjado dois empregos enquanto cursava o ensino médio. Saí assim que pude, e frequentei a Universidade de Michigan com uma bolsa de estudos acadêmica.

— Acho que o assunto nunca veio à tona.

— E eu pensava que ia apresentá-la ao meu segundo lugar favorito no mundo.

Dou um sorriso, agradecida por ele deixar a conversa de lado sem fazer grande alarde sobre isso. Eu realmente não quero pensar na última vez em que estive aqui, pelo menos não agora, em plena lua de mel.

Nós serpenteamos por entre as montanhas. O sol brilhante e ofuscante incidindo sobre a neve branca e intocada. Atravessando uma pequena ponte, avisto uma cachoeira congelada na encosta das rochas, derramando-se no riacho abaixo. Eu havia esquecido como as Montanhas Rochosas são majestosas. Seu efeito calmante retorna como um velho amigo com quem não tenho contato há anos, mas que podemos retomar a amizade de onde paramos.

Todas as manhãs, com minha xícara de café na mão e, antes de sair para a escola, eu passava de cinco a dez minutos admirando *Pikes Peak*. O pico coberto de neve era o meu próprio botão de reiniciar, me fazendo acreditar que a vida que eu estava vivendo não era a melhor que eu poderia ter. E eu tinha muito mais a realizar.

As montanhas estavam certas.

Paramos em frente a uma cerca de ferro simples, porém forjado de maneira deslumbrante. No centro há um círculo com uma grande letra S. Uma placa inserida nos pilares de pedra de cada lado proclama que chegamos a "Tri-Stone II".

Os pneus trituram a neve que cobre todo o caminho. Depois de algumas curvas na estrada, as árvores se tornam esparsas e desobstruem a vista do chalé de Alex. Meu coração se sobressalta e eu rio.

— Chalé?

Uma das sobrancelhas de Alex se levanta, e ele me lança um olhar questionador.

— O quê? Troncos, pedra, no meio das montanhas... não é a definição de um chalé?

— Esse não é um pequeno chalé na floresta. É uma mansão.

INOCÊNCIA

19

Alex não mentiu. Troncos enormes, os maiores já vi em minha vida, compõem as paredes externas da mansão da montanha. Jason estaciona no pátio, e nós saímos do SUV. Jason e Jake pegam nossas malas no porta-malas e nos seguem sob o pórtico que leva às portas da frente.

Entramos na casa da montanha e eu ofego. Do outro lado do vestíbulo há uma área aconchegante com janelas do chão ao teto, e um fogo crepitando na lareira.

— Nossa, isto é lindo — digo.

Alex leva minha mão aos lábios.

— Essa nem é a melhor parte. — Ele me conduz por um *tour* rápido, que consiste em mostrar onde fica a cozinha, seu escritório e as escadas que levam à adega. Subimos as escadas e atravessamos um corredor que dá para uma grande sala de estar com as mesmas janelas do chão ao teto. Jake e Jason estão saindo de uma sala com portas francesas.

— Ginny subirá para arrumar suas coisas quando estiver pronto, Sr. Stone — diz Jason.

Alex acena com a cabeça, e Jason e Jake descem as escadas.

— Ginny? — pergunto.

— Nossa versão do Colorado de Maggie, só que alguns anos mais jovem.

Eu ergo as sobrancelhas. Será que ela foi uma das paqueras de Alex no passado?

Ele olha para mim, e um sorriso se estende lentamente pelo seu rosto.

— E felizmente casada com Jason. Eles são os zeladores e têm uma pequena casa logo abaixo da colina.

— Em sua propriedade?

— Em nossa propriedade — ele corrige — E, sim. É o mesmo estilo da casa principal, mas tem apenas quatro quartos, e cerca de um terço do tamanho em metros quadrados.

— Apenas? — pergunto e balanço a cabeça, rindo. Só Alex mesmo para pensar que uma casa de quatro quartos é pequena. — Quantos quartos esta casa tem?

— Oito.

— Oito?

— Para quando a família visita.

Eu franzo o cenho.

— Quantas vezes já vieram?

— Nenhuma ainda — admito. Colocando sua mão na minha lombar, ele me empurra para frente, sala adentro. — Tenho um pressentimento de que isso vai mudar agora que estamos casados.

Abro a boca para fazer outra pergunta, mas ele coloca um dedo sobre meus lábios.

— Você quer ver onde vai dormir, Sra. Stone?

Assinto e dou uma volta no quarto imenso. As paredes são um misto de pedra e troncos. Uma lareira em um canto já está acesa, emitindo calor suficiente para que eu possa sentir do outro lado do recinto. A cama *king-size*, recostada a uma parede, fica de frente às janelas de fora a fora do aposento, com as portas francesas se abrindo para um *deck*. Mas é o que está além que me tira o fôlego. A magnífica vista das Montanhas Rochosas cobertas de neve, em todo o seu esplendor.

— É tão lindo aqui — murmuro.

— O que você gostaria de fazer primeiro, amor? — pergunta Alex. — Um banho de banheira? Ou, se você estiver com fome, posso pedir à Ginny que nos prepare algo para comer.

Eu me ajoelho na cama, alisando o lugar ao meu lado com a mão. Os olhos de Alex flamejam, e ele vem até mim, enlaçando meu corpo assim que se senta. Seus lábios tomam os meus, me arrancando o fôlego. Ele faz com que eu me deite e paira logo acima, deslizando a mão sob minha camisola, e espalmando meu seio.

— É isto que você tinha em mente, esposa?

Concordo com um aceno de cabeça, arqueando as costas e empurrando meu seio com mais firmeza contra sua mão.

Ele roça minha mandíbula com os lábios, pousando-os em seguida perto da minha orelha. Chupando meu lóbulo com delicadeza, ele o mordisca até eu me contorcer.

— Seu desejo é uma ordem — declara, em tom sedutor.

INOCÊNCIA

CAPÍTULO 5

Eu penduro meu casaco no encosto da cadeira da cozinha e me sento.

— Café? — Jake pergunta, já servindo uma dose.

— E precisa perguntar? — replico, e ele coloca a caneca fumegante na minha frente. — Onde está o Alex?

— Não sei… ele estava no escritório na última vez em que o vi. — Jake se recosta ao balcão do meu lado. — O que os pombinhos vão fazer hoje?

— Não tenho certeza. Ele disse algo sobre ir dar uma volta de carro, mas acho que ele tem um destino específico em mente. — Dou a Jake um olhar inquisitivo. Seria estranho para Alex não manter Jake informado sobre nossos planos.

— Não sei de nada — alega, mas o sorriso em seu rosto o denuncia. Balanço a cabeça, fingindo desagrado.

— É, e o inferno também está prestes a congelar.

Alex entra na cozinha, fica de pé atrás de mim, e apoia o braço sobre meus ombros.

— Oi, amor. Deixa só eu terminar isso e estarei pronta para ir.

Alex respira fundo.

— Tome seu tempo, vou ter que atrasar nosso passeio por cerca de uma hora ou mais.

Eu faço um beicinho e franzo as sobrancelhas. Alex ri e me dá um beijo na testa.

— Desculpe, Sra. Stone, tem um problema com o projeto DC, e eu tenho que resolvê-lo.

— Tudo bem — digo. — Mas depois você vai ser todo meu durante o restante da lua de mel. Combinado?

— Combinado. — Alex se vira e vai até a porta.

— Bem, Jake, quer ser meu acompanhante nas próximas horas? — pergunto.

Alex para e se vira. Eu fico de pé e olho para Alex. Ele é lindo, mesmo quando seus olhos azuis se tornam intensamente verdes por eu mencionar passar tempo com outro homem.

— Quero ir à cidade e dar uma volta. Pensei que Jake poderia me levar, já que não sei o caminho. — Deposito um beijo na bochecha de Alex.

— Beleza — ele diz, enlaçando minha cintura e me puxando contra o seu corpo —, mas volte logo. E nem brinque de sair com outro homem, amor. Esses dias já se foram há muito tempo.

Começo a rir.

— Você é o único homem para mim, marido, mas quando a única outra pessoa ao redor é homem, você tem que suprimir sua tendência em ser ciumento e lidar com isso.

— Hmm... não posso prometer nada. — Ele ri e me beija, acariciando meu rosto com uma mão. — Só a ideia de você não estar aqui em casa me faz sentir sua falta. Quando você não está perto de mim, parece que uma parte vital minha está faltando.

— Aí está o romance do meu marido pouco romântico. — Roço os lábios contra sua orelha. — Essa é, no entanto, uma das minhas grandes artimanhas, meu amor; sair para que você sinta minha falta, e seja muito mais feliz quando eu voltar.

— Essa artimanha é bem eficiente — ele sussurra.

As estradas sinuosas parecem mais traiçoeiras na descida do que na subida. Eu cresci neste estado, então dirigir nas montanhas era rotina, mesmo com neve. Mas isso foi há alguns anos, e não sou eu quem dirige agora, o que me deixa muito desconfortável. A falta de controle sobre o veículo, juntamente com o fato de estar no lado vulnerável do utilitário, além do fato de haver pouco ou nenhum acostamento nestas estradas, significa que estou prestes a ter um piripaque a cada curva, volta e ultrapassagem de carro. Se não fosse muito perigoso parar o SUV, eu insistiria para que Jake me deixasse dirigir antes que eu tivesse um ataque cardíaco.

Não que haja alguma chance de ele me deixar dirigir.

Basta dizer que, andando pelas ruas de Telluride, estou mais do que pronta para encontrar uma cafeteria, ou um bar, e sair do veículo. Jake pega o acesso da rua principal, e encontramos um estabelecimento a cerca de meio quarteirão de distância. Nós nos acomodamos em uma das últimas mesas disponíveis na frente, que dá vista para a pequena cidade de estação de esqui.

— É lindo aqui — comento, assoprando meu *cappuccino*.

Jake olha pela janela.

— Sim, é uma cidade agradável. E você realmente nunca esteve aqui antes?

— Não, primeira vez. — Jake me encara fixamente por um momento, entrecerrando os olhos de leve. — Não tínhamos dinheiro para ir esquiar ou frequentar estações de esqui. Quando finalmente consegui comprar um carro no ensino médio, não pude viajar para muito longe de casa. Era uma lata-velha, e eu mesma tinha que cuidar do conserto dele. Como eu tinha um conhecimento limitado, e aprendi como os carros funcionam em uma base de teste e erro, não gostava da ideia de dirigir para algum lugar a quase 160 km de casa só para que meu carro pudesse avariar.

— Sim, teria sido uma longa caminhada para casa. — Jake riu. Pelo menos ele não se lamentou pelo meu passado. Entendo a necessidade que as pessoas têm de dizer que sentem muito quando ouvem falar de minha infância disfuncional, mas isso me irrita, apesar de tudo. As duas únicas pessoas que deveriam sentir algo por minha infância nunca o farão. Uma está morta, e a outra pode muito bem-estar.

Olho em volta da cafeteria. É pitoresca, rústica, com uma grande lareira de pedra na parte dos fundos. Há algumas pequenas mesas redondas, junto com um par de sofás e cadeiras com excesso de enchimento. É confortável, e um lugar onde consigo me ver passando algum tempo durante nossa lua de mel. Um bom lugar para relaxar depois de ter ido a algumas das boutiques da cidade.

— Então, como você está? — pergunta Jake. — Isso deve ter sido um choque para você.

— Você quer dizer, ficar noiva, casar e viajar pelo país para minha lua de mel, tudo isso em vinte e quatro horas? Sim, tem sido uma loucura, mas isto é normal com Alex. Ele é sempre cheio de surpresas e grandes gestos.

— Esse aqui barra todos os outros, no momento — diz Jake. Ele termina seu café e, em seguida, aparece uma jovem perguntando se ele gostaria de um pouco mais. — Embora eu não devesse ter ficado surpreso quando ele me contou seu plano. Eu sabia que quando ele encontrasse a mulher certa, nada o deteria.

— Você sabia de seu passado? Sobre a mãe dele? Pai? — Não tenho certeza se isto é apropriado, mas Jake não se abre e fala muito, então preciso fazer o máximo de perguntas que puder enquanto ele estiver no clima. Não tenho ideia de qual pergunta será a que vai fazê-lo se fechar. Mas ainda há muito que quero saber sobre Alex e seu passado, e espero que Jake possa preencher algumas lacunas.

— Sim, quando comecei a trabalhar com ele, deixei claro que precisava conhecer todos os fantasmas de seu passado, caso me colocasse a seu serviço.

— Tem algum fantasma que não conheço? — pergunto.

— Não — Jake responde, e arqueia uma sobrancelha. — E você?

Touché.

— Não estou mantendo coisas em segredo de forma intencional.

Eu o encaro diretamente nos olhos.

— Não gosto de falar sobre minha família ou infância, então qualquer coisa que eu guarde não é porque quero esconder isso de Alex, e, sim, porque não é algo em que eu pense. Depois que meu pai morreu, eu senti como se a Kylie que tinha crescido aqui, a filha de um alcóolatra que não conseguia manter um emprego, e cuja mãe a abandonou por riqueza e alta sociedade, deixou de existir. Eu me tornei quem eu queria ser sem toda a bagagem.

— Faz sentido — diz Jake. — Mas suas experiências na vida te moldam na pessoa que você é hoje.

— Eu entendo, mas não tenho que sair anunciando minha pobre vida patética.

— Bem, você certamente fez um nome para si, além de sua infância. É impressionante, não por causa de tudo o que superou, mas porque você é uma mulher forte. A única que tem uma chance de manter Alex na linha.

Eu balanço a cabeça.

— Eu deixei John me derrubar. Não sou tão forte quanto pensei.

Jake se inclina sobre a mesa e abaixa o tom de voz:

— Você fez o que tinha que fazer para sobreviver. Algumas mulheres, mulheres fortes como você, nunca saem e permanecem vítimas por toda a vida. — A tristeza pesa nos cantos dos olhos dele e ele desvia o olhar.

— Você fala como se tivesse alguma experiência nesta área.

Ele se recosta à cadeira, passa a mão pelo rosto e suspira.

— Minha irmã. Ela não era tão forte quanto você. Nunca saiu... até que foi tarde demais.

Meu Deus...

INOCÊNCIA

— Eu sinto muito, Jake.

Ele dá de ombros.

— Ela não conseguia se ver sem ele. Eu era fuzileiro na época. Eu lhe mandava dinheiro, arranjei um apartamento, mas ela sempre voltava para ele. — Ele faz uma pausa, depois olha para mim. — É provavelmente por isso que o Sr. Stone e eu temos uma relação de trabalho tão boa. E porque éramos tão severos contigo enquanto Sysco estava atrás de você. Ambos perdemos alguém próximo a nós por causa de violência doméstica. Não queríamos te perder também.

Meu coração transborda. Eu sei o que Alex sente por mim e como ele quer ter certeza de que estou a salvo, porque ele me ama. Mas apenas deduzi que Jake era tão protetor por Alex ter feito da minha segurança uma parte do trabalho dele. Agora sei um pouco mais da verdade e não posso deixar de amar este homem na minha frente, e chorar por sua irmã.

Mas para Alex e Jake… poderia ter sido eu.

— Obrigada por cuidar de mim, Jake. Eu sei que nem sempre facilitei as coisas.

Ele balança a cabeça e olha para baixo. Sei que ele não se sente à vontade com todo esse papo sentimental, mas eu precisava deixá-lo saber como me sinto.

— Você era um desafio e tanto, às vezes. Falamos sobre colocar uma fechadura na porta da biblioteca para salvá-la de si mesma.

— Isso até poderia ser engraçado, se eu tivesse certeza de que é uma piada… o que não tenho.

Jake sorri, mas apenas toma o café restante em seu copo e o joga fora.

Na calçada, nós nos separamos e concordamos em nos encontrar em cerca de quarenta e cinco minutos. Não tenho ideia para onde Jake está indo, e ele também não disse. Eu, por outro lado, notei uma loja que chamou minha atenção quando chegamos à cidade. Atravesso a rua e entro na pequena joalheria.

Já está na hora de Alex ter sua própria aliança de casamento.

O interior da joalheria é pequeno, porém ampla o suficiente para acomodar as vitrines de vidro que ladeiam as paredes com um caminho entre elas. Uma mulher mais velha está sentada na parte de trás da loja, perto da caixa registradora. Ela se levanta e caminha na minha direção, enquanto eu examino as vitrines.

— Posso ajudá-la a encontrar algo em particular, ou você está apenas dando uma olhada? — ela pergunta, ao se aproximar. Levanto a cabeça e admiro a mulher deslumbrante, com belo cabelo prateado cortado pouco abaixo dos ombros e pele quase impecável. Um anel adorna cada dedo de sua mão, além de ostentar pelo menos três colares com belíssimos pingentes com joias.

— Estou procurando uma aliança de casamento para meu marido. — Ainda parece tão estranho chamar Alex assim... ainda mais difícil de acreditar que somos realmente casados. Foi há apenas dois dias, mas parece ter passado mais tempo.

Ela sorri para mim e estende a mão.

— Meu nome é Celia.

— Kylie — respondo, e aperto sua mão.

— Prazer conhecê-la, Kylie. — Ela segue até as vitrines ao longo da parede oposta. — Temos uma variedade de alianças de casamento disponíveis. Você tem um estilo particular em mente?

— Não tenho. — Eu olho para todas as alianças de casamento. Eu nunca soube que havia tantos estilos.

— Bem, vamos ver se podemos filtrar pelo tipo de metal. Seu marido preferiria ouro amarelo, ouro branco? Titânio?

— Titânio? Sério?

— Ah, sim, é muito popular. — Celia coloca um bloco de alianças sobre o tampo de vidro, tira um dos aros de sua caixa almofadada e o entrega a mim.

Em trinta minutos, escolhi a aliança de Alex, pedi que fosse gravada e fiz os preparativos para buscar em alguns dias. Ao atravessar a rua de volta, encontro Jake na SUV.

— Excursão bem-sucedida? — pergunta ele.

Eu sorrio e me acomodo no banco da frente.

— Muito.

Alex está esperando por Jake e por mim quando chegamos. Rugas profundas marcam sua testa, e ele tem uma expressão fechada.

— O que foi? — pergunto, meu coração batendo forte no peito.

— Vamos para meu escritório — diz ele, segurando minha mão e saindo da cozinha. — Jake, você provavelmente deveria se juntar a nós.

Assim que entramos no escritório, Alex gesticula para que Jake feche a porta. Meus pensamentos estão se atropelando na cabeça, e há um nó na altura do meu estômago. Alex se recosta à beirada da mesa, ainda segurando minha mão, mas esfrega o rosto com a mão livre. Juro que, se ele não se desembuchar logo, meu coração pode explodir.

— Eu recebi uma ligação de Matt Gaines. Sysco e James escaparam da prisão.

— O quê? — pergunto. O pavor gelado flui por todo o meu corpo, deixando calafrios no seu rastro. — Os dois? Como?

— Ele não me deu muitos detalhes, porque tudo ainda está sendo investigado, mas parece que eles receberam ajuda de fora.

— Eles têm alguma ideia de para onde foram? — Jake pergunta atrás de mim. — Ou se estão juntos?

Alex nega com um aceno.

— Não faço ideia. Eles têm os lugares habituais sob vigilância. Aeroportos, estações de trem, fronteiras do Canadá e do México, mas ninguém os viu. Matt prometeu me atualizar com qualquer nova informação, mas não vou esperar muito. É mais provável que ele repasse o mínimo de informações para que possam manter o caso abafado. Até agora, nada apareceu na imprensa.

— Vou verificar com meus contatos e ver se há alguma informação. — Jake sai, fechando a porta em seguida.

Alex me puxa contra o seu corpo, me segurando em um forte abraço.

— Você está bem, amor?

— Não consigo acreditar.

— Não quero que se preocupe. Vou me certificar de que John não chegue perto desta casa, nem de você.

Eu me inclino para trás e o encaro.

— Alex, não estou preocupada. John e James já se foram há muito tempo. Eles seriam idiotas por ficar por aqui quando tiveram tanto trabalho para se libertar. E certamente eles não viriam aqui. Acho que suas casas estão na lista de lugares que a polícia está vigiando, junto com os aeroportos.

— *Nossas* casas, mas, sim, eles têm pessoas mantendo o controle de qualquer pessoa que entre ou saia em ambos os lugares.

Eu o abraço com mais força e repouso a cabeça em seus ombros.

— Então, não estou preocupada. Eles estão cuidando de nós por fora, e você e Jake estão aqui dentro. Nada vai acontecer comigo.

CAPÍTULO 6

A montanha coberta de neve me cumprimenta quando acordo pela manhã. Logo abaixo da casa, há um pequeno lago cercado por árvores altas. Um majestoso pico se situa no lado oposto, os muitos metros de neve acumulada suavizando as bordas ásperas da rocha. Eu adoro me sentar aqui na cama, perdida na maravilha deste lugar mágico, deixando a mente vagar, mas pensando em absolutamente nada.

Alex e eu nos acomodamos em uma rotina desde que chegamos. Todas as manhãs, ele vai até a cozinha para nos trazer café para que eu possa me aconchegar na cama e ficar olhando pela janela. Sou mimada por ele, e ainda é notável que esta é minha nova vida compartilhando-a com um homem que me ama completamente e me trata com respeito e gentileza. Minhas relações passadas eram monótonas em comparação, com a exceção do abuso de John.

Eu me pergunto onde ele está.

John não é estúpido. Tenho certeza de que ele e o pai de Alex seguiram seus caminhos separados. E estou igualmente certa de que o último lugar na Terra aonde John chegará perto é de mim e Alex. Embora não tenha dúvidas de que ele adoraria continuar me assediando, talvez até mesmo me ferindo, ele ama mais sua liberdade. Estar preso nos últimos meses deve ter lhe feito mal se ele ficou desesperado o suficiente para fugir.

Alex deposita uma xícara de café sobre a mesa de cabeceira e se senta na beirada da cama.

— Em que você está pensando?

Eu me livro dos pensamentos de John, e encaro os profundos olhos azuis de Alex.

— Apenas que é incrivelmente bonito aqui. — Seguro a caneca entre as mãos e tomo um longo gole. — Obrigada pelo café.

— Bem, não estamos casados há tanto tempo, mas pelo menos sei que esperar que você converse antes de tomar o café não é a melhor maneira de começar o dia. — Ele me lança um olhar de soslaio e sorri.

— Ainda bem que você sabe.

— Então, o que quer fazer hoje, querida? Esquiar? Fazer caminhadas? Podemos tirar as motos de neve, e depois ir à cidade para almoçar.

— Sim, vamos. Quero que você veja a cafeteria que eu e Jake encontramos.

— Tudo bem, termine seu café, e eu vou tomar um banho pra gente ir.

— Nossa, acho que é verdade o que dizem. As coisas mudam quando você se casa.

Ele inclina a cabeça para o lado, arqueando uma sobrancelha.

— Como assim?

— Você quer que eu fique na cama enquanto você tira sua roupa e toma banho. — Dou de ombros e olho para o lado. — Não tem problema, eu espero até que você termine para poder tomar banho. Sozinha. Sem ninguém para lavar minhas costas. — Inspiro ruidosamente e suspiro.

Alex ri, tira a xícara de café das minhas mãos e a coloca na mesa próxima.

— Senhora Stone. — Ele se aproxima e acaricia meu rosto. — Pode me dar a grande honra de tirar todas as suas roupas e de se juntar a mim no chuveiro, para que eu possa lhe mostrar o quão mais gratificante será o banho agora que estamos casados?

Ele me empurra na cama, e desliza por cima de mim. Seus lábios cobrem os meus, a língua mergulha na minha boca. Ele afasta a cabeça para trás e me encara.

— Podemos começar aqui na cama? — pergunto.

As palmas de suas mãos deslizam sobre meu corpo até alcançar a minha calça de pijama, arrastando o tecido para baixo. Atirando-as ao chão, ele apoia as mãos sobre meus joelhos e, gentilmente, me faz abrir mais as pernas.

— Acho que posso te satisfazer, minha bela esposa. — Beija meu pescoço, meu peito, até o abdômen, antes de enfiar a língua dentro de mim.

Eu adoro estar casada.

O celular de Alex toca, e ele confere o visor.

— É a Amy. Só um minuto — diz, entrando no escritório. Deve ser algo importante, porque Amy, a secretária de Alex, recebeu instruções estritas para não ligar enquanto estivéssemos em lua de mel.

Acho melhor me acostumar a isto. Você até pode tirar o homem dos negócios, mas não pode tirar os negócios do homem. A Stone Holdings tem sido uma parte tão significativa da vida de Alex, muito antes de eu entrar em cena. Seria impossível para ele simplesmente deixar tudo em espera para que pudéssemos desfrutar de uma lua de mel improvisada.

Meu telefone celular vibra com uma mensagem de texto recebida.

> Sra. Stone, sua aliança de casamento está pronta. Hoje vamos fechar a loja mais cedo e só reabriremos na segunda-feira. Por favor, ligue para a loja e me avise quando quiser passar por lá.

Enfio a cabeça pela porta do escritório. Alex afasta o telefone de sua boca.

— Isso pode demorar um pouco mais. Desculpe, mas não pode esperar.

— Não tem problema. Vou até a cidade pegar algumas coisas.

— Você quer que o Jake te leve?

— Não, eu me viro. Só deve demorar uns quarenta e cinco minutos.

— Espero ter acabado com isso antes de você voltar. Então, serei todo seu.

— Essa é uma oferta que não posso recusar. — Sopro um beijinho e vou até a sala para pegar as chaves do SUV.

No caminho para a cidade, ligo para a joalheria.

— Oi, é Kylie Tate… desculpe, Stone. Espero não estar muito atrasada para pegar a aliança.

— Não, ainda estamos aqui. Só trancando as coisas. Por que você não vem até a parte de trás da loja? Esperarei por você.

— Ótimo. Chegarei aí em poucos minutos. — Encerro a chamada e resisto à tentação de pisar no acelerador para chegar lá mais rápido. As estradas não estão tão perigosas, mas não quero correr o risco de um acidente.

Celia está de pé na porta da parte dos fundos da loja quando encosto com o carro. Eu a sigo para dentro. Ela tira o anel da caixa e o entrega a mim. Eu passo meu dedo por cima do titânio lustroso. Os diamantes estão inseridos ao longo das bordas externas do anel. Eu o inclino em direção à luz para que possa inspecionar a inscrição gravada no interior. Duas palavras: *Para sempre.*

INOCÊNCIA

— É simplesmente lindo — digo, incapaz de tirar os olhos da inscrição. — Muito obrigada por ter terminado tão rapidamente.

— Ficamos felizes com esse trabalho — diz ela.

Depois de alguns minutos de conversa-fiada, eu me despeço enquanto o casal tranca a porta dos fundos e sai. Eu ligo o motor do SUV, mas fico parada. Quero fazer algo especial quando der a Alex sua aliança. Ele está sempre me surpreendendo das formas mais românticas e quero retribuir o favor. Mas como? Eu sempre brinco com Alex por ser o cara não-romântico mais romântico que conheço. Tenho quase certeza de que se há um de nós no relacionamento que não é romântico, sou eu. Não consigo me lembrar de uma só coisa romântica que tenha feito por ele.

Bem, isso é triste.

A porta do passageiro se abre, de repente. Eu fico olhando para o homem enquanto ele desliza para o banco. Um momento se passa antes de eu registrar a máscara preta de esqui que cobre seu rosto.

— Olá, Sra. Stone — diz ele. — Desculpe incomodá-la, mas vou precisar que dirija o carro para o lado oeste da cidade.

Que se foda.

— Não vou a lugar algum com você.

Ele tira a mão do casaco, revelando um revólver. Em seguida, levanta a arma de forma que fique nivelada com meu rosto, puxando a trava de segurança.

— Olha, podemos fazer isso da maneira mais fácil, e você pode guiar o carro ou posso atirar em você, e eu mesmo dirijo para fora da cidade. Eu preferiria não fazer isso, pode ser uma bagunça, especialmente nestes belos assentos de couro branco. Posso garantir que você não morrerá pelo tiro. Vou disparar em uma área do seu corpo que não ameace sua vida, mas vai doer pra cacete. O que você prefere?

Eu sei que deixar uma área onde há pessoas que podem me ouvir gritar, e, certamente, ouvir um tiro, é uma ideia muito ruim. Como posso confiar que este cara não vai atirar na minha cabeça, se livrar de meu corpo e ainda ligar para Alex pedindo algum tipo de resgate? Alex pagaria sem piscar um olho e não teria a menor ideia de que eu já estivesse morta.

Dou a ré no veículo e saio do beco para a rua principal.

— Você fez a escolha certa — diz o homem.

— Então, quanto você vai pedir do meu marido em troca do meu retorno?

Ele ri.

— Há algumas coisas mais valiosas do que dinheiro, Sra. Stone.

Um calafrio percorre todo o meu corpo. Estou muito familiarizada com esta forma de pensar, pois isso quase me levou a matar John alguns meses antes.

Vingança.

— Você sabe que se me matar, meu marido não vai parar de procurar até te encontrar e…

— E me matar. Sim, sim…

— Não antes que ele torture você.

— Bem, vou me lembrar disso, Sra. Stone. Obrigado. Vire à esquerda na próxima estrada, por favor.

Viro na estradinha de chão e dirijo até que o homem me manda parar. Depois de encostar o carro, fico olhando pelo para-brisa. Quem é este homem e como ele sabia que eu e Alex estávamos em Telluride? Apenas algumas pessoas haviam sido informadas sobre a viagem.

Eu olho para o espelho retrovisor. Outro veículo se aproxima pela estrada. Se eu esperar até ele chegar mais perto, posso pular para fora da SUV e pedir ajuda. Terei que ser muito rápida.

No entanto, a van branca encosta logo atrás de nós e para. Meu coração se aperta, e posso sentir a gravidade do que, provavelmente, vai acontecer pesar sobre mim como uma pedra amarrada à perna, me puxando para baixo até eu me afogar.

— Bem, se você tiver a bondade de desligar o motor e sair do veículo… Você deve saber que os homens na van atrás de nós também estão armados e atirarão em você se acharem que está tentando fugir.

Eu desço e sigo o homem até a traseira do veículo. Os outros dois homens, ambos com o mesmo uniforme que meu sequestrador, estão esperando por nós, armas em punho, mas abaixadas rente ao corpo.

O primeiro capanga pega meu celular, liga para Alex e o coloca no viva-voz. Tudo isso, agora, com a arma apontada para mim.

— Nenhuma palavra deve sair da sua boca, ou o seu marido vai ouvir você morrer. — Até agora, ele é o único dos três caras de preto que fala, e, aparentemente, é o líder.

A linha toca algumas vezes e depois Alex responde:

— Oi, linda.

— Olá, querido — responde o líder.

INOCÊNCIA

33

— Quem é? Onde está a minha esposa?

Um dos outros homens encosta o cano da arma contra mim. Ele é quase tão corpulento quanto alto, com músculos duros como pedra. O terceiro homem é o oposto do homem-músculo, alto e magro, e mesmo com uma máscara de esqui, posso ver seus olhos profundos.

O líder me olha de relance.

— Bem, Sr. Stone, sua esposa está aqui comigo.

— Se você a machucar, eu vou te caçar e te matar.

— Não tenho dúvidas. Eu lhe garanto que sua esposa está bem... por enquanto.

— O que você quer? — A raiva ressoa através da voz de Alex. Meu estômago se revira como um gato com uma bola de lã, ciente de que Alex vai se culpar caso algo me aconteça.

O líder respira fundo.

— A gente fala sobre isso depois, já que tenho certeza de que há um rastreio sendo executado neste telefone. Um homem como você certamente teria um rastreador GPS no celular de sua esposa. O problema é que meus associados e eu não estamos interessados em vê-lo, e, certamente, não estou pronto para me despedir de sua bela esposa. Por isso, vou deixar o telefone dela aqui onde você pode encontrá-lo, mas vou ligar de volta para discutir nossos termos para resgate. Contudo, será um número desconhecido, mas não deixe de atendê-lo. Eu odeio deixar mensagens de correio de voz. Está tudo claro, Sr. Stone?

— Como sei que você está com ela e que ela está ilesa?

O homem olha para mim e sorri.

— Pode falar, Sra. Stone.

— Alex, eu não estou ferida. Estou fora da cidade em uma...

A dor explode e irradia através do meu rosto. Eu grito e caio de joelhos. O homem musculoso está de pé sobre mim, sua mão enrolada em um punho.

— Kylie! — Alex grita. Quero dizer que estou bem, mas o homem encosta o cano da arma contra minha bochecha.

— Em breve nos falaremos, Sr. Stone. Aproveite o resto de seu dia. — O líder encerra a ligação, vem até mim e se abaixa. — Não foi uma jogada inteligente, Sra. Stone. — Ele volta para a SUV e joga meu celular no banco do motorista.

O grandalhão agarra meu braço e me coloca de pé na marra. Ele me arrasta para a traseira da van, grunhindo ao mais magro para abrir as portas, e depois me joga ali dentro. Eu tento escapar, me debatendo, esperneando, e esperando fazer contato com qualquer parte do corpo em que possa ferir. O magricela recua, com os olhos arregalados, só olhando para mim. Empurro contra seu peito e o jogo no chão.

Corra! Vá para a SUV!

A porta do motorista do Mercedes ainda está aberta. Só tenho que chegar até ela e pular para dentro. Posso trancar as portas, ligar o motor e sair daqui. Ele tem tração nas quatro rodas, vou passar pelo descampado, se essa for a única maneira de fugir desses homens.

Há um som estridente atrás de mim. Um tipo de dardo me acerta no ombro e outro na coxa. Uma carga elétrica irradia através do meu corpo. Cada músculo se contrai, e eu desabo no chão.

Levante-se! Levante-se!

A porta aberta do carro não está muito longe. Eu posso vê-la, mas meu corpo está além do meu controle. Tento engatinhar ou rastejar, mas mesmo que minhas extremidades pudessem se mover, não tenho certeza se conseguiria lutar contra a dor.

Ouço o som da neve sendo triturada sob passos pesados. Não consigo levantar a cabeça, então não tenho certeza se os pés ao lado da minha cabeça pertencem ao grandalhão ou ao magricela. Finalmente, a dor cessa e meus músculos relaxam. Uma amarra contorna meus pulsos e tornozelos.

Inúmeras imagens se atropelam na minha mente desde a última vez em que fui amarrada. John me atou da mesma forma, e quase me espancou até a morte. Eu estava impotente para fazer qualquer coisa para fugir. Ele me deixou nua, deitada sobre o azulejo frio, sangrando dos profundos cortes que fez em minhas costas.

O grandalhão me levanta e entrega uma pistola *taser* ao magricela antes de me jogar sobre o ombro como um saco de farinha. O líder passa por ele, agarra meu cabelo e levanta minha cabeça para que eu possa vê-lo.

— As coisas só vão piorar para você, se não puder seguir instruções simples, Sra. Stone. — Ele enfia uma seringa no meu bíceps. Eu quero gritar com ele, mas nenhum som sai da minha boca. Minhas pálpebras ficam pesadas, e o mundo escurece.

INOCÊNCIA

CAPÍTULO 7

Um material áspero se esfrega contra minha bochecha. Eu abro os olhos com esforço. A luz quase me cega e tenho a sensação de que um martelo está acertando meu crânio. Fecho os olhos novamente. Lentamente, um de cada vez, eu os abro e examino meu entorno. Estou deitada em um colchão no chão, em uma sala que não reconheço.

Onde estou?

Mesmo com a luz do sol se infiltrando pelas janelas estreitas, as paredes parecem sem brilho e sujas. O ar está abafado, como se a casa estivesse fechada por um tempo. E está um gelo aqui dentro. Meu casaco e meus sapatos foram tirados enquanto eu estava inconsciente. Minhas pernas estão cobertas por uma manta fina que não proporciona calor algum.

Sentar não está sendo tão fácil quanto deveria ser. Minha cabeça parece mais um bloco de cimento assentado sobre os ombros. E agora a pancada incessante se realocou para a base do meu crânio, a dor apunhalando as partes de trás dos meus olhos. Eu me arrasto sobre o colchão para poder descansar as costas contra a parede.

A sala está vazia, exceto pelo colchão em que me encontro e uma cadeira ao lado da porta onde o magricela está sentado. Ele bate com os nódulos dos dedos na porta, seu olhar fixo em mim. A porta se abre, e os outros dois homens entram.

— Sra. Stone, finalmente você está acordada — diz o líder, agachado ao meu lado. — Você aproveitou sua soneca?

— Você me drogou? — pergunto, esfregando minha nuca para aliviar a dor.

— Termo horrível para se usar. — Ele franze o nariz como se estivesse sentindo algum fedor, e sacode a cabeça. — Muito negativo. Prefiro pensar nisso como permitir que você durma, através do aprimoramento da medicina moderna.

Eu realmente odeio este cara. Espero que quando Alex me encontrar, Jake mate os três. Estou tão cansada de ser um peão e uma vítima.

— Onde estão meus sapatos? E meu casaco?

O líder suspira.

— Temo que sua predileção por tentar fugir me obrigou a tomá-los como garantia contra futuras tentativas de deixar nossa humilde morada.

— E por quanto tempo você planeja me manter aqui?

— Bem, isso depende de seu novo marido. Parabéns, a propósito, por suas recentes núpcias. Lamento muito ser um empecilho em sua lua de mel. — Ele se levanta e limpa a sujeira de seus joelhos. — Fique à vontade, Sra. Stone. Esta será sua casa para o futuro próximo. Se você precisar de alguma coisa, nosso companheiro estará aqui para lhe ajudar.

Então, isso é uma tentativa de extorquirem Alex. Casada há menos de uma semana, e já estou sendo usada como isca para resgate. Acho que sempre soube que esta era uma possibilidade, mas nunca a considerei de verdade. Alex tem Jake e Thomas como seguranças, por que eu me preocuparia em ser sequestrada?

Todas aquelas vezes em que eu chateava Alex, quando ele insistia que eu tivesse proteção comigo em todos os momentos, voltam para mim em uma onda de pesar. Se Jake estivesse comigo quando fui à cidade, talvez isso não tivesse acontecido. Creio que eu estaria me aconchegando com Alex em frente ao fogo ou fazendo amor diante do belíssimo cenário da montanha.

Quais são as chances de alguma dessas coisas acontecer novamente? Eu provavelmente não deveria prender a respiração enquanto espero. Embora seja verdade que meus sequestradores não me permitiram ver seus rostos, ou qualquer outro sinal identificador em seus corpos, como tatuagens ou cicatrizes, sei que as chances de eles me libertarem assim que receberem o dinheiro são pequenas ou nulas.

Assim que conseguirem o que querem, eu me tornarei uma ponta solta, uma ponta solta que tem que ser cortada.

E a melhor maneira de fazer isso é me matando.

Eu acordo, de repente, meu olhar percorrendo ao redor da sala, e tento me reorientar sobre o ambiente que me cerca. As sombras se estendem pelo chão, e o sol não brilha mais através das janelas. Deve ser de tarde. Eu não tinha a intenção de adormecer, mas as substâncias remanescentes de seja lá que droga foi usada para me nocautear me levou de volta ao sono.

Dormir é uma espada de dois gumes. Preciso descansar para manter as forças e minhas faculdades mentais, mas também me deixa vulnerável a três homens que já cometeram alguns crimes, e, provavelmente, não se importariam em acrescentar mais alguns à lista. Especialmente se eles apenas planejam me matar.

A porta do quarto se abre, e pela primeira vez percebo que o Magricela não está em sua cadeira. Ele entra com uma bandeja nas mãos, fechando a porta atrás dele.

Ajoelhando-se no chão ao lado do colchão, ele desliza a bandeja até mim. Um sanduíche de algum tipo está no centro do prato, junto com um copo de água.

— Aqui, coma. É apenas um sanduíche de manteiga de amendoim, mas é melhor do que nada.

Eu fico olhando para ele. Não vou comer ou beber nada do que eles me derem. Eles já me drogaram uma vez. Preciso manter a cabeça fria. Não me ajudará se eu não tiver controle do meu cérebro. Preciso estar atenta a qualquer oportunidade de sair daqui. Se eles estão planejando me matar, minha única chance de sobrevivência é fugir.

Ele empurra o prato para mim. Quando dou a entender que não vou pegar o sanduíche, ele suspira intensamente e fica de pé.

— Como quiser. — Ele volta para a porta e se senta na cadeira.

Dos três, o Magricela parece ser o mais jovem. A maneira como ele move os braços e pernas magras parece que prefere muito mais andar de *skate* do que vigiar uma mulher que ele acabou de ajudar a sequestrar. Sua voz ainda tem um toque de apreensão e incerteza que os outros dois homens não têm. Onde os outros dois são criminosos experientes, eu aposto que o Magricela é novo neste ramo.

Se há um elo fraco nesta corrente, é esse garoto. Agora, preciso descobrir como exatamente explorar isso para que eu possa sair daqui e voltar para Alex.

ANNE L. PARKS

— Eu me apaixonei por você no dia em que te conheci.

As luzes brancas cintilam e proporcionam um brilho suave sob a tenda. Alex me encara com aqueles olhos azuis incrivelmente deslumbrantes. Este é o momento mais surreal da minha vida, de pé diante dele com um vestido de noiva, minutos antes de o relógio bater meia-noite, inaugurando um novo ano.

E nós estamos trocando nossos votos de casamento.

Respiro fundo e saboreio o momento. Este nunca foi meu sonho, nunca me teria permitido sequer considerar um homem como Alex se apaixonando por mim, muito menos compartilhar o resto de sua vida comigo.

— Você estava irritada comigo — diz ele, fazendo os convidados rirem. — Me deixou na beira da estrada. Tudo o que pude pensar na época foi: "Lá vai a mulher que pode virar meu mundo de cabeça para baixo. Como posso encontrá-la e convencê-la a me dar uma chance?"

Suas palavras circulam ao meu redor como uma brisa quente de verão.

— Tivemos nossa cota de desafios, altos e baixos, chame como quiser, mas uma coisa nunca mudou: a maneira como me sinto em relação a você. Nosso relacionamento tem sido menos que convencional. Creio que nosso namoro durou cerca de dois dias antes de você se mudar para minha casa.

Uma risada escapa do meu peito. Nem me fale sobre isso. Uma vez que Alex decidiu que queria um relacionamento de longo prazo e significativo, ele se adiantou sem reservas.

— Toda experiência com você foi nova para mim. Sonho acordado com você com um sorriso largo no rosto, se o que dizem for verdade. Os sonhos variam, mas você é sempre a estrela. Eu tenho uma sensação de euforia esmagadora só de pensar no que podemos realizar juntos. Lar. Família. Na verdade, eu nunca quis nenhum dos dois, até o dia em que você entrou na minha vida. Depois houve uma sede insaciável, uma dor no fundo da minha alma, para tê-los com você.

Ele gentilmente puxa minhas mãos, e as coloca contra seu peito. Seu coração bate com força contra minhas palmas.

— E aqui estamos nós, embarcando em uma viagem que nunca estive preparado para fazer. Nada me impedirá de ter um lar e uma família com você.

Fechando seus olhos, ele respira fundo. Quando ele os abre, seu sorriso chega até eles.

— Você não é mais meu sonho. Você é minha realidade.

Meus olhos se abrem. Está escuro. Chego perto de Alex, mas sinto apenas o colchão frio contra a minha mão. A dor e a apreensão escorrem sobre mim como um balde de água gelada. Não estou em casa na cama com Alex, celebrando nossa nova vida juntos. Menos de uma semana depois de dizer: "Aceito", me pergunto quão cedo "até que a morte nos separe", se tornará uma realidade horrível.

Eu puxo o cobertor em volta dos meus ombros e ouço os sons da casa. O Magricela ronca suavemente, com a cabeça encostada à porta. A cadeira está agora em frente à porta em vez de ao lado, como havia estado durante o dia. Prevenção de fugas.

O sonho com meu casamento é um lembrete de que preciso permanecer alerta. Os votos de Alex solidificaram meu futuro. Tenho que voltar para ele. Ele é o meu mundo. Minha vida. E não vou desistir do sonho que ele planejou para o nosso futuro.

A luz do sol da manhã incide sobre a sala. Meus olhos se abrem suavemente. A manta cobre a minha cabeça, mas ainda consigo ver o suficiente através do tecido para perceber o que está acontecendo. O Magricela precisa pensar que estou dormindo para que eu possa observá-lo discretamente. Tem que haver algo que eu possa usar contra ele. Alguma fraqueza para usar em meu benefício.

Preciso ser cautelosa com isso. Provavelmente posso lidar com ele fisicamente, mas se conseguisse vencê-lo em uma briga, não haveria como partir para cima do Grandalhão, ou mesmo com o líder. Não sou páreo para eles.

O Magricela boceja e estica os braços sobre a cabeça, puxando a cadeira para longe da porta e batendo contra ela algumas vezes.

— Ei, destranca a porta. Tenho que mijar. — Pendendo a cabeça para frente, ele massageia a nuca.

Há um clique e a porta se abre. O Grandalhão entra na sala e gesticula na minha direção.

— Dormindo?

O Magricela olha por cima do ombro e dá de ombros.

— Não sei… acho que sim. — Em seguida, ele desaparece pelo corredor. O Grandalhão não se preocupa em fechar a porta, pois sabe que não sou uma ameaça para ele.

Depois de alguns minutos, o Magricela volta com dois pratos de comida.

— O que é isso? — O outro pergunta.

— Café da manhã.

O Grandalhão balança a cabeça.

— O que foi?

— Ela já tem comida. — Ele aponta para o sanduíche intocado no prato ao meu lado.

— Aquele é o de ontem — diz o garoto.

— É, e daí? Ela pode comer isso ou nada. — O Grandalhão pega o prato extra de comida do Magricela e vai embora. Fechando a porta, o garoto desaba em sua cadeira e começa a comer.

O cheiro do bacon toma todo o ambiente. Meu estômago rosna em protesto. Provavelmente é uma coisa boa o Grandalhão ser tão babaca. Se ele tivesse deixado o prato do café da manhã para mim, seria quase impossível não avançar na refeição, mesmo que estivesse batizada com alguma droga.

No entanto, aquela troca não foi um desperdício completo. Aprendi algo muito valioso. Enterrado no fundo do corpo daquele garoto há um coração. E é a isso que tenho que apelar.

A luz do sol ilumina a sala, mas não há sombras. Não faço ideia das horas, e estou desejando ter prestado melhor atenção em minha aula de estudos ambientais universitários quando discutimos como classificar o tempo de acordo com a posição do sol. Acho que é meio-dia, mas as horas parecem durar para sempre quando a fome e o sono estão em uma batalha constante pela minha atenção.

A porta da sala se abre, e o líder entra com o Grandalhão em seu encalço. O primeiro se agacha ao meu lado, o pé acertando o prato de comida que não toquei. Ele suspira pesadamente.

— Você realmente deveria comer alguma coisa, Sra. Stone. Você vai querer suas forças para quando retomar sua lua de mel.

Dou uma risada de escárnio e reviro meus olhos. Ele acha mesmo que sou assim tão estúpida? Como se eu acreditasse que há uma chance de que ele vai me libertar.

Ele segura minha mão esquerda. Instintivamente, eu me afasto de seu toque, mas ele a agarra com força. Girando minha mão para baixo, ele passa o dedo por cima do grande rubi engastado no centro do meu anel de noivado.

O líder me olha de relance, o sorriso mal alterando seu semblante.

— Vou ter que levar isto.

— Não. — Puxo minha mão e a coloco sobre meu coração disparado, cobrindo com a mão livre, de uma forma protetora.

O Grandalhão dá alguns passos à frente e estala os dedos, porém o líder ergue a mão para que o capanga não avance.

— Sra. Stone, eu realmente não quero machucá-la, mas se não me deixar pegar o anel, mandarei meu amigo aqui cortar o seu dedo, e levarei o anel dessa maneira. — Ele olha por cima do ombro e depois concentra o olhar frio ao meu. — A escolha é sua.

Fechando os olhos com força, desvio o olhar para o lado. *Por favor, não. Isto é tudo o que me resta de Alex.* Um soluço sobe pela garganta, mas eu o sufoco. Não lhes darei a satisfação de saber o quanto estão me destruindo.

O anel desliza pelo meu dedo. Eu me sinto quase nua sem ele. Algo frio se agita em minha alma, um vazio em meu coração, como se os dois estivessem diretamente ligados ao aro que rodeava meu dedo. Agora que ele se foi, o elo vital que os sustentava deixa de existir. E um pequeno pedaço de mim sabe que minha morte será lenta e dolorosa, e de dentro para fora. Meu coração e alma vão lentamente esfriar e se tornar buracos negros muito antes de eu dar meu último suspiro nas mãos dos meus captores. O pensamento me faz estremecer.

— Obrigado — diz o líder. Eu abro os olhos e o vejo guardar a aliança em seu bolso da frente. — Viu como é muito mais fácil quando você colabora?

Meu soluço se transforma em uma besta furiosa dentro do meu peito e ruge:

— Vá se foder.

Sacudindo a cabeça, o líder para ao lado do Grandalhão.

— Por favor, explique à nossa convidada que não tolerarei que me desrespeitem dessa maneira.

O Grandalhão acena com a cabeça. Em três passos, ele avança com o braço em riste. Antes que meu cérebro conecte os pontos do que está prestes a acontecer, seu punho se movimenta e atinge meu maxilar. O impacto me faz inclinar a cabeça para trás, a ponto de se chocar com a parede. Pontos de luz explodem diante da dor absurda e obscurecem minha visão. Meu corpo desaba e eu inspiro o cheiro de mofo e suor do colchão antes de desmaiar.

INOCÊNCIA

CAPÍTULO 8

Merda, estou cansada de acordar com dor de cabeça.
Eu me recosto à parede. Minha mandíbula lateja.
O Magricela se levanta e vem até mim.
— Aqui, coloque isto no seu rosto. — Ele solta um saco de gelo na minha mão.
— Obrigada. — Apesar de apreciar o gesto, não me esqueço do motivo pelo qual levei um murro. O Magricela ajudou no meu sequestro. Ele está me vigiando para que eu não possa escapar. É provável que eu seja morta. E ele está fazendo tudo isso por dinheiro.
— Você se sentiria melhor se comesse algo — diz ele, recuando até chegar na cadeira.
Eu balanço a cabeça, e dou uma risada desprovida de humor.
— Estou mais preocupada com o que pode ter nessa comida. Prefiro não comer.
Com os olhos entrecerrados, o garoto contrai os lábios.
— Você acha que sou o tipo de pessoa que te envenenaria?
Sério? Ele está ofendido?
Afastando o saco de gelo do meu rosto, eu o largo no colchão.
— Não sei que tipo de pessoa você é além de um homem que sequestraria uma mulher para extorquir dinheiro de seu marido, prometendo a ele que sua esposa, de apenas uma semana, lhe seria devolvida. Até onde posso dizer, você está a um passo de ser um assassino.
— Não sou um assassino — declara, entredentes. Com os punhos cerrados, esmurra os próprios joelhos. — Eu só preciso do dinheiro.
— Você só precisa de centenas de milhares de dólares? Ou milhões? Quanto vocês estão tentando roubar do meu marido?

Tenho que fazê-lo falar. Ele precisa se abrir para mim. A única maneira de conseguir distorcer esta situação a meu favor é descobrir que ângulo me permitirá manipulá-lo para me ajudar.

— E por que você precisa disso tão desesperadamente? Acho que você deve ter uns vinte e poucos anos, estou certa? O que está acontecendo em sua vida a ponto de você precisar de uma quantia tão alta?

— O que preciso dele não é da sua conta.

— É mesmo? Você está me usando para extorquir dinheiro que não lhe pertence, que você não merece, e acha que não é da minha conta? — Meu sangue é um rio de lava em fúria, e não tenho certeza de quando vou explodir, mas a probabilidade é de que seja em breve. Eu sei que preciso manter a raiva sob controle, mas, no momento, ela está me alimentando. — Tenho quase certeza de que ser levada contra a minha vontade, drogada, e agora espancada, faz isso ser da minha conta.

O garoto baixa a cabeça.

— Eu preciso disso para minha mãe. Ela está em um centro de reabilitação e o seguro não vai pagar para que ela fique mais tempo. É sempre assim. As drogas e o álcool tomam conta dela até que ela nem consegue tirar o rabo do sofá e ir para o trabalho. Eu a levo para a reabilitação, ela fica até que o seguro acabe, e depois é expulsa, e o ciclo começa todo de novo porque ela não está pronta para sair.

Ele levanta a cabeça o suficiente para me espreitar por sob o cabelo loiro que escapa dos buracos dos olhos em sua máscara.

— Isso não vai acontecer desta vez. Desta vez, ela vai ficar lá o tempo que for preciso, e se isso significa que tenho que roubar uma vadia rica e seu marido que tem mais dinheiro do que eles jamais poderão gastar em uma vida, então é isso que vai acontecer.

Vadia rica? Nem sempre. Eu cresci pobre e nem sequer tinha seguro. Depois que minha mãe partiu e meu pai desmoronou, ir ao médico não era uma opção até eu chegar à faculdade. Mas isto me dá uma vantagem. Eu já fui como ele, lutando de todas as formas para sobreviver.

— Sabe, nem sempre estive nesta posição. Cresci não muito longe daqui e sei como é ter um pai alcoólatra que não pode viver sem encher a cara. Eu posso te ajudar. Sua mãe nunca mais terá que se preocupar com dinheiro. E você não terá que dividir o resgate com os outros dois e torcer que seja suficiente.

Uma faísca ilumina os olhos do Magricela.

INOCÊNCIA

45

Eu me inclino para frente.

— Me ajude a sair daqui, e eu prometo que meu marido se certificará de que você será recompensado por me salvar.

Inspirando profundamente pelo nariz, ele prende a respiração por um segundo e exala.

— Você não entende. Se eu os trair, eles vão me caçar e me matar. Além disso, isto é muito mais que um resgate, pelo menos para o chefão. Vamos receber nossa parte do dinheiro, e muito mais.

Que merda é essa?

— O que você quer dizer? Quem é o chefão?

O Magricela balança a cabeça de um lado ao outro.

— Chega. Não te digo mais nada, exceto isto. — Ele me olha de relance. — De acordo com o chefão, você ainda tem um papel importante. — Pegando uma revista debaixo de sua cadeira, ele começa a folhear.

Aparentemente, nossa conversa acabou. Mas o que ele quis dizer com essa última frase? E quem diabos é o chefão?

Encostando a cabeça contra a parede, inspiro profundamente. Há muito mais nisto do que um simples sequestro e um esquema de resgate. Algo sinistro está em jogo.

Os pelos da minha nuca se arrepiam, alastrando o calafrio por todo o corpo. Há apenas uma pessoa que é cruel o suficiente para querer ferir Alex e a mim pelo máximo de tempo possível.

John.

CAPÍTULO 9

O calor me envolve. Um braço está por cima do meu quadril, um corpo se aconchega por trás enquanto me deito de lado. Inspiro o cheiro de sândalo.

Alex.

Eu exalo. Era tudo um sonho. Um pesadelo horrível. Estou a salvo. Em casa, na cama, envolta na segurança do homem que amo. Nada pode me machucar aqui, e se dependesse de mim, eu nunca deixaria seu abraço reconfortante.

— Você está feliz? — Alex sussurra ao meu ouvido, com a voz rouca.

— Incrivelmente.

Virando-me em seus braços, seguro seu rosto entre as mãos. A barba ao longo de sua mandíbula é áspera, mas suave ao mesmo tempo. Assim como o homem em cujos olhos me perco. Dois lados da mesma moeda, homem de negócios severo, mas gentil e cuidadoso em sua vida privada. Eu amo os dois lados dele.

Inclino a cabeça à frente e roço meus lábios aos dele, recostando nossas testas. Deus, como amo estes momentos de silêncio quando somos só nós dois, flutuando no abismo entre a realidade e o sonho onde nada pode nos machucar. Ou nos separar. Nem as estrelas ou a lua, nenhuma preocupação mundana. Nenhum louco entre nós.

— Lamento não ter podido lhe dar o "felizes para sempre" depois de ter prometido — diz ele.

Eu congelo. Meu coração vacila, as batidas estão irregulares. Do que ele está falando?

— Alex, você está me dando o "felizes para sempre". Eu te amo, e vamos ficar juntos para sempre.

— Alex se foi.

Abro os olhos e meus piores medos se confirmam. John sorri, os olhos negros brilhando no escuro que nos cerca. Eu tento fugir, mas seus braços estão me segurando. Estou presa no abraço do meu perseguidor.

— Eu lhe disse, Kylie. Você sempre será minha.

Eu me levanto de supetão, a cabeça girando pela repentina mudança do estado de sono para o alerta. De Alex para John. Da felicidade para o coração partido. O pesadelo tinha sido tão real, mas a realidade está bem na minha frente. Quarto frio e velho. Colchão sujo, comido pelas traças. Sequestrador em sua cadeira impedindo minha fuga.

Eu tenho que levar isso a sério e formular um plano. Preciso voltar para Alex. Ele é o meu mundo. A vida está em foco desde que o conheci. Não tenho certeza se eu tinha um plano real para meu futuro além de me levantar a cada dia e ir trabalhar. Tudo isso mudou agora.

Minha vida é um balão de ar quente cheio de amor. Quando o balão começa a cair do céu, eu só preciso me virar para Alex. O amor dele enche meu coração, enche o balão de ar quente, e estou mais uma vez voando entre as nuvens de esperança. Desde que conheci Alex, aprendi o dom de amar e ser amada. Quero dormir em seus braços e acordar ao lado de seu corpo quente pressionado contra o meu. Quero estar para sempre com ele. E me recuso a permitir que nosso futuro seja tirado por esses imbecis gananciosos.

Não sei como vou fazer isso, mas não posso mais esperar para ser resgatada. Jurei que nunca deixaria ninguém controlar minha vida a não ser eu. Agora é a hora de fazer o que tiver que fazer para sair daqui.

Chegou o momento de salvar minha felicidade para sempre com Alex. O Magricela está me observando de seu canto do outro lado da sala.

Eu esfrego meu queixo. Ainda estou dorida, mas o inchaço parece ter diminuído.

— Chegou a pensar melhor na minha proposta?

— Não. — Ele vira a cabeça, mas não há nada na sala para se olhar. Até mesmo as janelas se encontram muito no alto para que se possa ver o exterior. — Eles não vão te matar.

— Você não pode ser tão ingênuo. Uma vez que eu não for mais útil, eles vão me matar.

Ele balança a cabeça, mas continua olhando fixamente para a parede.

— Se o dinheiro é realmente tudo o que você quer, então me deixe te ajudar. Posso conseguir o valor do resgate e você não terá que dividir com eles. Apenas me tire daqui. Me empreste um telefone. Vou ligar para meu marido e pedir que ele traga o dinheiro. Você pode seguir seu caminho, e todos nós podemos seguir em frente.

Ainda sem reação. Esta abordagem, obviamente, não vai funcionar. *Pense, Kylie. Tem que haver algo que o abale e o faça mudar de lado.*

— Pense nisto — digo. — Se você fizer do jeito deles, você só recebe um terço do dinheiro. Você não poderá usar isso para ajudar sua mãe. Todo esse dinheiro terá que ser usado para que você possa fugir. Assim que eu morrer, não haverá canto no mundo que meu marido não procure para encontrar meus assassinos. Não haverá lugar para você se esconder. Se você tiver sorte, ele o entregará às autoridades. Essa será a única maneira de evitar uma morte deliberadamente lenta e agonizante.

O Magricela balança a cabeça, com os olhos arregalados. Seu peito infla e esvazia algumas vezes. Um sorriso desliza sobre seu rosto e ele dá uma risada debochada.

— E ele vai passar o resto da vida na prisão? Acho que não.

— É um risco, mas posso assegurar que não há nada que meu marido não faça por mim, inclusive vingar minha morte, mesmo que isso signifique que ele seja condenado e que lhe seja aplicada a pena de morte. — Eu me inclino para frente, encarando o jovem com um olhar penetrante. — Você está disposto a correr esse risco com sua vida?

Ele anda pela sala e se agacha ao meu lado.

— Você não tem ideia do que está acontecendo aqui. — Ele passa o dedo por cima do meu maxilar machucado. — Você seria esperta se calasse a boca e parasse de dar motivos para que eles te machuquem.

Ele se levanta e vira as costas. Em seguida, bate contra a porta e a fechadura clica.

Porra! O que mais está acontecendo? O que eles têm planejado para mim? Eles vão me usar para ferir Alex de outra forma? Vão atraí-lo para uma armadilha?

Como vou sair daqui?

Encontro minha resposta quando olho pela porta que o Magricela deixou entreaberta.

INOCÊNCIA

CAPÍTULO 10

Eu me arrasto até a beirada do colchão e sigo na ponta dos pés em direção à porta. Meu coração martela de maneira ensurdecedora nos meus ouvidos. Estou respirando com dificuldade, e tento me acalmar. Não sei o que ou quem está do outro lado desta porta e prefiro não denunciar minha presença – ou a porta aberta –, por estar ofegando.

A gravidade da situação pesa sobre meus ombros e mente. Eu tenho uma chance de sair daqui. Se for pega, não há como dizer o que eles farão comigo. O Magricela me assegura que não há nenhum plano para me matar, mas ele é um sequestrador, então eu seria idiota em acreditar em suas palavras. Mesmo que ele esteja dizendo a verdade, há uma boa chance de eu ser espancada, e acabar desejando a minha morte.

O Grandalhão parece mais do que feliz em me bater.

Minhas pernas vacilam e os joelhos ameaçam se dobrar. Há alguns dias, pelo menos, não como nem bebo nada e passei todo o meu tempo sentada ou dormindo no colchão. Esta é a primeira vez que fico de pé ou caminho desde a última fuga fracassada. Faço uma oração rápida para ter mais sucesso para me libertar.

Ao espreitar pela abertura, respiro em alívio; ninguém está de guarda do lado de fora da porta. Devagar e com cuidado, abro e enfio a cabeça pelo vão. Há uma abertura do corredor para uma pequena área de cozinha. A menos que eu esteja enganada – e espero que não esteja –, logo depois há uma sala de estar e uma porta da frente.

Merda! Quem me dera saber a planta da casa. Não há tempo para me aventurar pelo lugar. As chances de o Magricela deixar a porta destrancada e aberta novamente são pequenas demais. Terei que avaliar a situação à medida que ela se desenrola, e me dirigir à porta mais próxima. E rezar para que esteja certa.

Respirando fundo, saio da sala e sigo pelo corredor. No final, me encosto contra a parede, e tento escutar qualquer barulho na cozinha. Não ouço nada.

Onde estão os outros dois homens?

Arriscando uma olhada do corredor, vejo o Grandalhão sentado à mesa, de costas para mim. Não consigo ver uma porta para fora da cozinha. Provavelmente não está visível de onde me encontro. Ao virar a esquina, em uma sala de estar vazia, encontro a porta da frente.

É isso. Ajeitando os ombros, dou silenciosamente um passo em direção à sala de estar. Um estalido de trinco e uma dobradiça de porta range atrás de mim.

— Ei, que porra você está fazendo? — *Magricela*. É claro que ele apareceria na hora certa para me pegar.

Não há tempo para pensar. Eu corro em direção à porta. Pelo canto do olho, vejo o Grandalhão se levantando. A cadeira dele cai no chão.

Estou na metade do caminho até a porta. Apenas mais alguns passos. Estendo a mão à frente para agarrar a maçaneta da porta, e a giro. A porta permanece fechada. Giro novamente, puxando o mais forte que posso. Levantando os olhos, encontro a fechadura. A chave que me permitiria destrancá-la para escapar dali não está na fechadura.

Porra!

Eu giro ao redor. O Grandalhão está a dois passos de mim. Desviando para o lado, consigo evitar que me capture. Corro de volta em direção à cozinha, dando a volta pelo canto, com a intenção de encontrar a porta dos fundos. Meu nariz bate no peito do Magricela. A dor reverbera do meu seio nasal, explodindo no cérebro. Meus olhos marejam, embaçando a visão. Mãos seguram meus bíceps, assim que as pernas cedem.

— Vai a algum lugar, vadia? — O Grandalhão está atrás de mim. Minha pele arrepia por sua respiração contra minha nuca. Ele agarra o colarinho do meu suéter, praticamente me enforcando com o tecido. Em seguida, me arrasta pela sala de estar e pelo corredor, meus pés deslizando pelo chão.

O tecido se aperta ao redor do meu pescoço. Eu não consigo respirar. Minha traqueia está obstruída. Ele solta meu colarinho e me joga no colchão. Eu ofego, inspirando fundo, os pulmões queimando a cada respiração. Minha cabeça parece estar mergulhada em litros d'água, o cérebro se desmanchando por dentro do crânio. Meus membros estão dormentes, sem vida e flácidos, e é provavelmente por isso que não notei o Grandalhão se agachando sobre

INOCÊNCIA

51

o meu peito, os joelhos prendendo meus braços ao colchão.

A sala gira, e minha visão fica turva. Fecho os olhos na esperança de que isso ajude a acalmar meu cérebro. O primeiro golpe me atinge no queixo, no mesmo ponto em que ele me deu um soco ontem. Antes que eu possa reagir, recebo outro golpe no lado oposto. Um gosto metálico distinto reveste minha língua. O sangue enche minha boca e desce pela garganta. Eu me engasgo e começo a tossir, cuspindo sangue.

— Sua puta de merda!

Abro os olhos e vejo o Grandalhão limpando as gotas de sangue de seu rosto. A substância vermelha pegajosa caiu sobre seu peito e seus braços. Ele levanta a mão para me golpear.

— Pare. — *Magricela*. Não consigo vê-lo. O peito largo do Grandalhão bloqueia minha visão.

Viro o rosto, e outro golpe é desferido na lateral da minha cabeça. A dor explode por todo o meu ouvido. Um zumbido alto domina tudo, misturando-se com a dor em algum tipo de liquidificador terrível. Preciso abrir os olhos, ver o que vem a seguir, mas a agonia não me permite abri-los.

O peso em meus braços some, mas se concentra nas minhas pernas. O que ele está fazendo? Uma explosão de dor contra as costelas responde à pergunta silenciosa. Abro a boca para gritar, mas não sei dizer se sai qualquer som, pois ainda não consigo ouvir nada. Outro golpe atinge o outro lado. Ininterruptamente, ele continua a me esmurrar. Não há lugar para onde ir. Não há maneira de fugir dele. Nenhuma capacidade de me proteger de sua raiva ou de seus punhos.

Vozes abafadas se infiltram através do zumbido em meus ouvidos.

— Pare ele. Ele vai matá-la — o Magricela diz, em tom aflito.

— Já chega — ordena o líder. Sua voz é calma e controlada, como sempre. — Não ganharemos nada se ela estiver morta.

Um golpe final é desferido contra minha barriga, e o meu agressor se afasta. Sinto dor em todos os lugares. Quero me virar de lado, mas sequer tenho forças. Não sou capaz nem mesmo de chorar. Então, eu fico quieta. Se pudesse viver sem oxigênio, eu pararia de inspirar e expirar também.

John costumava me bater e me causar dores terríveis. Mas eu nunca tinha sentido uma dor como esta antes.

Escuto sons de movimento à minha volta e vozes murmurando. Não sei o que está acontecendo, e estou quase ultrapassando o ponto de me importar com isso. Eu fiz o que tinha que fazer... e falhei.

Há uma chance muito boa de eu nunca mais ver Alex. Eu declarei meu amor a ele o suficiente? Será que ele sabe que pegou minha alma quebrada, presa em uma caixa escura, e me persuadiu a deixar entrar luz para insuflar vida e esperança? Será que ele alguma vez me perdoará por não ter lutado com mais afinco para voltar para ele?

Algo gelado repousa sobre minha face. Eu me agito, mas uma voz sussurra no meu ouvido:

— Calma, é um saco de gelo. — O Magricela segura minha mão e a coloca ao lado da minha cabeça. — Pode pressionar isto aqui?

Não consigo responder, nem ao menos assentir, então faço o que ele disse. O cobertor fino é puxado sobre meus ombros e, para minha surpresa, um cobertor mais pesado, talvez um edredom, é colocado sobre mim e aconchegado ao meu redor. Eu quero odiar este menino, mas no momento, seu pequeno ato de bondade é a única esperança à qual me agarro.

Eu sei que Alex está por aí, procurando por mim. Ele nunca vai desistir até me encontrar. Só espero não ser um cadáver em uma casa vazia quando isso acontecer.

INOCÊNCIA

CAPÍTULO 11

Algo frio e molhado é pressionado contra meus lábios. Abro os olhos e inclino a cabeça para trás. Péssima ideia. A dor sobe através das órbitas e a luz clara invade minha visão.

— Está tudo bem — diz o Magricela, a voz baixa, quase calmante. — Eu te juro que é só água.

Abro os olhos lentamente, permitindo que a visão clareie. Ele está sentado na beirada do colchão ao lado. Ou adormeci ou desmaiei depois da surra. As longas sombras no chão e pouca claridade indicam o final da tarde. É capaz que só fiquei apagada por algumas horas.

Tento me sentar, mas é difícil.

— Deixe-me te ajudar. — O garoto coloca as mãos debaixo dos meus braços e me puxa para cima. Encosto-me contra a parede e esfrego gentilmente as têmporas para aliviar o latejar constante entre os olhos. Com a sequência de golpes na cabeça, cortesia daquele babaca, eu tenho, sem dúvida, uma concussão.

Isso não é nada bom. Tive duas no ano passado. Uma delas me deixou em coma durante semanas.

— Sinto muito que isso tenha acontecido com você — ele diz.

Abro novamente os olhos e o encaro. Seus olhos azuis pálidos sob fios loiros que saem de sua máscara são suaves, cheios de remorso. Não tenho certeza de como responder. "Está tudo bem" e "não se preocupe com isso", seriam apenas mentiras. Ele ajudou no sequestro. E está me mantendo aqui.

— O que vai acontecer agora? — pergunto. Uma onda dolorosa reverbera pela minha mandíbula, e o palpitar na cabeça se torna pior. *Nossa, até mesmo falar dói.*

— Sinceramente, eu não sei. Estamos esperando notícias do chefão. Se eu tivesse alguma ideia do que estava acontecendo... eu poderia pensar em um plano para te tirar daqui. Mas é muito arriscado.

Sua boca se contrai, e ele baixa o olhar. Ele não tem que dizer mais nada. É tão arriscado para ele sair, neste momento, quanto para mim. Se nós dois tentarmos escapar, nenhum de nós sobreviveria. Uma pequena descarga de tristeza bate no meu coração por ele. Ele é um garoto que não sabe o que faz, tentando ajudar a mãe doente, e indo na direção errada.

— Eu agradeço que você queira me ajudar — digo, recostando a cabeça contra a parede.

— Mesmo que seja tarde demais? — ele pergunta, rindo, mas não há humor em seu tom.

Dou de ombros. Não há muito mais que eu possa fazer. Meu destino parece estar nas mãos de outros. Os sequestradores, e o chefão, seja ele quem for, podem estar me usando para atrair Alex por qualquer razão. Só espero que ele perceba que é uma armadilha antes que tenham uma chance de matá-lo.

Não tenho muita esperança de que Alex me encontre antes de eu morrer.

A porta se abre e o Grandalhão entra na sala. Ele me encara, e um sorriso se espalha pelo rosto dele, deleitando-se com seu trabalho. Sem desviar o olhar de mim, ele joga um pacote de corda e tecido para o Magricela.

— Coloque isso nela. Vamos sair em breve.

O sangue em minhas veias congela e o pavor atravessa meu corpo. Pensei que estivesse preparada para morrer. Mas saber meu destino está longe de realmente aceitá-lo. Meu cérebro trabalha para montar um plano. Correr. Implorar por misericórdia. Gritar por socorro. É, nenhuma dessas soluções é viável.

O Grandalhão cruza os braços musculosos sobre o peito largo e dá um olhar mortal ao garoto.

— E aí, o que você está esperando?

O Magricela agarra meus pulsos em uma mão e enrola uma corda ao redor deles. Minha cabeça está girando, meu cérebro não assimila o que acontece ao redor. *O que devo fazer?*

Apertando o nó, ele se move para meus pés e ata os tornozelos juntos. Esperneio para me livrar. O Grandalhão dá um passo à frente.

O Magricela aperta meus tornozelos.

— Não faça isso. Você só vai piorar as coisas.

INOCÊNCIA

Eu o encaro, desejando ter o poder de incendiá-lo com o olhar. Há apenas um minuto, ele estava professando o quanto lamentava não ter feito mais para me ajudar. Que diferença fazem sessenta segundos. Eu deveria saber, depois de todos os meus anos como advogada criminalista: não dá para confiar num criminoso.

O garoto segura uma tira de tecido preto que parece ter sido cortada de uma camiseta.

— O que devo fazer com isso?

— Use como venda — instrui o homem, se virando para sair. — O patrão quer ter certeza de que a vadia não possa identificá-lo. — Ele fecha a porta ao sair.

Ajeitando o tecido, o Magricela se agacha ao meu lado.

— Por que você está fazendo isso? Pensei que você quisesse me ajudar... — Minha voz falha, o que normalmente me irritaria, mas já não tenho orgulho suficiente para me importar.

Ele exala pelo nariz e me olha fixamente por um momento.

— Se eles ainda estão preocupados que você possa identificá-los, significa que eles não vão te matar. Eles provavelmente mostrariam seus rostos só para que você pudesse vê-los antes que colocassem uma bala na sua cabeça. Eu já te disse, isso não faz parte do plano.

Não sei se devo acreditar nele ou não. Minhas faculdades mentais não estão no auge, então a lógica e o raciocínio estão batendo na cabeça como uma bola de pinball.

Ele chega aos meus tornozelos e puxa a corda.

— Olha, não amarrei com força. O mesmo com seus pulsos. — Ele levanta as amarras para mostrar a folga. — Se as coisas engrossarem, você pode se soltar e correr o máximo que puder.

— Desde que eu tenha tempo de fazer alguma coisa a respeito. É um pouco difícil desviar de um tiro na nuca.

— Eu lhe darei um sinal se isso for acontecer. — Ele levanta a venda para cima. — Eu prometo — garante, antes de cobrir meus olhos.

Há muito pouco que posso fazer, exceto esperar pelo que me aguarda.

O som de um tiro ecoa pela casa.

CAPÍTULO 12

Gesticulo com a cabeça em direção à porta.

— O que foi isso?

— Não sei. Pareceu um tiro — diz o Magricela, sua voz baixa. Eu o ouço andando pela sala.

Vozes abafadas e alarmadas vêm de algum lugar da casa.

— O que você está fazendo? — pergunta o Líder. Outro disparo. Desta vez, bem mais perto, talvez no corredor. Depois há um estrondo forte.

O Magricela cai no chão ao meu lado. Ele tenta soltar a corda ao redor dos meus pulsos. A fechadura da porta clica. O desbloqueio do trinco ressoa pela sala mais alto do que deveria.

O Magricela ainda está ao meu lado e sussurra:

— Não… — Poucos segundos antes de uma explosão. Algo quente e molhado se espalha pelo meu rosto, pescoço e braços. Gemendo ao meu lado, seu corpo desaba no chão como um saco de batatas. Eu posso ouvi-lo arquejar, lutando para respirar, e depois ficando em silêncio.

Um arrepio se espalha pela minha nuca. O ar se move ao meu redor. Quem quer que tenha iniciado o tiroteio ainda está na casa, ainda está bem aqui.

É isso. Eu vou morrer. Meu coração martela com força, como se estivesse escalando pela garganta tentando escapar do inevitável tiro que finalmente o impedirá de bater.

Uma visão de Alex em pé, diante de mim, com seu *smoking* no dia do nosso casamento pisca diante dos meus olhos. Eu estava errada. Eu consegui o meu feliz para sempre, só que foi muito mais curto do que esperava. Mas posso contar minhas bênçãos. Eu tive o amor mais verdadeiro e profundo que muitas pessoas nunca experimentaram em uma vida inteira.

Um grande corpo se move ao meu lado.

— Eu te amo, Alex — sussurro.

Um hálito quente e azedo aquece minha bochecha. Aço frio encosta na minha têmpora.

Eu prendo a respiração, esperando o tiro. *Por favor, que seja rápido.*

— Bang — uma voz masculina murmura perto do meu ouvido.

A arma se afasta. O espaço ao meu lado está vazio, e passos pesados se movimentam pela sala.

Será que ele se foi? Eu prendo a respiração e me concentro nos sons. Não consigo ouvir nada, mas isso não significa que o atirador ainda não esteja aqui.

Livrando os meus pés das amarras, eu mexo os pulsos, na esperança de que o Magricela tivesse soltado o nó o suficiente para que eu me libertasse.

Um estrondo alto vem da sala de estar, como um barulho de carro atravessando a parede. Passos pesados no corredor, se aproximando.

Ele está de volta. Desta vez, ele vai atirar em mim de verdade. A respiração pesada preenche o espaço. Alguém está na sala.

— Aqui dentro — diz a voz.

Eu deveria reconhecer essa voz, mas meu cérebro está em curto-circuito, e não consigo descobrir o que fazer para me salvar. Um corpo cai ao meu lado. Mãos puxam as cordas ao redor dos meus pulsos.

— Não! Não! — digo, puxando as mãos e esperneando, recuando até encostar contra a parede. Não tenho para onde ir. Não consigo ver nada com esta venda.

— Kylie, sou eu. — A venda é arrancada. A luz me cega temporariamente, mas posso discernir uma figura na minha frente. Eu o golpeio com minhas mãos ainda amarradas. — Amor, sou eu. É o Alex.

Alex!

Minha visão se desvanece. É verdade. Ele é real. Ele está aqui.

Ele retira a corda dos meus pulsos, a joga no chão e me pega em seus braços, me aquecendo como um cobertor. Cada centímetro do meu corpo formiga com seu toque.

— Pensei que nunca mais te veria — diz ele, a voz baixa e rouca. Deslizando as mãos sobre meus ombros, ele me empurra para trás e me olha de cima. — Jesus, o que eles fizeram com você? Você está ferida?

Quero dizer que estou bem, agora que ele está aqui, mas as palavras não se formam. Tudo o que posso fazer é olhar fixamente para ele. Meu cérebro ainda não consegue compreender completamente que ele está aqui, e que estou a salvo.

Estou segura? O atirador ainda está aqui? Onde estão os sequestradores?

Eu olho para um ponto além. No chão, atrás dele, está o garoto. Sua cabeça está no meio de uma grande piscina de sangue. Uma película leitosa cobre seus olhos sem vida.

Ai, Deus... ele era tão jovem.

Alex me abraça com tanta força que quase me corta a respiração.

— Shhh... está tudo bem. Estou com você. Você está a salvo. Ninguém vai te machucar de novo.

Uma mulher está gritando.

— Não. — Percebo que a voz é minha.

As lágrimas escorrem pelo meu rosto. Fecho os olhos e enterro o rosto no pescoço de Alex.

— Mais dois mortos aqui — diz Jake, da porta. — Não há sinal do atirador. Parece que ele saiu pela parte de trás. — Ouvir sua voz e ter Alex me segurando alivia um pouco da tensão no meu peito. Um pouco. — Os policiais também estão aqui.

A polícia. Jake. Alex.

Eu solto uma longa respiração, fecho os olhos e relaxo a maior parte do meu peso sobre Alex.

A pausa é de curta duração. Homens com armas em punho entram pela porta e as apontam para Jake, e depois para nós.

— De joelhos! — um homem trajando uma farda preta e colete à prova de balas grita com Jake. As letras brancas estampadas no peito indicam que ele é da polícia. — Coloque a arma no chão e chute para mim, depois bote as mãos atrás da cabeça.

Distraída pelo que está acontecendo com Jake, não reparo nos outros policiais cercando a mim e Alex.

— Afaste-se da mulher, senhor. — Um dos policiais aproxima o cano do rifle a apenas alguns centímetros do rosto de Alex. — Agora!

Alex me solta e se afasta para a beirada do colchão. Dois outros policiais o agarram pelos ombros e o forçam a ficar no chão, com o rosto voltado para mim.

— Está tudo bem, amor.

O que está acontecendo? Minha cabeça parece uma daquelas placas giratórias sobre uma haste fina, prestes a se espatifar em um milhão de pedaços no chão.

Uma mão repousa no meu braço. Eu me afasto e fico olhando para uma policial agachada ao meu lado.

INOCÊNCIA

— Vai ficar tudo bem, senhora. Estamos aqui para ajudá-la.

Um homem de terno se ajoelha ao lado da mulher, olha para seu telefone celular e depois para mim, com os olhos agora entrecerrados.

— Parece que é a mesma mulher.

Eu olho para Jake. Suas mãos estão atrás das costas e amarras rodeiam seus pulsos. Ele está acenando com a cabeça para o que quer que o policial esteja dizendo. Eu viro a cabeça para onde está Alex, e as estrelas tomam minha visão. A dor brota da base do meu crânio. Fecho os olhos com força, desejando que a dor se dissipe. Abrindo um olho de cada vez, vejo os dois oficiais puxarem Alex até que ele fique ajoelhado, amarrando seus pulsos na sequência.

O que eles estão fazendo? Alex e Jake fizeram algo errado?

— Ela precisa de cuidados médicos — diz a policial para o cara de terno. Ele fecha o semblante.

— Preciso de algumas respostas sobre o que aconteceu aqui.

As vozes se fundem em um refrão de palavras irreconhecíveis. A atividade ao meu redor se transforma em um filme que estou assistindo de longe. Tudo o que consigo ouvir é minha respiração, a única coisa em que consigo me concentrar. A única coisa que consigo entender. O ritmo é constante, mas muito mais acelerado do que deveria ser. Os corpos vestidos de preto ao meu redor são substituídos por pessoas de branco. Uma luz brilha em meus olhos, e eu os fecho.

Vozes abafadas flutuam ao meu redor. A cadência das palavras compete com a melodia respiratória e exige minha atenção.

— Senhora? Você consegue ficar de pé e andar?

Eu olho para o jovem que está ao meu lado. Ele tem o cabelo castanho claro e uma camisa branca. *Ele fez a pergunta? É a mão dele debaixo do meu cotovelo?*

— Você pode se levantar? — Sua boca está se movendo junto com as palavras. Aceno, mas não tenho ideia se posso ou não me levantar. Suavemente, com a pressão sob ambos os cotovelos, firmo os meus pés.

— Pronto — outra voz ecoa ao lado. Outro homem de branco com cabelo escuro e bigode sustenta meu outro braço. — Vamos ver se podemos andar, pode ser?

Damos alguns passos. Meus pés estão tão pesados. As pernas não cooperam. Oscilo de lado a lado como um marinheiro bêbado depois de uma noite no porto. A luz do sol quase me deixa cega. *Como cheguei do lado de fora? Não me lembro de ter andado pela casa.*

— Pode me dizer seu nome? — o Bigode me pergunta.

Abro a boca, mas não sai nenhum som. *Eu sei meu nome?* Esmigalho neve debaixo dos meus pés; as partículas geladas se prendendo às minhas meias. As portas traseiras de uma ambulância estão abertas no final do caminho. *Onde está Alex?* O atirador ainda está na casa? Meu couro cabeludo arrepia.

Não, Jake disse que não estava.

— Acabou? — Minha voz soa mais como um guincho de rato.

O homem acena com a cabeça.

— Sim, acabou.

Vejo em minhas lembranças os olhos sem vida do Magricela.

— Estão todos mortos? — Já sei a resposta, mas preciso desesperadamente ouvir de novo.

— Não sei o que aconteceu. Neste momento, só estou preocupado com você.

Meu coração se aperta. Por que estou de luto por estes homens? Eles me sequestraram. Um deles me espancou. Mas será que eles mereciam morrer?

— Senhora? — Eu olho novamente para o Bigode. — Você sabe seu nome?

Eu abro a boca.

— Kylie Tate… Stone. Meu nome é Kylie Stone.

— Tudo bem, Kylie, nós vamos te ajudar a entrar na ambulância. Você pode subir?

Ele aponta para um degrau na parte de trás do veículo. Eu aceno e levanto o pé. O homem de cabelo castanho já está lá dentro, com a mão ainda sob meu cotovelo, e me ajuda a levantar.

— Vou te acomodar aqui, está bem?

Eu assinto.

Bigode se senta no banco em frente a mim.

— Pode me dizer onde está ferida?

Levanto a mão e arrasto os dedos por toda a mandíbula.

— O seu queixo dói? Imagino que sim. Está inchado e machucado. — Os dedos dele pressionam ao longo da minha mandíbula e eu afasto a cabeça. — Eu sei, isto dói, mas tenho que ter certeza de que seu maxilar não está quebrado. — Ele toca no meu maxilar. — Dói?

— Não tanto assim — digo.

O Bigode murmura para o homem de cabelo castanho, que digita em um *tablet*.

INOCÊNCIA

61

— Em algum outro lugar, Kylie?

Que tal todo o meu corpo todo?

Eu levanto um pouco o meu suéter. O de cabelo castanho prende a respiração quando o olhar pousa nas minhas costelas.

O Bigode ergue o tecido um pouco mais.

— Pode me dizer sobre esses ferimentos?

Lágrimas inundam meus olhos. Um soluço escapa do meu peito. O peso do Grandalhão sentado sobre minhas pernas, usando meu corpo como saco de pancada, parece real demais quando me lembro da cena.

— Tudo bem — diz o Bigode, a voz ainda firme, porém mais suave. — Preciso que você se concentre em mim e respire. Respire com calma.

Eu imito suas inspirações e expirações.

— Ele me espancou.

— Ele te espancou? Ele te chutou também?

Eu balanço a cabeça. Cristo, se ele tivesse me chutado, eu estaria morta por conta de alguma hemorragia interna. Sentado em cima de mim, ele não foi capaz de empregar toda a sua força em seus socos. Ficar de pé e me chutar teria sido uma história totalmente diferente.

— Esse sangue é todo seu?

Eu olho para baixo. Sangue, fresco e seco, mancha a minha roupa. Lágrimas brotam em meus olhos.

— Não, tudo não — digo, apontando para o sangue do Magricela que cobre meus braços. Um calafrio passa pelo meu corpo. — Onde está Alex? Preciso ver meu marido.

— Não sei onde ele está — declara o Bigode. — Preciso que você se deite para que eu possa verificar os ferimentos em suas costelas.

Uma onda fria de pavor me domina. Tremores perpassam meu corpo.

— Tenho que vê-lo. Por favor, eu preciso dele. — Rios quentes de lágrimas escorrem pelo meu rosto.

O Bigode se vira para um dos policiais que está do lado de fora da ambulância.

— Você pode encontrar o marido dela?

O policial murmura algo que não consigo ouvir e se afasta.

— Vão encontrá-lo. Você pode relaxar um pouco agora? Precisamos desacelerar seu ritmo cardíaco e diminuir sua pressão sanguínea.

Alex sobe na ambulância, desliza ao lado de Bigode no banco e fecha as duas mãos ao redor da minha.

— Oi, amor. Está tudo bem, você está a salvo.

Os soluços sobem ao meu peito. Quero acreditar que o pesadelo acabou, mas não estou completamente certa do que está acontecendo ao meu redor, ou comigo. Ainda parece que meu cérebro está em um liquidificador que nunca para, as velocidades continuam mudando.

— Eu estava com tanto medo.

Alex beija o dorso da minha mão. O calor se espalha pela minha pele e pelo meu braço.

— Eu sei, mas agora acabou.

— Eu quero ir para casa.

Alex olha para o Bigode que nega com um aceno.

— Nós vamos, mas precisamos de um médico para cuidar de seus ferimentos.

Eu soluço.

— Então poderemos ir para casa?

— Sim, eu prometo.

Tento me concentrar em seu rosto através das lágrimas.

— Você me encontrou.

Ele sorri.

— Sempre.

INOCÊNCIA

CAPÍTULO 13

O Dr. Winstead, um médico de meia-idade do Pronto-Socorro, lê os resultados da minha tomografia com o cenho franzido. Ele exala e grunhe baixinho, depois olha para mim por cima dos aros dos óculos.

— Bem, não há sangramento interno ou danos aos rins, mas você tem hematomas que lhe causarão dor por alguns dias. Essa é a boa notícia. Por outro lado, você tem uma concussão grave. Vou interná-la durante a noite para observação.

Meu ritmo cardíaco dispara fazendo com que o monitor apite.

— Não. — Sem chance que vou ficar no hospital.

— Sra. Stone, você sofreu alguns golpes graves na cabeça. Considerando seus ferimentos do passado, é vital que você seja monitorada.

Olho diretamente nos olhos de Alex e aperto sua mão.

— Não vou ficar. Não posso passar outra noite longe de casa.

Alex sustenta meu olhar por um momento. Voltando-se para o médico, ele diz:

— Existe algum provedor de saúde domiciliar que você possa recomendar? Vou levar minha esposa para casa.

Empurrando o carrinho de computador para longe, o Dr. Winstead gira em sua cadeira e fica de frente para nós.

— Deixar o hospital, levando sua esposa para casa, pode ser muito perigoso, Sr. Stone. Os ferimentos dela são muito graves. Se algo acontecesse, não teria como trazê-la de volta a tempo de evitar danos irreversíveis ao cérebro ou possível morte.

Alex me olha de relance, mas eu sacudo a cabeça.

— Nós entendemos os riscos e agradecemos sua preocupação. Ficar aqui só vai aumentar sua ansiedade. É o desejo dela voltar para casa, e eu a apoio. Por favor, assine toda a papelada necessária para que possamos partir o mais rápido possível.

O Dr. Winstead fecha a boca, e a cara. Ele se levanta e sai da sala de exame sem uma palavra ou um olhar para trás.

Meia hora depois, a enfermeira entrega a Alex cópias de todos os documentos que assinamos, juntamente com as instruções do médico para o tratamento em casa. Ela puxa a cortina para trás, leva o computador para fora, e sai. Alex coloca sua mão sob meu braço e me ajuda a sentar na cadeira de rodas.

O Dr. Winstead se aproxima e entrega a Alex alguns cartões.

— O meu número particular está na parte de trás do meu cartão. Se você tiver algum problema, me ligue imediatamente, a qualquer hora. O outro cartão é de uma enfermeira que recomendo com toda a confiança. Tomei a liberdade de telefonar para ela. Expliquei brevemente sobre os ferimentos de sua esposa, e ela vai se encontrar com vocês em sua casa. O restante dos arranjos quanto aos cuidados com sua esposa pode ser resolvido quando ela chegar à sua casa.

Alex aperta a mão do homem e lhe agradece. Jake está esperando do lado de fora do hospital, e ajuda Alex a me acomodar no banco de trás do SUV. Somente quando ele dirige e cruza os portões da propriedade, é que respiro fundo e relaxo. Uma brisa fria beija minhas bochechas durante o percurso até a porta da frente, mas nada pode diminuir o calor que se espalha dentro de mim a cada passo que dou para mais perto de casa. De pé no vestíbulo, olho em volta enquanto Alex desliza meu casaco pelos braços e o atira para o banco recostado à parede. Uma lágrima escorre pela minha bochecha. Pensei que nunca mais veria este lugar.

Alex enlaça minha cintura e me puxa para o aconchego de seu corpo.

— Venha, vamos para a cama. — Ele me olha fixamente e limpa a lágrima com seu polegar.

A lareira está em chamas no quarto. Em circunstâncias normais, o calor que irradia dela teria sido sufocante. Agora não. Meu cativeiro me gelou até os ossos, mental e fisicamente, e eu duvidava que eu voltaria a me sentir verdadeiramente aquecida.

Alex me coloca na poltrona diante da lareira, pega o cobertor pendurado no encosto e me cobre. Ele tem estado quieto desde que saiu do hospital. Eu o observo caminhar até a mesa de cabeceira do meu lado da cama e pegar a medicação que o Dr. Winstead me prescreveu.

INOCÊNCIA

65

Estou tão grata por estar viva, por estar de volta em casa com ele. A possibilidade de que eu esteja sonhando faz com que meu coração pare. Desviar o olhar é impossível. Tenho muito medo de que ele desapareça, e eu esteja de volta na casa com os sequestradores.

Alex se senta na beirada da poltrona.

— Hora de dormir. — Sua voz é suave, baixa e firme.

— Podemos apenas nos sentar aqui um pouco em frente ao fogo?

Afastando o cabelo da minha testa, ele acaricia meu rosto e sorri.

— Claro, meu amor. O que você quiser. Vou deixar você descansar um pouco.

O medo me atravessa como um pavio aceso em um bastão de dinamite. Ele está de pé, mas eu agarro sua mão.

— Não, por favor não vá.

Linhas profundas marcam sua testa, os olhos franzem em preocupação.

— Desculpe. — Minha voz falha e lágrimas transbordam. — Eu preciso de você comigo.

Um pequeno sorriso curva os cantos de sua boca. Ele se move para o lado oposto da poltrona, e desliza por baixo do cobertor ao meu lado.

— Nunca peça desculpas por me pedir para ficar. Não há lugar no mundo em que eu preferisse estar.

— Ainda tenho tanto medo de que tudo isto é um sonho. — Consigo suprimir o soluço na garganta, mas as lágrimas não cessam. — Não quero fechar os olhos, nem dormir, caso acorde e não esteja aqui.

Alex envolve meus ombros e me puxa contra o peito forte. Seus músculos tensionam, mas ele beija gentilmente o topo da minha cabeça.

— Sinto muito, Kylie…

— Não. — Levanto meu rosto para poder encará-lo. — Sem desculpas. Sem arrependimentos. E absolutamente nada de assumir qualquer culpa pelo que eles fizeram. Só quero estar agradecida. Estou tão feliz de estar aqui com você… em seus braços.

Alex abaixa a cabeça, os lábios roçam os meus.

— Eu te amo tanto, amor.

Ele me puxa contra seu peito e me abraça por alguns minutos, e fico mais do que feliz em permitir. A calma se alastra, como sempre faz quando estou em seu abraço protetor. Aqui, eu não tenho que pensar, nem ser forte. Eu posso simplesmente ser.

Ele leva minha mão até os lábios e a aperta. O dedo dele passa por

ANNE L. PARKS

cima do meu dedo anelar. Mesmo que eu tenha ficado com a aliança por tão pouco tempo, a sensação de vazio por sua perda é avassaladora.

— Eles pegaram — digo, uma onda de culpa me atravessa.

Alex beija meus dedos, mantendo-os ali por um momento.

— Podem ficar com ele. Eu tenho você.

Isso é um ponto de vista. A aliança simbolizava nosso amor e compromisso, mas nosso amor e compromisso não estavam ligados ao anel. A maneira como nos sentimos, os votos que fizemos, estão em nossos corações e em nossas almas. Ninguém jamais será capaz de tirá-los de nós.

Ninguém. Alex estará sempre aqui, sempre me encontrará, assim como me encontrou hoje.

Eu levanto a cabeça e fico olhando para ele.

— Como você me encontrou?

— Eu recebi uma mensagem de um número que desconhecido; Jake acha que era um celular pré-pago. A mensagem tinha uma foto sua anexada. O cara de TI de Jake foi capaz de determinar a área de onde a mensagem foi enviada. Acho que foi uma coisa boa não haver muitas casas na região; mesmo com o grande raio da localização, foi fácil te encontrar.

— Quem te enviou a mensagem? — pergunto, bocejando. Os remédios que o médico prescreveu estão fazendo efeito e a sonolência me assola.

— Não sei, amor — diz Alex. — Mas vou descobrir, e vou matar quem for o responsável.

INOCÊNCIA

CAPÍTULO 14

Sentada em frente a dois detetives do escritório de Investigações do Colorado, bebo meu café e mordo o bolinho feito por Ginny. Alex não ficou nem um pouco feliz por eu não ter tomado um café da manhã reforçado esta manhã, então estou fazendo um esforço para colocar algo em meu estômago. Pensei que estaria faminta depois de não comer por alguns dias, mas ter que conversar com os agentes sobre o que aconteceu me tirou o apetite.

Os dois homens não poderiam ser mais opostos. O detetive Donner é jovem e tem um semblante ansioso, com a caneta posicionada acima de seu bloco de notas, pronto a anotar tudo o que eu disser. Seu parceiro, detetive Abbott, tem vincos profundos na testa. Seu olhar semicerrado focado no meu rosto. Se ele sente qualquer emoção por contemplar minhas olheiras profundas ou o imenso hematoma que ocupa o lado esquerdo do meu rosto, e ao longo da minha mandíbula, ele está guardando segredo.

— Tentaremos ser breves em nossas perguntas, Sra. Stone — diz Abbott. — Mas estas são algumas acusações muito sérias. Temos três cadáveres e você é a única que sabe o que aconteceu.

Será que ele acha que estou inventando a história de ter sido sequestrada?

Eu mantenho o olhar focado ao de Abbott. Ele não vai me intimidar e não vai sugerir que sou mentirosa.

— Darei a você o máximo de informações que puder.

— Pelo menos desde o início — diz o detetive Donner, mas nem mesmo seu sorriso juvenil rompe a tensão entre mim e seu parceiro.

Eu assinto e pigarreio de leve. Eu gostaria que Alex pudesse estar comigo, me fortalecendo. Estou me controlando, mas Abbott está me dando nos nervos.

— Eu estava na cidade, me preparando para voltar para casa. Um homem abriu a porta lateral do passageiro do meu SUV e entrou. Ele tinha uma arma e me disse para começar a dirigir.

— Como era o homem? — pergunta Donner.

— Ele usava uma máscara de esqui preta, então não vi seu rosto.

Donner acena com a cabeça.

— E então o quê?

Inspiro fundo e prendo a respiração por um segundo antes de exalar.

— Ele me fez sair da cidade e pegar uma estrada de chão até parar em dado momento.

— Parar no meio da estrada? — pergunta Abbott. Eu o encaro, seus olhos ainda estão entrecerrados, mas um deles está um pouco agitado.

Isso é ceticismo ou curiosidade?

— Bem, eu estava dirigindo do lado direito da estrada, portanto não diretamente no meio, mas não me desviei para o lado nem nada.

— Tinha mais alguém lá?

Viro para olhar Donner, a cabeça se movimentando entre os dois detetives como se eu estivesse em Wimbledon.

— Não a princípio, mas uma van branca chegou atrás de nós em um minuto ou dois. O motorista e outro homem saíram de lá.

— E suponho que não se possa descrever nenhum dos dois — diz Abbott, o tom condescendente nítido em sua voz. Seja lá o motivo, talvez os dois agentes estejam usando a tática de policial bom e policial mau comigo, mas é bem óbvio que Abbott não vai com a minha cara.

Eu lanço um olhar para Abbott e sustento seu olhar. É impossível que este idiota me vença nesse jogo. Eu sei o que aconteceu, e sei que não estou mentindo. Ele pode pegar sua atitude e enfiar naquele lugar.

— Não, os dois também usavam máscaras de esqui. O homem que estava no carro comigo pegou meu celular do console e me mandou sair. Ele usou meu telefone para ligar para Alex e lhe disse que estavam comigo e que voltariam a ligar com um pedido de resgate.

A cena se desenrola na minha mente como se eu estivesse assistindo um filme.

— Quando encerraram a chamada, eu sabia que precisava tentar fugir. Eu tinha deixado a porta do SUV aberta e corri, mas não consegui alcançar a tempo.

Donner se inclina para a frente.

— Eles foram capazes de prender você? Como?

INOCÊNCIA

69

— Tenho quase certeza de que eles me deram um choque. Todos os meus músculos se contraíram e eu fiquei temporariamente paralisada. Os outros dois homens me jogaram na parte de trás da van.

— Nossa — Donner murmura, e balança a cabeça, rabiscando em seu bloco de notas.

Eu continuo sem esperar que ele olhe para cima. Preciso continuar. Um tambor bate monotonamente na base do meu crânio. Em breve, será uma enxaqueca total e minha energia será drenada.

— Um deles me vendou e fomos de carro até a casa onde fui encontrada.

— Você esteve lá o tempo todo? — pergunta Abbott. Seu olhar ainda é intenso, mas suavizou um pouco. Menos como uma lâmina afiada, e mais para uma faca de cozinha sem corte, ainda assim pronta para me esfaquear.

— Sim. Ainda não tenho certeza de quanto tempo estive lá, acho que três noites, mas estive inconsciente por boa parte do tempo.

— E por quê? — pergunta Donner.

— Aparentemente, eles não gostaram da minha atitude ou das minhas tentativas de fuga. Um dos homens, que parecia mais um lutador de peso pesado com uma roupa de ninja, tinha um pavio curto e me usou como saco de pancada algumas vezes. — Sem perceber, toco o lado do meu rosto com os maiores hematomas. O Grandalhão era destro, aparentemente, já que parecia sempre me bater no lado esquerdo da cabeça e do corpo.

Donner escreve furiosamente em seu bloco de anotações, e eu levo um tempinho para acalmar os nervos. Eu realmente gostaria de passar por isso sem chorar, já que uma vez que as comportas se abrem, é realmente difícil fechá-las novamente. Tenho a chance de dar uma olhada em Abbott. Ele inspira fundo, as sobrancelhas se levantam, e, em seguida, dá um pequeno balanço de cabeça.

Isso é um sinal de que ele está impressionado comigo? Talvez ele esteja começando a me ver como uma vítima em vez de parte de alguma conspiração de assassinato contra Alex?

Abbott apoia os cotovelos sobre os joelhos e se inclina para frente.

— Eles falaram alguma coisa para você ou entre eles? Algo que você possa ter ouvido e que dê qualquer indicação sobre o motivo do sequestro?

Meu olhar se alterna entre os dois homens, me perguntando se esta é uma pergunta capciosa, ou se eles são realmente tão ignorantes.

— Parti do princípio de que era pelo resgate. — Continuo a olhar para eles. Pedir a um marido bilionário por um pagamento não é motivo suficiente para raptar sua esposa?

ANNE L. PARKS

Nenhum dos dois respondeu às minhas perguntas não declaradas e não dão nenhuma indicação sobre o porquê de terem feito uma pergunta tão imbecil. Eles me fazem mais algumas perguntas, às quais respondo antes de me levantar.

— Obrigado pelo seu tempo, Sra. Stone — diz o detetive Donner, estendendo a mão para que um cumprimento.

Abbott pigarreia.

— Entraremos em contato se tivermos mais perguntas. — Ele entrega seu cartão de visita. — Se você se lembrar de mais alguma coisa, ligue.

Velho rabugento.

Eles saem da sala de estar e Jake abre a porta da frente para eles. Alex se senta ao meu lado no sofá, o braço instantaneamente se acomodando sobre meus ombros.

— Como você está se sentindo, amor?

— Minha cabeça dói, e estou um pouco cansada, mas estou bem.

Jake entra e toma o lugar vago por Donner.

— Por que eles estão me perguntando se sei o motivo de eu ter sido sequestrada? Contei sobre a ligação que fizeram para você, falando do resgate. — Olho para Jake, e depois para Alex.

— Eles nunca mais me ligaram depois daquela vez — diz Alex.

Minha pressão aumenta.

— Por que eles me sequestrariam, pegariam minha aliança, mas nunca pediriam um resgate? Acho impossível acreditar que eles ficariam satisfeitos em ter apenas a aliança. Eles não conseguiriam o valor real da joia se a penhorassem.

Jake esfrega o queixo.

— Fora que o mistério sobre esse "chefão" não ajuda muito.

Alex beija a lateral da minha cabeça.

— Este mistério não será resolvido hoje, e você precisa descansar e se recuperar.

— Alex, eles pensam que você e Jake mataram os sequestradores. Se não descobrirmos quem é o chefe, vocês poderão ser acusados de múltiplos assassinatos.

— De nada isso adianta no momento. O médico disse que sua concussão é séria, portanto, essa é a prioridade. Os agentes estão investigando, e Jake está cuidando do assunto. Ninguém vai ser acusado de assassinato.

Ele levanta meu queixo no único ponto que não parece estar machucado.

INOCÊNCIA

— Vou fazer um chá e algo para comer para que você possa tomar seus analgésicos. Voltarei para te ajudar a acomodar lá em cima. A enfermeira recomendada pelo Dr. Winstead virá por volta do meio-dia. Não quero ter que relatar que você foi teimosa.

Ele sorri, me beija e depois sai.

No final da tarde, estou prestes a enlouquecer. Alex quer que eu fique não somente apenas em nosso quarto, mas na cama. Ficar restrita à cama não está na lista de coisas que me fazem feliz ultimamente. Passei dias e noites demais deitada um colchão, e mesmo que nossa cama seja muito melhor do que aquela onde eu dormia, ainda assim, não é o único lugar onde quero estar.

Calço os chinelos e pego a camisola pendurada sobre a cadeira, saindo do quarto em busca de… bem, de algum lugar que não seja o quarto. Desço as escadas bem devagar e entro na cozinha em seguida. Ginny enfia suas mãos em luvas de forno de silicone e sorri quando me vê.

— Como está se sentindo? — ela pergunta, puxando uma bandeja de biscoitos para fora e a colocando no balcão de granito. O aroma de açúcar e chocolate é um despertar para o meu estômago, que resmunga assim que inspiro o cheiro.

— Muito melhor — digo. Em um prato de vidro na minha frente estão biscoitos de gengibre com cobertura de glacê. Eu aponto para eles. — Posso pegar um destes?

— Claro, pode pegar. — Depois de colocar a forma vazia na pia, ela pega um dos biscoitos, também. — Pensei que depois do Natal eu ficaria exausta, mas parece que não, então continuo cozinhando.

Dou uma mordida no biscoito e quase gemo com o sabor delicioso. Gengibre e canela encantam meu paladar. O exterior do biscoito é crocante, mas o interior é macio e derrete na língua.

— Ai, são tão bons.

— Obrigada, é a receita da minha avó. Ela me ensinou quando eu era pequena. Minha mãe não gostava de ficar na cozinha, o que acho que decepcionou minha avó, então, acabei me tornando sua aprendiz. — Ginny pega o leite da geladeira e serve um copo para nós. — Enquanto meus irmãos faziam tarefas pela casa, eu tinha que ficar na cozinha.

Eu rio.

— Isso deve ter trazido a harmonia entre vocês.

— Não mesmo. — Ela dá uma risada. — Não que eu me importasse. Isso me livrou da vassoura, da lavanderia e da limpeza dos banheiros.

— Com certeza valeu a pena. — Eu como o último pedaço de biscoito e bebo o restante do leite. — Por acaso você não sabe onde Alex está?

Ela coloca nossos copos vazios na pia.

— Acho que ele está em seu escritório, conversando com...

— Jake — digo ao mesmo tempo.

É claro.

A porta para o escritório está aberta, o que me surpreende. Normalmente, Alex e Jake têm reuniões secretas a portas fechadas, especialmente quando tem a ver comigo e com minha segurança – o que parece ser o tempo todo. Eu espio dentro do cômodo. Alex está sentado à mesa, o olhar focado na tela do computador.

— Toc toc — digo, e entro.

Alex olha para cima, e o sorriso que se espalha sobre seu rosto ilumina toda a sala, o que me faz sorrir na mesma hora. Será que alguma vez me acostumarei à beleza desse homem? Mais importante ainda, será que alguma vez me acostumarei ao fato de que ele é todo meu? Provavelmente não. Às vezes, ainda não consigo acreditar que sou casada com o solteiro bilionário que nunca teve um relacionamento sério antes de me conhecer.

— Oi, linda — diz ele, e se afasta da mesa, aproximando-se de mim. — Você não deveria estar na cama? — Ele segura minhas mãos e as beija.

— Pensei que era melhor sair do que bater a cabeça contra a cabeceira, ainda mais com essa recente lesão cerebral.

Enlaço seu pescoço e me aninho a ele. Normalmente, ele coloca as mãos na minha cintura, mas dados meus inúmeros hematomas, ele se limita a colocá-las de leve nas minhas costas.

— Estou me rebelando contra ficar confinada a uma cama, no momento. Além disso, sinto falta do meu marido. Esta ainda é nossa lua de mel, embora nada como esperávamos.

— Amor, não podemos fazer sexo — Alex diz, os olhos arregalados de incredulidade.

Não posso deixar de rir do ridículo de meu novo marido estar mortificado com a perspectiva de transar comigo. Somente nossas vidas poderiam ser assim.

— Bem, eu nunca disse nada sobre sexo, para início de conversa. Eu estava pensando mais em me aconchegar ao lado do fogo e assistir a um filme. Talvez até algo tão escandaloso quanto tirar uma soneca juntos. — Cubro minha boca e ofego.

— Engraçadinha — ele murmura e me beija. — No entanto, prometi realizar todos os seus sonhos, e se assistir a um filme em nossa lua de mel é o que você quer, então é o que faremos.

— Podemos comer pipoca?

— E quebrar uma das regras sagradas de assistir a um filme? Nem pensar.

Abraço seu corpo com mais força. Este homem é tudo o que eu acreditava que o Príncipe Encantado seria. Eu simplesmente nunca acreditei que o teria.

Jake pigarreia e entra na sala.

— Uma encomenda foi entregue para você, Sr. Stone. Não há informação do remetente, e o entregador não tinha ideia de quem a havia deixado no correio da cidade.

Os olhos de Alex escurecem e o sorriso em seu rosto se transforma em uma linha sombria. Seus músculos tensionam de imediato. Ele pega o pacote e caminha até sua mesa. Olhando para mim, expira audivelmente.

— Suponho que não consigo te convencer a ir até a sala e escolher um filme enquanto lido com isso.

— Não. — Sei que Alex odeia minha resposta, mas não vou deixá-lo me proteger de nada. Sua necessidade profundamente enraizada de me proteger tem melhorado ultimamente. Houve um tempo em que ele teria escondido coisas de mim para me preservar. Depois de algumas brigas, uma que na verdade nos levou a nos separar por um curto período, ele parou. Um pouco.

Pequenos passos.

Pegando um abridor de cartas de sua mesa, ele rompe a parte de cima do envelope e despeja o conteúdo em sua mão.

— Minha aliança de casamento.

Nunca pensei que voltaria a vê-la.

Mas por que os sequestradores a tirariam de mim, simplesmente para devolvê-la? Isto, além de ficar sabendo que os raptores nunca exigiram um resgate, me faz pensar se o Magricela estava me dizendo a verdade: o sequestro foi apenas o primeiro passo do plano.

— Tem algum bilhete? — sonda Jake, pegando o envelope.

— Não toque nisso — murmuro. Ambos olham para mim. — Na verdade, Alex, você provavelmente deveria deixar aí. É uma prova. As impressões digitais ou o DNA do assassino podem ser coletadas.

O celular de Alex toca. Ele olha para a tela e franze o cenho. Ao aceitar a chamada, coloca no viva-voz.

— Stone.

— Alô, filho. É o seu pai. Acho que você recebeu meu pacote, devolvendo o anel de casamento de sua adorável esposa.

James. Meu sangue congela, e um calafrio percorre ao longo da minha coluna.

— Você fez isso? Você matou seus cúmplices, também? — Alex rosna. O sangue sobe pelo pescoço e chega em suas bochechas. Até os olhos dele estão em chamas.

— Pontas soltas. Eles serviram ao seu propósito, e essa parecia ser a melhor maneira de lidar com eles.

Meu Deus, ele planejou matá-los o tempo todo. Minha mente corre de volta ao Magricela me dizendo por que ele estava envolvido, para ajudar a mãe a receber tratamento. James brincou com as vulnerabilidades do jovem, e o garoto pagou por isso com sua vida. Meu coração se parte, e tudo o que posso pensar é que espero que James encontre uma morte cruel.

— O que você quer? — Alex apruma a postura, respira fundo e acalma um pouco seu tom.

— Quero que saiba que posso chegar até Kylie, não importa onde você esteja, ou quanta segurança tenha. Eu a tomei de você tão facilmente, e posso fazer isso novamente.

Há uma alteração em seu tom de voz. Ele está gostando disso, e sabe como isto vai afetar Alex.

— Você não pode tomar conta dela mais do que tomou conta de sua mãe.

INOCÊNCIA

Alex respira devagar e com firmeza.

— Se você se aproximar dela, eu te mato.

— Bom saber que você tem alguns dos meus genes — diz James.

Meu estômago revira. A ideia de que Alex poderia ter herdado qualquer coisa daquele monstro me dá vontade de vomitar. Alex não é nada parecido com seu pai. Ele nunca seria cruel ou abusivo.

E ele nunca tiraria uma vida.

— Você terá notícias minhas novamente no futuro, filho — afirma James. — Até lá, cuide de sua linda esposa.

A chamada é interrompida. Nenhum de nós se move. Ou respira. O episódio inteiro parece um pesadelo que se torna realidade. Meu estômago despenca. O começo de uma dor lancinante lateja em minha cabeça.

— Jake, entre em contato com Donner e Abbott e avise-os sobre o pacote e a ligação — orienta Alex. Ele passa as mãos pelo cabelo e me olha de relance.

Eu prendo o fôlego. Suas mãos estão tremendo. Acho que nunca vi Alex desta maneira. Ele está assustado. Por mim. Por minha segurança.

Isso não é novidade. Ele ficou ao meu lado quando John veio atrás de mim, duas vezes, e me protegeu de danos físicos e mentais. Isto é diferente, no entanto. James entrou na cabeça de Alex, e está causando estragos, incitando os demônios que ele tem lutado tanto para banir. Mas o único demônio que sempre terá o poder de destruir Alex é aquele que o culpa pela morte de sua mãe. E James sabe disso.

Jake se vira para deixar a sala.

— Mande uma cópia da gravação da conversa telefônica para eles também — Alex diz, antes de Jake deixar o escritório e seguir para sua sala de segurança.

— Gravou a ligação? — pergunto.

Alex assente.

— Após termos recebido a primeira e única chamada depois que você foi sequestrada, Jake programou meu telefone para gravar qualquer chamada que eu recebesse. Felizmente, ele não tirou da minha linha desde que você voltou.

Dou a volta na mesa e enlaço seu pescoço, encarando-o diretamente em seus olhos. Eu nunca tinha visto o olhar perdido que ele agora ostenta.

Puxando-me para o calor de seu peito, ele me abraça com força. Seu hálito quente roça minha orelha como uma brisa quente de verão.

— Estou com medo, Kylie. James está certo, ele foi capaz de chegar até você com muita facilidade. E se eu não conseguir detê-lo da próxima vez? — Afasta a cabeça, e tudo o que quero fazer é chorar ao ver a tristeza em seus olhos azuis. — Eu não sobreviveria sem você. Preciso tanto de você, e estou petrificado de que não possa te manter a salvo dele.

A vulnerabilidade que ele está expondo quase me destrói. Ele é sempre tão forte. Esqueço que também é humano, e tem tantos medos e dúvidas quanto qualquer um. Ele é apenas melhor para encobri-los e canalizar seus sentimentos para outros comportamentos. Mas isto… isto é visceral, como se ele tivesse aberto uma veia e precisasse de mim para estancar a hemorragia.

Deslizando as mãos sobre suas bochechas, eu acaricio seu rosto.

— Essa não é apenas a sua luta, Alex. Somos uma equipe, trabalhamos juntos e temos um ao outro. Você pode ter medo, amor, mas não pode carregar o fardo todo sozinho.

Eu olho diretamente em seus olhos azuis e rezo para que eu possa segurar as lágrimas que ameaçam escorrer dos meus.

— Não há mais segredos entre nós. Sei que agora você está inventando mil maneiras diferentes de me manter escondida de James. Mas você não pode me excluir. Em troca, eu farei o que você e Jake me pedirem para evitar que James chegue perto de mim. Combinado?

Alex mal acena com a cabeça.

— Combinado.

— O pensamento de ele me usar para torturá-lo de qualquer maneira me faz querer fugir de você para te manter seguro. Mas dessa forma, ele ganha. Com tudo o que passamos, a única coisa que sei, com certeza, é que somos sempre mais fortes juntos. Não importa o que aconteça.

Alex me puxa firmemente em um abraço.

— Eu te amo muito, Kylie, e James não vai retomar o que John começou. Farei o que for necessário para mantê-la segura. Mas prometo que você ficará a par de todo e qualquer plano que tracemos.

Eu me aninho a ele e levo um momento para reunir minhas forças. Com tudo o que aconteceu – e esta última crise –, minha cabeça parece uma boia no meio do oceano, balançando acima das ondas.

Alex desfaz o abraço e me acompanha de volta ao nosso quarto. Tomo os analgésicos receitados que ele me dá, ciente de que isso o deixará à vontade. Além do mais, preciso melhorar. Desde que James se tornou nossa mais nova e maior ameaça, eu preciso ter a cabeça limpa e o corpo forte para ajudá-lo nessa luta.

INOCÊNCIA

77

— Sei que esta é nossa lua de mel, e tudo mais, mas seria horrível se eu dissesse que realmente quero ir para casa? — pergunto, quando Alex aconchega o edredom sobre mim.

— Não, de jeito nenhum — diz Alex, afastando o cabelo da minha testa. — Assim que os agentes pegarem nossas declarações e reunirem as provas, eu farei os preparativos para partir. Agora, quero que você vá com calma e durma um pouco.

Ele se inclina e beija minha testa antes de sair.

Fecho os olhos e me derreto no aconchego da cama reconfortante. Estava mais cansada do que imaginava. Que tarde louca. Justo quando penso que nossas vidas vão normalizar, algo do passado retorna. James esteve ausente há tanto tempo que Alex e seus irmãos haviam se convencido de que ele não era mais um problema em suas vidas.

James tem outras ideias, ao que parece.

Meus olhos ficam pesados, e as mãos gentis do sono me puxam para a escuridão. Mas, no fundo da minha mente surge um pensamento que sussurra há muito tempo, e um tremor gélido percorre meu corpo.

Onde está John?

CAPÍTULO 15

As duas semanas desde que voltamos do Colorado têm sido relativamente sem problemas. Alex e Jake estão ocupados fortificando a casa quase ao nível de alta segurança em Fort Knox. Tenho me contentado em deixá-los cuidar de tudo isso enquanto foco na minha recuperação. Quanto mais cedo o meu cérebro estiver bem, mais cedo poderei voltar a advogar.

Tanto quanto humanamente possível, tenho evitado pensar na constante ameaça de que James está apenas dando tempo antes de atacar novamente. Concentrar-me em minha carreira adormecida é apenas o elixir de que preciso para me curar.

Jack me visitou algumas vezes para discutir algumas estratégias comigo e me indicar a direção certa. Com pouquíssimos casos nos últimos meses, é quase como se eu estivesse começando de novo. Jack está otimista que posso recuperar minha posição na comunidade jurídica rapidamente. Ele é um dos advogados mais respeitados da costa leste, então quem sou eu para discutir com ele?

Alex e eu entramos em comum acordo nesse ínterim, o que também é encorajador. Desde que eu descanse de forma intermitente durante o dia, ele não me repreende por trabalhar no *laptop*. Com toda honestidade, só consigo lidar com trabalho por cerca de uma hora ou duas de cada vez, de qualquer forma. Minha concussão não está totalmente curada, então ficar olhando para o computador o dia todo está fora de questão. Estender meu tempo de recuperação já é ruim o suficiente, mas a dor de cabeça que me acompanhará durante a noite e, provavelmente, no dia seguinte não é algo com o qual eu queira lidar.

Com o *laptop* descansando sobre minhas pernas, envio um e-mail para o empreiteiro que tem feito uma reforma no meu novo escritório, quando

Alex entra no quarto, com o telefone no ouvido.

Ele me olha de relance e sorri.

— Direi a ela — garante à pessoa do outro lado da linha. — Vejo você logo. — Ele afasta o telefone e encerra a chamada.

— Vai me dizer o que é? — pergunto.

Ele desliza ao meu lado na cama.

— Primeira coisa, esposa. — Ele se inclina e me beija. Meus lábios formigam, como sempre fazem quando ele me beija. O perfume de seu pós-barba com seu próprio cheiro me deixa zonza. — Era Paul no telefone. Ele e Ryan estão a caminho e ficarão por aqui durante o fim de semana.

Meu coração salta de alegria. Meus dois melhores amigos são a única família que tive por tantos anos antes de conhecer Alex. Nós nos conhecemos como calouros na faculdade, e eles estiveram comigo durante alguns dos piores momentos da minha vida. O amor e apoio deles são inestimáveis para mim.

E Alex foi se achegando à nossa família. Paul e Ryan não ficaram entusiasmados quando descobriram com quem eu namorava, mas depois de conhecerem Alex e ver como ele me faz feliz, e como Alex era protetor comigo, ambos cederam e deram sua bênção. Paul e Alex têm até alguns negócios juntos.

— Eu preciso tomar um banho — digo, praticamente pulando da cama. Uma péssima ideia. Minha cabeça gira, me tirando o equilíbrio. Caio de bunda na beirada da cama.

Alex se move ao meu lado.

— Amor, calma. Vai levar pelo menos duas horas para eles chegarem aqui. Ainda mais se pegarem trânsito. Não há pressa.

Eu rio e esfrego a têmpora.

— Não chamaria isso de "pressa".

— Em sua condição, é. Você consegue se levantar?

Alex me ajuda a ficar de pé e me conduz ao banheiro. Ele liga a água quente no chuveiro e me ajuda a tirar a roupa. Esta é sempre a parte mais complicada para nós. O médico não nos deu a permissão para fazer sexo, e não tenho certeza de quanto tempo mais poderemos aguentar.

Puxando a calça e a jogando para o lado, seus olhos viajam pelo meu corpo quando ele se levanta. Uma restrição sexual é uma enorme sacanagem para recém-casados.

Andando desconfortavelmente à minha frente, Alex geme, e se afasta.

— É melhor eu ir antes que eu perca o restante de autocontrole que tenho e te beije agora... e em alguns outros lugares. — Seus olhos estão profundamente azuis e cheios de desejo.

— É melhor que o médico me libere logo, ou teremos que discutir a obtenção de uma segunda opinião.

Ele ri e se vira em direção à porta.

— Tenha cuidado no chuveiro. Se ficar tonta ou qualquer coisa...

— Use o botão de emergência... eu sei. — Sorrio e ele balança a cabeça, saindo em seguida. Quase todos os cômodos da casa agora têm pelo menos um botão desses no caso de haver problemas.

Até agora, ainda não tive que usar um.

— Caramba, você está com péssimo aspecto, K.

Sempre posso contar com Paul para me animar. Raramente ele mente, especialmente para mim.

— Sim, você deveria ver o outro cara, no entanto — caçoo, conforme ele me acolhe em seu abraço.

Ele faz uma pausa por um segundo, e depois me encara, os olhos um pouco arregalados. Risos escapam de seu peito.

— O outro cara... boa.

Provavelmente foi de mau-gosto por conta da morte dos três homens, mas, no momento, é a melhor maneira para lidar com isso. Ou encontro maneiras de rir dessa porcaria ou passo todo meu tempo chorando. Nenhuma das duas parece ser uma boa opção, mas já derramei lágrimas suficientes ultimamente para encher o Lago Michigan.

Ryan e Paul se instalam no quarto de hóspedes e voltam a se juntar a Alex e a mim na cozinha.

Paul pega uma cerveja da geladeira e toma um longo gole.

— Você quer rever algumas coisas do projeto Holland Building? — ele pergunta a Alex.

Alex assente.

— Vamos ser breves com os negócios para que possamos aproveitar o resto do fim de semana.

Normalmente é assim que as coisas são. Paul e Alex se afastam para o escritório de Alex, conversando sobre negócios, enquanto Ryan e eu desfrutamos dos nossos papos. Eu pego a garrafa de vinho que Alex escolheu da adega, e gesticulo para os cálices pendurados em uma prateleira sob o armário ao lado de Ryan. Servindo uma quantidade saudável de vinho para cada um de nós, eu me sento de volta nas almofadas do sofá.

— Beleza — digo. — Pode perguntar.

Ryan ri e toma um gole de vinho.

— Como você está se sentindo, docinho?

— Como eu me sinto? Bem… mas não totalmente curada. — Os hematomas em minhas bochechas desapareceram, mas ainda não recuperei toda a minha cor, e ainda estou pálida. Provavelmente por não ter mais de duas ou três horas de sono ininterrupto por noite, além da concussão persistente que produz enxaquecas intensas.

— O que os médicos estão dizendo? — pergunta Ryan, o olhar focado ao meu. Ele me entende como ninguém, e sabe quando não estou contando a história completa.

Eu tomo um gole do vinho e deixo a bebida deslizar pela garganta. Alex tem um vinho excelente, e o tinto que ele escolheu tem notas de cereja e chocolate.

— Que minha recuperação está encaminhada, e que devo continuar fazendo o que estou fazendo. Estou feliz por não me sentir como se a cabeça estivesse cheia de algodão, mas não é preciso muito para que a dor retorne. Você sabe o quanto detesto tomar remédios, mas não posso evitá-los uma vez que as marteladas recomeçam.

— Eu sei, mas não vai ser assim para sempre. Como estão as coisas com você e Alex? Ele está agindo como o superprotetor habitual por conta dessa ameaça? — Um sorriso zombeteiro ilumina o rosto e os olhos de Ryan.

— Um pouco, mas estou de boa com isso. James parece estar decidido a destruir Alex de uma maneira que fará o maior estrago, e ele descobriu que é através de mim. Quando ele me raptou, aparentemente ele lhes deu apenas uma regra: me manter viva. Além disso, acho que era uma vantagem para ele.

Sorvo todo o vinho da taça e a reabasteço.

— Não tenho nenhum desejo de estar nessa posição novamente.

Ryan me dá palmadinhas no joelho.

— Tendo algumas más lembranças de John?

— Mais ou menos. — Dou de ombros. John desfrutou e muito em me torturar. — Era diferente. Com John, eu sabia o que estava por vir, pelo menos até certo ponto. Não conhecia as especificidades, mas sabia que seria sexo abusivo. Então era apenas abuso. Eu não tinha ideia do que os sequestradores haviam planejado para mim. Estava convencida de que eles iriam me matar, ao invés disso, eles apenas me espancaram. É um pouco assustador pensar no que James vai fazer comigo se ele voltar a me pegar.

O silêncio nos envolve. Finalmente, Ryan respira fundo e exala.

— Eu entendo seu medo, mas não deixe que ele faça parte de quem você é. Viver com medo constante não é uma boa maneira de sobreviver. — Ele segura minha mão e a aperta. — Você está fazendo alguma das atividades que você costumava fazer?

— Como o quê?

— Correr?

Nego com um aceno de cabeça. A ideia de voltar à trilha para correr, depois de quase morrer lá, me dá um nó no estômago. John tinha conseguido entrar na propriedade quando pensei que ele estava trancafiado na cadeia e atirou em mim. Os pesadelos que me assombraram durante meses depois foram, de certa forma, piores do que os ferimentos reais que sofri.

— Eu sei que é assustador, mas você tem que tentar voltar à sua vida, docinho. Mas é o seguinte… você não tem que enfrentar seus medos sozinha. Há pessoas ao seu redor que nada mais querem do que ajudá-la a vencer esses medos. Tudo o que você tem que fazer é pedir ajuda.

As lágrimas brotam em meus olhos. Ryan sempre dá respostas que não quero ouvir e depois as coloca em perspectiva para mim. Parte disso é sua formação em psicologia, mas a maior parte é simplesmente Ryan. É o que faz dele um dos psicólogos mais procurados em Nova York.

Usando a palma da minha mão, enxugo minhas lágrimas. Está na hora de mudar de assunto. Chorar me dá dor de cabeça, e não quero nenhum tempo prostrada enquanto meus amigos estão de visita.

— Me conte como vão as coisas com a gravidez? A mãe do bebê está seguindo a rotina de saudável que você estabeleceu para ela?

Ryan ri.

— Sim, Rachel e o bebê estão bem. O médico diz que o bebê está se desenvolvendo exatamente do jeito que ele ou ela deve se desenvolver até o parto. O batimento cardíaco é forte. Rachel começou a ficar em nossa casa de três a quatro noites por semana, o que tem sido agradável. Conseguimos

INOCÊNCIA

83

sentir, e ver os chutes do bebê. Recentemente foi a primeira vez que vimos o pé do bebê quase saindo da barriga de Rachel, o que enojou Paul.

— Ai, Deus, eu só posso imaginar — consigo dizer, entre o riso. — E ela ainda topa morar com vocês em tempo integral até a chegada do bebê?

Ryan assente.

— Sim, ela e seus pais concordam que é melhor para ela estar em Manhattan e mais perto do hospital, do que no Queens. Dependendo da hora do dia em que ela entrar em trabalho de parto, ela pode ficar presa no trânsito e acabar tendo o bebê no banco de trás de um táxi.

— Eca.

— Sim, nenhum de nós quer isso. E ela já está pré-registrada no Mount Sinai.

— Bom — digo, entrelaçando meus dedos aos dele. — Fico feliz que ela ainda esteja sendo tão cooperativa, e não deixando de lado o sistema que colocamos em prática.

O que eu gostaria de dizer é que estou feliz por a mãe não ter mudado de opinião sobre a adoção e ter desistido do acordo. No entanto, não me sinto bem em falar sobre o assunto agora. Conversaremos sobre isso se for necessário. O contrato que redigi colocará Rachel e seus pais em um profundo buraco financeiro se for violado. Mas não há como proteger legalmente contra os danos emocionais que isso causará aos meus amigos mais próximos se eles perderem a criança pela qual já se apaixonaram.

— Como Paul está lidando com a paternidade iminente?

Ryan suspira.

— Está um pouco melhor agora que Rachel está mais por perto. Por um tempo, estive a um passo de lhe dar uma surra.

— Sei que demorou um pouco para que ele ajudasse a montar os móveis do berçário.

— Bem, agradeço a Deus por ter feito isso. É mais difícil para ele ficar entusiasmado com algo que ainda não é real. Ele pode ver o bebê crescendo, ele sabe que em breve seremos pais. Mas até que o pequeno feixe de alegria esteja realmente em seus braços, tudo isso é uma fantasia.

— Pelo menos você tem Gloria para ajudá-lo com todos os itens de última hora. — A mãe de Paul é uma mistura de socialite e June Cleaver. Ela ama seu filho e faria qualquer coisa para ajudar Paul e Ryan.

— Essa mulher é um anjo — diz Ryan. — Às vezes, me pergunto como Paul tem metade dos genes dela. Ela está me ajudando a cuidar das coisas, e a garantir que tenhamos tudo o que precisamos. Rachel a ama, o que tem sido uma bênção adicional.

Às vezes, a nova vida pode incidir uma luz tão brilhante que os problemas parecem murchar nas sombras. Um novo bebê na família é exatamente o que preciso para me lembrar que nem tudo na vida é ruim. Ver Ryan tão feliz, aguardando ansiosamente a chegada de seu filho, proporciona um alívio para meus problemas e me dá algo maravilhoso para me concentrar. Pelo menos por um pouco de tempo.

Realmente, é isso que a vida é… batalhar através da escuridão até mesmo por um pouquinho de luz.

CAPÍTULO 16

— Okay, Kylie, vamos novamente. Alguém vem por trás e envolve seus braços em torno de você, prendendo seus braços contra seu corpo. Como você consegue sair disso? — pergunta Antonio, meu treinador de Krav Magá.

Eu tomo um gole da garrafa de água e inspiro profundamente. Estamos treinando há cerca de meia hora e Antonio parece estar em uma missão para me reduzir a uma meleca no chão antes do término de nossa sessão.

— Jogo todo o meu peso em um agachamento o mais rápido possível. Virar de lado e acertá-lo na virilha com minha mão o mais forte que puder. Então dou uma cotovelada no estômago e corro quando ele me soltar. — Minha respiração é pesada e falar não está ajudando a controlar a situação.

— Você está pronta para tentar?

Acenando com a cabeça, bebo mais um pouco de água e atiro a garrafa para o lado. Eu me posiciono na frente de Antonio e viro minhas costas para ele.

— Quero que você se lembre como foi ter medo, e depois quero que transforme esse medo em ódio. O ódio por este idiota que está tentando te pegar. Ódio por tirar vantagem de você quando está vulnerável e não consegue vê-lo. Ódio porque ele é um covarde que se esgueiraria atrás de você e tentaria te arrastar para longe.

Eu fecho os olhos. Imaginar ter medo – isso é fácil. John se alimentou do meu medo. Quanto mais alto eu gritava durante suas sessões de tortura, mais ele se excitava. Ele usou meu medo como uma fonte de satisfação sexual. Uma visão do Grandalhão sentado em cima de mim, prendendo meus braços para baixo e me espancando cai sobre mim como um tsunami. Não há como escapar. Meus gritos são inúteis. Ninguém vai entrar e me ajudar. A transpiração recobre minha pele, deixando arrepios em seu caminho.

O hálito quente envolve minha orelha. Abro os olhos e fico olhando os braços musculosos enrolados ao redor do meu peito. Ele está aqui. O Grandalhão está de volta, e sei que desta vez ele não me deixará escapar da morte.

— Não, não, não! — Empurro os braços de aço. Meus pés avançam, mas estou presa no lugar, incapaz de correr. Incapaz de fugir. Minha cabeça está nadando em um mar de confusão. Nada me parece familiar.

— Kylie, lembre-se do que acabamos de falar. O que você faz?

Um homem que fala comigo, não o Grandalhão. Mas quem? O que ele está dizendo para mim?

— Não, me solte! — Eu bato nos antebraços fortes dele. — Me deixe ir!

O aperto que me mantinha no lugar afrouxa. Dou alguns passos e me jogo ao chão. Consternada em uma respiração profunda, viro a cabeça em direção ao meu agressor.

Antonio está a alguns metros de distância, com os olhos arregalados. Ele passa a mão pelo rosto e exala.

Merda!

O calor sobe pelo meu pescoço e preenche meu rosto.

Antonio olha em direção à porta, e eu sigo seu olhar. Alex está com os braços cruzados, e um olhar sombrio no rosto.

Devagar, eu me levanto, meus joelhos ainda um pouco trêmulos.

— Desculpe, Antonio — digo, em voz quase inaudível. Eu passo por Alex sem olhar para ele, e não paro até chegar ao quarto. Tantas emoções se atropelam dentro de mim. Medo, humilhação e raiva. Alex me pressionou a ter aulas de autodefesa. Eu disse a ele que não tinha certeza se estava pronta, mas ele insistiu que seria bom para mim. Ajudou-me a superar o trauma e a aumentar minha confiança.

Ele estava errado.

Segurando a cabeça entre as mãos, solto um suspiro doloroso.

— Ei. — Alex se agacha diante de mim e afasta minhas mãos do rosto. — O que acabou de acontecer ali?

— É demais pra mim, Alex. Eu simplesmente não estou pronta para treinar. Ainda estou muito assustada. — Encaro seus olhos, precisando do conforto e da proteção que sempre me proporcionam.

Ao invés disso, eles são tempestuosos. Ele se levanta e vai para o outro lado do quarto.

INOCÊNCIA

87

— Bobagem, Kylie. Isso é um descuido.

— Como você pode dizer isso para mim? O que espera que eu faça, Alex? Esquecer que fui sequestrada e espancada?

— Não, eu quero que você reaja.

Suas palavras me cortam como uma espada de samurai através de manteiga macia. Eu chego a perder o fôlego. Como ele pode falar comigo desta maneira? Depois de tudo o que passei?

Ele baixa a cabeça, os ombros derrotados, então suspira.

— Esta não é você. — Ele levanta a cabeça, e seu olhar me paralisa. — Você é uma guerreira. Por que você o deixa vencer? Você não desiste. Não desistiu quando John abusou de você. Não desistiu quando ele te perseguiu, te bateu e ameaçou te matar. Merda, nem mesmo depois que ele te drogou e te fez acreditar que você estava ficando louca. Toda vez que você foi derrubada, você se levantou e mostrou que não aceita merda de ninguém. Nem mesmo de mim.

Ele fecha os olhos por um momento, e inspira profundamente.

— Por que você está disposta a simplesmente desistir agora? — Sem olhar para mim, ele sai do cômodo.

Um soluço sobe pela garganta, e tremores se alastram pelo meu corpo.

Ele está certo. Eu nunca deixei o que aconteceu definir quem eu sou. Sempre usei isso como um motivo para ser mais forte. Assumir o controle da minha vida e do meu futuro. Escalei meu caminho com unhas e dentes para sair de alguns buracos bem profundos e escuros só para provar que posso fazer isso sozinha e ter a vida que mereço, não aquela que os outros acham que eu deveria ter.

Se alguma vez serei a pessoa que quero ser, tenho que parar de me esconder atrás do medo que os outros me obrigaram a sentir e usar isso de volta contra eles. O que Antonio disse "de transformar o medo em ódio"? Um bom conselho.

E um bom lugar para começar.

Alex está em seu escritório, olhando pela janela. Envolvo meus braços em torno de sua cintura e repouso a testa em seu ombro.

— Me desculpe — diz ele. — Não deveria ter falado com você dessa forma e sair.

— Não peça desculpas. Eu precisava ouvir isso. Você está certo; não estou sendo eu mesma agora e preciso voltar. Ryan diz que preciso pedir ajuda… então, isto sou eu pedindo ajuda.

De frente para mim, ele segura meu rosto entre as mãos.

— Diga o que posso fazer e eu farei. Qualquer coisa. Não há nada que eu não faria para nos colocar de volta no caminho certo.

— Treine comigo. Você me equilibra e me mantém concentrada. É muito fácil para eu me perder na minha cabeça e deixar o medo tomar conta de mim.

— Ela está aqui — Alex sussurra, e há temor em seu tom.

— Quem?

— A mulher mais forte que conheço. A guerreira. A mulher que nunca desiste.

O calor enche meu peito, irradiando para os meus membros. É por isso que o amo até as profundezas da minha alma.

Ele encosta os lábios aos meus.

— Falarei com Antonio, e podemos começar amanhã. — Ele pressiona os lábios com mais força, a língua deslizando para dentro da minha boca. Um doce arrepio desce pela minha coluna, o frio se alastrando pela barriga.

— Eu vou tomar um banho — digo contra sua boca.

O sorriso dele se espalha pelos lábios.

— Precisa de ajuda?

— Sempre.

Eu concordei em ficar perto da casa e limitar meu tempo fora da propriedade. Alex ainda está preocupado com James e sua ameaça de voltar e criar o caos em nossas vidas. Seguindo o conselho de Ryan, peço a Thomas que corra comigo. Ainda seguimos a trilha que acompanha o perímetro da propriedade, mas na direção oposta em que eu costumava correr. Com a mudança da paisagem, raramente sinto a apreensão avassaladora que sentia ao correr por esta trilha.

Entro na casa e chego na sala de estar. Preciso desesperadamente de um banho. Thomas decidiu que hoje deveríamos retomar o ritmo, e isso quase me matou. Não transpiro assim por conta de uma corrida há muito tempo.

Alex está na cozinha, conferindo sua correspondência. Eu pego uma garrafa de água da geladeira e me encosto ao balcão diante dele.

Ele estende um envelope cor de lavanda para mim.

— Você sabe quem enviou isto? Acho que é um cartão de casamento, mas não reconheço o nome do remetente.

Colocando a garrafa na bancada, pego o envelope e reconheço a caligrafia imediatamente.

Raios, eu sabia que ela me procuraria mais cedo ou mais tarde.

— Ninguém importante — digo, e vou até a lixeira.

Ele tira o envelope da minha mão antes que eu possa jogá-lo fora.

— Quem é... — confere a parte de trás do envelope — Angelina Delaney?

— Minha mãe.

— Ah. — Ele fica calado por um momento. — Você tem certeza de que não quer ao menos ouvir o que ela tem a dizer?

— Não há nada que ela possa dizer que signifique alguma coisa para mim, Alex. — Tomo o envelope de sua mão e o atiro no lixo. — Esquece isso, por favor, e me deixe lidar com minha mãe da maneira que eu achar melhor.

Envolvendo minha cintura, ele me dá um beijo rápido.

— Amor, vamos lidar com isso da maneira que você quiser.

— Obrigada. Agora, vou me trocar e entrar na banheira antes que todos os meus músculos travem e eu não consiga andar.

— Thomas ainda está pegando pesado?

— Sim, acho que ele está me castigando por algo que fiz com ele no passado.

Alex ri e caminha comigo pelo corredor até nosso quarto.

— Você vai comigo para a banheira de hidromassagem? — pergunto.

Um gemido profundo vibra em seu peito.

— Muito tentador — diz ele, seu olhar percorrendo meu corpo. — Porém, tenho que trabalhar um pouco.

A decepção me atinge, mas este é o homem com quem me casei. Ele é, e sempre será, um homem de negócios bem-sucedido.

— Vá lá, então, marido — digo, inclinando-me para beijá-lo. — Faça seu trabalho, para que eu possa ter você todinho para mim mais tarde.

CAPÍTULO 17

Mergulhando na água quente, recosto a cabeça no suporte da banheira e fecho os olhos. Os jatos me atingem nos lugares certos ao longo das costas, aliviando meus músculos.

Ao lado, meu celular vibra. Abrindo um olho, encaro a tela e vejo o nome de Ryan. Em seguida, eu me sento e seco as mãos antes de pegar o celular e aceitar a chamada.

— Oi, Ryan. O que tá pegando?

Eu ouço Ryan me contar as notícias. Saio da banheira quente e pego a toalha, tentando me enrolar com ela com apenas uma mão. Depois de finalizar a ligação, me seco e entro no escritório.

Alex está sentado à mesa, martelando as teclas do *laptop*.

— Alex, temos que ir — digo. — O bebê está nascendo.

Sua cabeça se ergue de uma vez, os olhos arregalados me encarando.

— Como é?

— O bebê está nascendo. Temos que ir para Nova York.

Soltando o fôlego, Alex murmura:

— Certo, Paul e Ryan.

— Sim, Paul e Ryan... e Ryan já está tendo um treco. Falta uma semana para a data prevista do parto e mesmo explicando que essas datas são apenas uma estimativa, não estou conseguindo acalmá-lo.

Alex aperta um botão em seu celular e o leva até o ouvido, mas seu olhar está focado em mim.

— Pedirei ao helicóptero para nos buscar aqui. Você prepara uma mala para nós, enquanto converso com Jake.

Pouco mais de uma hora depois, o helicóptero da Stone Holdings pousa no telhado de um prédio a alguns quarteirões de distância do hospital.

Alex tinha conseguido falar com o CEO da empresa proprietária do prédio e pediu para usar seu heliponto. Não tenho certeza se alguma vez me acostumarei ao fato de que tenho uma frota de aeronaves à minha disposição, em um piscar de olhos.

Uma onda de excitação me varre de cima a baixo quando saio do elevador para o andar da maternidade. Alex aperta minha mão e eu encaro seus olhos azuis cintilantes.

Ele está tão empolgado com este bebê quanto eu.

Espero que tenhamos conseguido chegar antes do nascimento. Eu realmente quero estar aqui com Ryan e Paul quando eles descobrirem se têm um menino ou uma menina. Isto é o mais próximo que chegarei de ter um filho, e quero vivenciar o máximo deste momento com eles que puder.

Nós três compartilhamos um destino estranho. Nunca experimentaremos um parto normal. Eu vim a aceitar que nunca terei filhos, e Alex e eu concordamos que os filhos não estão em nosso futuro. Nem mesmo através da adoção. Estou muito feliz em meu papel atual como tia. Toda a diversão, nenhuma responsabilidade.

Ao entrar na sala de espera, vejo a mãe de Paul, Gloria. Quando nossos olhos se encontram, noto as lágrimas neles. Mas não há um sorriso em seu rosto. Solto a mão de Alex e me apresso em direção a ela.

— Ai, Kylie, graças a Deus você está aqui — ela diz, enrolando seus braços ao meu redor.

Eu luto para engolir o caroço na garganta.

— Tem algo errado?

Dando um passo atrás, ela olha para Alex e oferece um pequeno sorriso, convidando-o para a conversa.

— Houve complicações durante o parto, e levaram Rachel para a cirurgia para fazer uma cesariana.

Respiro fundo, quase aliviada. As cesarianas são realizadas todos os dias. Certamente, isto não é tão fatalista quanto a reação de Glória fazia parecer.

— Bem, isso é muito comum, não é?

Gloria nega com um aceno.

— Neste caso, não é uma boa notícia. Aparentemente, o bebê estava se movendo para o canal muito lentamente. Eles tentaram reajustar, mas o cordão umbilical se enrolou ao pescoço.

— E isso é ruim? — Estou tentando acompanhar, mas, na verdade, nunca prestei muita atenção às questões do parto de crianças, e não tenho ideia do que é normal e do que não é.

Gloria balança a cabeça e seca as lágrimas com um lenço de papel.

— Muito. Isso pode causar alguns problemas, o pior é que o oxigênio pode ser limitado para o bebê durante o parto.

Minha pele arrepia. Todo o ar sai dos meus pulmões como se eu tivesse levado um soco no estômago. Eu olho ao redor da área de espera. Robert, o pai de Paul, está sentado em uma cadeira com o braço ao redor da irmã de Paul, Kayla. Ela está cabisbaixa, o longo cabelo loiro cobrindo o rosto. Robert tem rugas profundas na testa, mas é a expressão vazia em seus olhos que aperta meu coração.

— Onde estão Ryan e Paul? — pergunto.

— Ryan está na sala de espera do andar cirúrgico com os pais de Rachel. — Um leve sorriso ilumina o rosto de Gloria. — Este menino sempre me deixa orgulhosa. Sei que ele está controlando um desastre emocional por dentro, mas está consolando a família de Rachel e garantindo que eles se mantenham positivos.

É claro. Ryan é psicólogo e colocará seus sentimentos de lado e lidará com eles mais tarde. Desde o início de nosso relacionamento, Ryan sempre foi quem cuidou de Paul e de mim. Isso nunca mudou e é o que me faz amá-lo tão profundamente.

— E Paul?

Gloria suspira, e inclina a cabeça para o lado.

— Não tenho ideia de onde está o meu querido filho. Ele disse que precisava de um tempo a sós e saiu pelo corredor. — Ela segura minha mão. — Vá procurá-lo, Kylie. Você sabe que ele não sabe lidar com este tipo de coisa. Ele é um solucionador de problemas, e este é um problema que ele não consegue resolver. Ele não vai deixar nenhum de nós ajudar, mas com você é uma história diferente.

Eu aceno para ela.

— Vou atrás dele.

Gloria aperta minha mão e me agradece antes de voltar para seu marido e sua filha. Ela se senta na cadeira ao lado de Kayla e esfrega as costas da jovem.

O braço de Alex enlaça minha cintura, e seus lábios pressionam a lateral da minha cabeça.

— Vá cuidar de Paul. Vou ficar aqui e me certificar de que Robert e Gloria sejam atendidos. Se eu ficar sabendo de alguma coisa, eu mandarei uma mensagem.

INOCÊNCIA

93

Deus, este homem. Ele é o único aconchego que tenho no momento. Paul, Ryan e suas famílias se tornaram tão importantes para ele quanto são para mim. Eles o acolheram em suas vidas, e ele sempre fez por onde. Ele abriu sua vida e seu coração para as pessoas que mais prezo na minha.

Eu me viro para ele e fico olhando bem fundo em seus olhos. A sua força acalma meu nervosismo, tranquilamente me assegurando de que tudo ficará bem. Eu o amo tanto.

Caminho pelo corredor na direção apontada por Glória, mas não vejo Paul. Desço pela escadaria, o barulho do metal ecoando no recinto. Chego ao patamar, abro a porta e saio na entrada ampla e arejada do hospital. À esquerda se concentra o balcão de informações, e logo mais está o corredor que leva ao refeitório. Entro ali dentro e vasculho o local com o olhar.

Droga, pensei que ele teria vindo aqui para pegar café, sentar-se à mesa e olhar pela janela.

Entro na loja de presentes e me decepciono mais uma vez por não o ver em nenhum lugar. De pé no meio da recepção, dou uma olhada no ambiente. Meu coração está batendo rapidamente, e a raiva começa a aquecer meu sangue. Não posso acreditar que ele desapareceria em um momento como este. *Onde você está, Paul?*

Uma placa na entrada de outro corredor aponta para a capela. Caminho em direção aos vitrais, e abro lentamente a porta para espreitar lá dentro. É um pequeno espaço com três fileiras curtas de bancos em cada lado do corredor central que leva a um altar. Uma cruz dourada sobre uma base de madeira está situada no centro, flanqueada por arranjos florais.

Passo o olhar ao redor do santuário, parando em um homem cujo tamanho é grande demais para este pequeno espaço. Paul está sentado na segunda fileira à direita e é a única pessoa aqui. Sua cabeça está baixa e os ombros caídos. Eu me sento ao lado dele e deslizo a mão pelo braço dele até entrelaçar nossos dedos. Ele levanta a cabeça e me olha de relance.

— Oi, K. A minha mãe que te mandou aqui?

— Sim, mas eu teria vindo por conta própria.

Ele olha de relance para o altar.

— Imagino que este é o último lugar em que você esperava me encontrar.

— Penúltimo. — Dou uma ombrada de leve nele, que solta uma risada.

Ele envolve sua mão livre em torno de nossas mãos unidas e esfrega a parte de trás da minha.

— Não sei o que fazer, ou como sentir, K. Eu imaginei muitos cenários de como isto aconteceria, mas este nunca foi um deles. Quando Ryan saiu da sala de parto e nos disse que o ritmo cardíaco do bebê havia caído e eles estavam levando Rachel às pressas para a cirurgia, minha mente ficou em branco. Meu corpo inteiro ficou dormente.

Ele faz uma pausa, e respira fundo, segurando o fôlego por um momento antes de soltar lentamente.

— Esse era mais o sonho do Ryan do que o meu. Ele queria uma criança, e eu queria fazê-lo feliz. Quero dizer, eu não me opunha à ideia, apenas nunca havia considerado ser pai. Quando finalmente aceitei que era gay, desisti dessa ideia, sabe? Ryan nunca desistiu, no entanto.

Nem eu, até que Ryan me pediu para ajudá-los com os aspectos legais da adoção de um bebê, e eu concordei em ajudá-los.

— Não pude nem perceber quando comecei a me apaixonar pelo pequeno ninja, mas não percebi a profundidade do assunto até chegarmos aqui. Agora, estamos tão perto de nos tornar pais, e tudo isso pode ser tirado de nós.

Seus ombros sobem e descem, o corpo tremendo com o movimento. Eu me agarro a ele e enlaço seu pescoço. Levantando sua cabeça, ele a enterra contra meu ombro.

Há poucas coisas que mexem comigo profundamente. Paul chorando em meus braços está no topo da lista. Eu quero dizer algo, dizer palavras sábias que aliviarão seu coração partido e lhe darão força. Mas o quê? Não posso dizer que tudo vai ficar bem, porque... e se não ficar? Não sei o suficiente sobre o que está acontecendo e lhe dar falsas esperanças não é algo do meu feitio.

Portanto, vou abraçá-lo enquanto ele precisar de mim. Provavelmente, é isso que ele quer mais do que palavras e promessas vazias. Conforto sem medo. E sem julgamento.

Meu telefone toca no bolso do casaco, anunciando a chegada de uma mensagem de Alex.

> Você encontrou o Paul?

> Sim.

> Ryan tem novidades. Você provavelmente deveria voltar. Ele quer contar ao Paul primeiro.

INOCÊNCIA

> Boas ou ruins?

A pausa parece se prolongar, e meu coração despenca para um poço.

> Eu não sei, amor. Apenas volte.

— Eles precisam que voltemos, Paul.

Ele enxuga as lágrimas do rosto e acena com a cabeça. De pé, ele pigarreia de leve e estende a mão para a minha.

— Vamos.

Eu fico de pé e me viro para sair, nossos dedos entrelaçados.

Ele dá um leve puxão em meu braço.

— Você sabe que não é apenas uma amiga, certo? Você não poderia ser mais minha irmã do que se tivesse o mesmo sangue. Ao lado de Ryan, não há ninguém em quem eu confie mais.

Um caroço se aloja na minha garganta. Pelo menos isso abafa o soluço que quer escapar do meu peito, mas também significa que não consigo falar. Então, apenas assinto e beijo a bochecha de Paul.

Ele me leva pelo corredor em direção às portas.

Por favor, Deus, que o bebê e Rachel fiquem bem.

Ryan está na frente do elevador, e puxa Paul para o lado, assim que saímos. Entro na sala de espera e me aconchego ao abraço de Alex. Olhando ao redor da sala, cada rosto tem a mesma expressão.

Desejando o melhor, mas esperando o pior...

Ryan e Paul finalmente voltam.

— Rachel saiu da cirurgia. Tanto ela quanto o bebê estão bem — diz Paul.

Há uma liberação coletiva de ar na sala. O alívio me domina à medida que a tensão se esvai. Eu me sinto quase entorpecida. Meus membros estão pesados, mas meu coração está leve.

— E aí? — pergunta Robert. — Menino ou menina?

Ryan e Paul sorriem um para o outro; e eu achava que em minha alma não cabia mais alegria. Vê-los tão felizes expande meu coração ao ponto de o órgão quase querer saltar pelas costelas.

— É um menino — diz Ryan.

Todos na sala se animam. Gloria e Robert abraçam os novos pais, e logo um enxame de pessoas os envolve. Alex e eu nos afastamos. Haverá muito tempo para parabenizá-los.

— Onde está minha bolsa? — pergunto a Alex, olhando ao redor.

— Eu a coloquei no canto atrás das cadeiras para que ficasse fora do caminho — diz Alex, apontando para trás.

Eu me sento, e abro a bolsa. Enquanto todos comemoram, meu trabalho está longe de ter terminado. As lacunas legais precisam ser preenchidas, e os papéis assinados, arquivados e certificados. Verifico a documentação para ter certeza de que peguei tudo da minha mesa na pressa de arrumar as malas e chegar até aqui.

Entregando a bolsa para Alex, eu me levanto.

— Volto já. Preciso descobrir quando posso ver Rachel. Ainda há alguma papelada que ela precisa assinar antes que tudo isso se torne legal, e Ryan e Paul possam levar o bebê para casa.

Ainda há uma chance de que as esperanças e sonhos de meus melhores amigos possam ser frustrados. Rachel pode mudar de ideia sobre a adoção e ficar com o bebê.

INOCÊNCIA

CAPÍTULO 18

Ryan e Paul estão esperando por mim na mesa próxima aos elevadores.
— Vocês dormiram ontem à noite? — pergunto.
Paul aperta o botão para subir, olha para Ryan e balança a cabeça.
— Tentamos — diz Ryan e ri. — Mas estávamos muito ansiosos.
Paul gesticula o queixo em direção a Ryan.
— O papai Ryan teve um episódio de TOC durante toda a noite. Cada canto do apartamento foi higienizado, e tudo no quarto do bebê está perfeitamente arrumado.
Eu rio.
— Creio que antes que o dia termine, isso não será mais uma prioridade.
O elevador chega, e as portas se abrem.
— Então, o que acontece agora, K? — Paul pergunta, conforme subimos para o segundo andar.
— Vou levar a documentação para Rachel, e me certificarei de que ela compreenda a seriedade do que está fazendo, colocando fim aos direitos de maternidade e permitindo que vocês o adotem. Quando terminarmos, nos reuniremos com os administradores do hospital para conseguir a autorização para levar o bebê para casa.
As portas se abrem, e entramos no vestíbulo do segundo andar. Paul e Ryan se entreolham, as expressões felizes se transformaram em semblantes fechados.
— Você não acha que ela vai desistir, acha, K? — Ryan pergunta, os olhos arregalados.
Eu tento me obrigar a agir no modo advogada e me desapegar emocionalmente. Quero ser solidária e dizer que tudo vai ficar bem. Infelizmente, já vi este tipo de coisa dando muito errado. Tudo seguindo como previsto, e assim que o bebê nasce, a mãe muda de ideia e decide ficar com ele.

Eu sorrio e esfrego seu braço.

— Vou descobrir.

Bato na porta do quarto de Rachel e espero que alguém me peça para entrar. Ela está sentada na cama, comendo um purê de maçã de um copo. Sua mãe está sentada na cadeira ao lado da cama.

— Oi, Rachel — digo. — Você se lembra de mim? Kylie Stone.

Não sobrou muito da garota inocente de 17 anos que conheci alguns meses antes. A gravidez parece tê-la envelhecido.

Ela assente.

— A advogada de Paul e Ryan. Por favor, entre. Estou terminando o café da manhã, ou o que consigo comer.

— Como está se sentindo? — sondo.

— Mais dolorida onde me cortaram, mas eles me deram algumas drogas boas, então não é tão ruim assim.

Sua mãe me olha de relance e sorri.

— O médico disse que a incisão parece boa, e ela está se recuperando muito bem. Ela deve poder ir para casa amanhã.

— Já? Eles realmente te fazem sair com pressa hoje em dia.

Ambas balançam a cabeça em concordância. Um silêncio desconfortável toma a sala.

— Você está disposta a revisar a documentação e assinar algumas coisas? — pergunto.

— Claro — diz Rachel. Se ela está pensando em mudar de ideia, ela está escondendo bem. — Mãe, você pode tirar esta bandeja daqui de perto? Ou melhor ainda, para fora do quarto. Essas coisas que eles estão tentando fazer passar como ovos estão me deixando enjoada.

A mãe de Rachel olha para mim, seus olhos questionam se ela deve ou não deixar a filha sozinha comigo.

— Não vou pedir para ela assinar nada até que você volte — asseguro.

Ela sorri, assente e leva a bandeja para fora.

Eu puxo a cadeira para o outro lado da cama.

— Conheço Ryan e Paul há muito tempo — comento. — Nos conhecemos na faculdade no nosso ano de calouros. Não tenho mais família, então conhecê-los foi como encontrar irmãos que nunca soube que tinha. Acabei ficando doente no final do primeiro ano da faculdade e tive que fazer uma cirurgia de emergência. Ryan e Paul ficaram comigo durante todo esse tempo, mesmo tendo estragado seus planos de verão. Eles me restauraram a saúde.

INOCÊNCIA

99

— Nossa, uau, isso foi bondoso da parte deles.

— Sim, é assim que eles são. Ryan nasceu para ser um cuidador. E Paul tem uma casca dura, mas ele é realmente um molenga por dentro.

Ela sacode a cabeça e olha para os dedos enquanto brincam com o cobertor que cobre suas pernas.

— Posso te perguntar uma coisa?

— Claro.

— O bebê está bem? Perguntei às enfermeiras, mas elas apenas dizem 'sim' e depois mudam de assunto como se eu não tivesse permissão para saber nada sobre ele.

E lá está ela, a transformação ocorrida bem diante dos meus olhos. A menina assustada de 17 anos que conheci há alguns meses.

— Sim, ele está bem. Lamento que não lhe tenham falado mais sobre ele. Eles fizeram a cesariana, e exceto pela angústia inicial, não tiveram complicações durante o parto ou desde então. Ele nasceu pesando pouco mais de 3 quilos e, pelo que entendi, tem um par saudável de pulmões.

Olho para a mãe da garota, que desliza de volta para sua cadeira.

— Há mais alguma coisa que você gostaria de saber?

Rachel olha para sua mãe e aponta para a mesa de cabeceira. Sua mãe abre a gaveta, puxa um brinquedo de pelúcia e o entrega a Rachel.

— Qual é o nome dele? — pergunta, o olhar focado no bichinho de pelúcia em suas mãos. Não sei o que dizer.

Eu inspiro devagar.

— Eles ainda não me disseram — digo a verdade. Mesmo se eu soubesse, porém, provavelmente não lhe diria. Ryan e Paul podem decidir quanta informação e contato eles querem que ela tenha. — Imagino que eles revelarão hoje mais tarde ou amanhã.

Rachel respira fundo. Ela olha o brinquedo em suas mãos e depois o entrega a mim.

— Comprei isso há alguns dias. Eu o vi em uma das lojas em que Ryan e eu estávamos e me lembrei do meu bichinho de pelúcia favorito quando era pequena.

— Ela ainda o tem — diz a mãe, com um sorriso. — Está na prateleira do seu quarto.

Eu olho para o ursinho de pelúcia.

Rachel derrama as lágrimas que marejaram seus olhos.

— Eu ia guardá-lo para me lembrar do bebê, sabe, se eu me sentisse triste ou solitária ou algo assim. Mas acho que prefiro dar ao bebê. Eu entendo se Ryan e Paul não quiserem que ele o tenha, ou se não quiserem dizer a ele que eu dei, mas você poderia entregar pra eles por mim?

— Absolutamente. — Eu me afasto e coloco o urso na cadeira, ao lado da minha pasta, respiro fundo, e seguro minhas próprias lágrimas. — Pronta para assinar a papelada? — pergunto, de frente para ela, e forço um sorriso no meu rosto.

Ela alisa o cobertor sobre as pernas.

— Sim. Vamos antes que meus remédios façam efeito e eu adormeça enquanto assino meu nome. — Ela ri e eu aprecio o retorno da adolescente.

Quando abro a porta do apartamento de Ryan e Paul, todos os olhares se focam em mim. Aparentemente, todos estão animados em ver o mais novo membro da família chegar em casa pela primeira vez. Olho ao redor da sala, vejo Alex e sigo até ele.

— Tudo bem? — ele pergunta, me envolvendo em um abraço.

Aceno com a cabeça.

— Agora me lembro porque não pratico direito familiar, nem lido com adoções no cotidiano. Estou emocionalmente esgotada.

Alex ri e deposita um beijo na minha testa.

A porta se abre. Viro a cabeça enquanto Paul entra com uma bolinha azul em seus braços. Ryan insistiu em colocar o bebê em uma roupinha de inverno. O pobre menino se perdeu debaixo do casaco e dos cobertores que o empacotavam. Ryan abre o zíper e liberta o bebê.

Acolhendo o bebê no braço, Ryan dá a todos o primeiro vislumbre de seu filho. Surpreendentemente, o bebê não foi despertado com todas as brincadeiras dos novos pais. Sua cabeça espreita por entre os cobertores, um pequeno volume de cabelo loiro espetado.

— Esta tem sido uma longa jornada para todos nós — diz Ryan, sua voz baixa. — Não tínhamos certeza de que conseguiríamos adotar, e nunca acreditamos que isso aconteceria tão rápido como aconteceu. Tudo cooperou, e as coisas se encaixaram. Também tínhamos nossa arma secreta e nossa advogada maravilhosa para garantir que as coisas corressem bem.

Paul se inclina e beija a cabeça do bebê.

— Somos verdadeiramente abençoados por termos família e amigos que nos apoiam. Este pequeno rapaz terá muito amor e babás, espero. — Ele levanta as sobrancelhas e olha ao redor da sala, arrancando risos por todo o lugar. — Mas é sério, não teríamos conseguido sem todos vocês, e nunca poderemos agradecer por tudo o que fizeram por nós.

Ryan levanta um pouco o bebê, e uma cena de O Rei Leão vem à minha cabeça.

— Assim, sem mais delongas, gostaríamos de apresentá-los a Robert Kyle.

Minha respiração cessa. As lágrimas brotam em meus olhos. Alex envolve seus braços por trás de mim e beija meu ombro. Eu engulo com força, balançando a cabeça para Ryan e Paul.

— Como vão chamá-lo? — alguém do outro lado da sala pergunta. — Rob? Bobby? Bert?

Paul olha diretamente para mim.

— Kyle.

Eu sorrio, e digo:

— *Te amo.*

Paul aponta para mim e sorri. Todos na sala se fecham em torno da nova família para dar uma olhada rápida no meu homônimo.

Estou impressionada com o amor e a honra que meus amigos me concederam, e me viro para Alex e enterro meu rosto em seu pescoço. Suas mãos sobem e descem em minhas costas, e seus beijos cobrem o topo da minha cabeça.

Eu amo minha família.

CAPÍTULO 19

Largando a bolsa no balcão, pego uma caneca e sirvo uma bela dose de café. A única xícara que bebi esta manhã em nosso apartamento em Nova York não foi suficiente para evitar a iminente dor de cabeça latejante por conta da abstinência de cafeína.

— Bem-vinda ao lar — diz Maggie, olhando por cima da bancada. Vários discos perfeitamente dourados pontilham a superfície preta. — Você já tomou o café da manhã? Thomas pediu panquecas esta manhã, e eu fiz muitas.

O cheiro suave de baunilha compete com o de bacon. Meu estômago rosna em resposta. Pensei que não estivesse com fome até que entrei pela porta.

— Eu topo umas panquecas.

Thomas se senta em uma das baquetas ao longo da bancada, e inspira profundamente. Maggie ri.

— Não vai demorar, Thomas. Enquanto isso, pegue pratos e talheres para você, Jake, Kylie e Alex.

Pequena vitória. Quando comecei a namorar Alex, todos na casa eram apenas funcionários e só se referiam a Alex como Sr. Stone. Lentamente, mas com sucesso, fui capaz de mudar a atmosfera da casa. Agora somos uma família completamente não convencional. Thomas continua nervoso perto de Alex, mas tenho quase certeza de que ele pensa em mim como sua irmã mais velha. Ele é minha sombra, e eu confio nele completamente. Ele teria que estar morto antes de deixar que algo me acontecesse.

— Então, me conte tudo. Jake nos disse que Ryan e Paul têm um filho, e que ele teve uma chegada emocionante no mundo — diz Maggie.

Alex e Jake chegam da garagem carregando nossas malas.

— Isso é um eufemismo — diz Alex. — Contou a notícia mais emocionante? — Ele me olha de relance.

Eu nego com um aceno.

Maggie coloca uma pilha enorme de panquecas em um prato e entrega a Thomas.

— Conte.

Alex pega a garrafa de café, enche a caneca dele e a minha.

— Deram o nome da Kylie ao bebê — declara.

— Pensei que fosse um menino — diz Thomas, com a boca cheia.

— O nome dele é Kyle — corrijo.

Maggie sorri.

— Que coisa maravilhosa! Espero que vocês tenham tirado muitas fotos.

Eu aceno para ela.

— Ryan disse que vai te enviar um e-mail com algumas fotos amanhã ou depois. Mas tenho algumas. — Pego meu telefone do bolso e abro a galeria.

— E como os novos pais estão lidando com a vida com um recém-nascido? — pergunta Maggie.

— Nós só os vimos brevemente esta manhã — diz Alex, rindo. — Mas eles não pareciam ter dormido muito ontem à noite.

Pego o prato de panquecas que Maggie me deu e adiciono uns pedaços de bacon. Juntamente com Thomas na bancada, despejo xarope sobre minha pilha consideravelmente mais singela.

— Gloria vai ficar com eles por algumas noites até que eles se ajeitem.

Alex enfia um pedaço de bacon na boca.

— Disse a ela que pagaria muito dinheiro por um vídeo de Paul na primeira vez que ele for trocar uma fralda.

Jake ri.

— Isso valeria ouro.

— Consegue imaginar por quanto tempo seríamos capazes de zoar ele por isso? — diz Alex.

— Seria algo valioso para os próximos anos — responde Jake.

O telefone de Alex toca e ele verifica o identificador de chamadas.

— Finalmente — murmura, e atende. — Jerry, você tem as finanças da Bent Corp? — Ele para ao meu lado e beija minha bochecha antes de sair da cozinha. — Prometeu esses números há dois dias. Diga-lhes que eles têm vinte e quatro horas.

A porta do escritório se fecha com um baque.

— Fico feliz que não sou o Jerry — comenta Thomas, enfiando dois pedaços de bacon na boca.

— E eu mais ainda por não ser o CFO da Bent Corp — respondo.

Jake aponta sua xícara de café para mim e acena com a cabeça em acordo.

— Por falar nisso, encontrei algo que te pertence, Kylie. — Ele se serve de mais café, e me olha de volta. — Vem comigo, está no escritório de segurança.

O que ele poderia ter que é meu? Minha mente vasculha por entre as possibilidades. *Será que perdi alguma coisa ultimamente?*

Desço da banqueta, deixo o prato na pia e sigo Jake. O escritório de segurança fica fora do corredor que leva à academia da casa. Do outro lado estão os quartos de hóspedes, com vista para a propriedade e para a baía.

Eu só estive no escritório de Jake algumas vezes. Ocupa quase toda uma ala da residência. As telas de TV cobrem três das quatro paredes, com uma mesa em U embutida embaixo delas. Do outro lado das telas há uma área de estar com um sofá de couro em frente a uma grande TV. Caixas de videogame e controles fica na mesa de café. A cadeira *gamer* de Thomas, aquela que eu lhe dei de Natal, está na frente e no centro.

A porta para a suíte onde Thomas dorme fica à esquerda da TV. As escadas levam ao apartamento particular de Jake, no segundo andar. Nunca estive lá dentro, mas minha ex-assistente jurídica – namorada de Jake –, Lisa, diz que é muito legal, para um apartamento de solteiro.

Jake abre uma gaveta da escrivaninha e puxa algo da parte de trás. Uma caixa preta repousa no meio de sua palma aberta. Eu fico olhando para ela por um momento, sem saber por que Jake está me dando isto.

— Encontrei debaixo do assento da SUV no Colorado.

Eu ofego.

— A aliança de Alex?

Pensei que o líder dos capangas tivesse roubado durante o sequestro. Pego a caixa da mão de Jake e levanto a tampa. Dentro está o anel de titânio, exatamente como me lembro dele. Olho para Jake, com lágrimas escorrendo pelo meu rosto.

— Não sei o que dizer. Agradecer não é suficiente.

— Eu sei que queria que isso transmitisse seu amor por Alex, e eu queria ter certeza de que você teria a chance de dar a ele.

Jake, seu velhote emotivo. O homem era tão duro quanto pedra, raramente mostrava emoção a menos que fosse desaprovação, normalmente voltada para mim e para minhas decisões. Mas aqui estava ele, mostrando seu lado romântico.

INOCÊNCIA

Eu olho de volta para o anel. Passando meu dedo por cima dele, um frio arrepio de nervosismo me percorre.

— Você acha que foi um mau presságio eu ter sido sequestrada logo depois que comprei isto?

Jake está calado, então olho para ele. Seus lábios estão franzidos, e há aquele olhar de desaprovação que conheço e amo.

— Não, Kylie. Acho que foi apenas má sorte.

Vou ouvir a sabedoria de Jake.

Eu sorrio e aceno com a cabeça.

— Obrigada, Jake.

E agora?

Eu não pensei em outra aliança para Alex desde o sequestro. Nem mesmo quando minha aliança de casamento foi devolvida. Tantas outras questões surgiram que exigiram atenção, que isso acabou saindo da lista de prioridades quando a ameaça de retaliação de James veio à tona.

Agora tenho a aliança. Quero que Alex a use, mas como posso dar para ele?

Fechando a porta do quarto, eu me sento na beirada da cama e abro a caixinha de joias. O titânio escuro brilha, eu o retiro da almofada de veludo e o inclino para que possa ler a gravação no interior.

Sempre. Para sempre.

As palavras que dissemos um para o outro, no início da nossa relação. Muita coisa aconteceu desde que nos encontramos pela primeira vez na beira da estrada. Tivemos nossos altos e baixos – é assim que as relações se desenrolam. Mas no curto espaço de tempo, lidamos com coisas com as quais a maioria dos casais nunca teve que lidar em uma vida. Caramba, alguns talvez nunca lidem com um evento singular que nos abalou nos últimos meses, muito menos com a loucura acumulada com que lidamos.

Nós cometemos erros. Discutimos, brigamos, nos separamos. Mas sempre encontramos nosso caminho de volta. E aprendemos um com o outro. Aprendemos como nos tratar com respeito. Sempre houve uma conexão entre nós que não conseguíamos explicar. Não precisávamos de explicações. Aprendemos isso, também. Tudo o que realmente precisávamos entender era que o que tínhamos era forte o suficiente para nos ajudar a passar por quaisquer desafios que enfrentássemos. Estaria sempre lá. Para sempre.

Ainda não tenho certeza de como quero entregar o anel a Alex, então o guardo novamente na caixa e o enfio no canto mais distante da gaveta da mesinha de cabeceira. Saberei quando for a hora certa.

O cansaço me domina e me arranca um bocejo. Os últimos dias têm sido longos e cansativos, física e emocionalmente. Repousando a cabeça no travesseiro de Alex, inspiro seu aroma amadeirado e picante. A ideia de que sempre compartilharei esta cama com ele, de que terei para sempre seu cheiro ao meu redor, me fascina e me acalma. A essência inteira de Alex. Ele é minha aromaterapia, atacando meus sentidos e acendendo uma ampla gama de sensações dentro de mim.

Fecho os olhos, abraço seu travesseiro com força e adormeço.

Abro os olhos e me viro para verificar as horas do relógio na mesinha de cabeceira. Uma e meia da tarde. Eu me sento na beirada da cama, e espero que minha cabeça pare de girar. Os efeitos da concussão permanecem, mas são pequenos o suficiente e quase não me incomodam mais.

A soneca era o que eu precisava para me revitalizar, para que pudesse realizar algumas coisas hoje. Estou longe do trabalho há tanto tempo que me pergunto se serei capaz de passar um dia inteiro no escritório. Não que eu tenha um escritório. Pelo menos, não que eu tenha um escritório funcionando. Meu antigo chefe e mentor, Jack, me ofereceu espaço em um dos prédios que ele possui. Situado a alguns quarteirões do tribunal, o local é perfeito para minha prática individual. Contratei um empreiteiro para mover algumas paredes e reformar os banheiros e a sala de descanso. Mas minha vida louca ficou no caminho, e não tem havido nenhum trabalho real feito em algumas semanas.

Considero ir à biblioteca para verificar os e-mails. Alex acrescentou uma escrivaninha e um par de cadeiras ao espaço, então tenho meu próprio escritório doméstico privado. Eu olho para a gaveta da mesa de cabeceira. O anel de Alex está lá dentro. Adormeci antes de descobrir como quero dar o anel para ele. Parece um pouco ridículo. Quero que ele tenha uma aliança de casamento própria que represente o amor e o compromisso que compartilhamos. Em vez de estar no dedo dele onde deveria estar, ela está guardada em uma gaveta.

Eu abro a gaveta e pego a caixa. Por alguma razão, abro a parte superior para ter certeza de que o anel ainda está lá dentro. Fico de pé e coloco o anel no bolso frontal do meu jeans. Virando o corredor, paro em frente ao escritório de Alex e bato. A porta se abre imediatamente, Jake está de pé do outro lado dela.

— Oi — digo, olhando de um para o outro; Alex está sentado atrás de sua mesa. — Estou interrompendo?

— Não — diz Jake, e acena para mim. — Acabamos.

Alex sorri para mim, e depois olha por cima do ombro para Jake.

— Depois quero saber a situação.

Jake assente e sai.

— Algo importante que eu deveria saber? — pergunto.

Alex nega com um aceno.

— Não, uma questão insignificante no momento. Se isso evoluir, eu te conto.

Esta ainda é uma área tão nova para nós. No passado, Alex faria de tudo para esconder as coisas de mim. Ele afirmou que era para me proteger, mas com muita frequência, criou uma divisão do tamanho do Grand Canyon entre nós. Mas isso agora está no passado.

Eu vou até ele. Seus olhos espelham o sorriso em seu rosto. Quanto mais me aproximo, mais carregados e escuros de desejo eles se tornam. Ele afasta a cadeira para trás e abre espaço para mim. Eu fico na frente dele e me sento na beirada da mesa.

— Eu tenho algo para você — digo, enfiando a mão no meu bolso.

Seus olhos se alargam.

— Sim, você tem. — O olhar dele percorre meu corpo.

O calor inunda minhas extremidades e traça uma linha reta até minha calcinha. Porra, o homem pode me excitar com apenas um olhar.

— Não é isso, pelo menos ainda não. — Estendo a mão dele e tiro a aliança de casamento de seu pai. Em seguida, enfio o aro de titânio até o final.

Alex levanta a mão para olhar para o anel.

— Você comprou uma aliança de casamento?

Eu aceno. Minha respiração acelera, as mãos estão suadas.

— Você gostou?

Ele fica em silêncio por um momento e me olha de relance.

— Amor, eu amei. — Ele se levanta e me puxa contra o peito. — Eu te amo.

Eu recuo o suficiente para olhar nos olhos dele.

— Eu também te amo.

Colocando seu dedo sob meu queixo, ele o levanta e encosta os lábios aos meus.

Agarrando a frente de sua camisa, enlaço sua cintura com as pernas. Movendo alguns papéis para o lado, ele me deita em sua mesa. Suas mãos passam por debaixo da minha camisa e espalmam meus seios.

Eu deixo escapar um suspiro longo e baixo.

— Devo te dar presentes com mais frequência.

CAPÍTULO 20

A luz da manhã que incide através das janelas me faz abrir os olhos. O sol está lançando um brilho alaranjado sobre a baía. Acordar todas as manhãs com esta vista é quase tão bom quanto acordar com o homem aconchegado atrás de mim. Ele se agita, e sinto sua mão deslizar pelo meu cabelo em meus ombros e seus lábios contra minha pele. O calor flui através de mim.

— Bom dia — diz Alex, a voz ainda grogue de sono.

Eu me viro e o encaro.

— Bom dia. A que horas você veio para a cama ontem à noite?

— Muito tarde, ou muito cedo, dependendo do ponto de vista. Não dormi muito tempo, vamos dizer assim.

— Deu tudo certo? Você estava muito estressado ontem à noite.

Alex acaricia meu rosto e olha alternadamente entre meus olhos.

— Sim, tudo vai ficar bem agora. — Ele continua olhando nos meus olhos como se estivesse procurando uma resposta para uma pergunta que não fez.

Meu peito se aperta. Alguma coisa não está certa. *O que está acontecendo?*

— Tem certeza?

Ele pisca algumas vezes, como se estivesse saindo de um sonho ou de um transe. Um sorriso se espalha pelo rosto dele, apagando o estresse.

— Desculpe, apenas me perdi no pensamento. Não tinha certeza se tinha enviado um e-mail antes de vir para a cama. Nada com que se preocupar.

Eu exalo, mas a tensão se agarra em meus ombros como uma mochila muito pesada. Temos um acordo, não temos segredos, e não tenho motivos para acreditar que ele não está cumprindo com sua palavra. Talvez eu ainda esteja me acostumando que ele me mantenha informada, e na defensiva no caso de ele falhar. Isso não é justo com ele.

Eu me viro de costas e me espreguiço.

— Estou precisando desesperadamente de café. Por que você não tira mais algumas horas de sono?

— Estou acordado agora. Melhor me levantar. — Faço uma careta para ele, o que me garante um sorriso e um beijo. — Prometo tirar uma soneca esta tarde, se eu precisar.

Eu me levanto e visto o suéter por cima da camiseta. Alex me segue até a cozinha, pegando duas canecas do armário. Eu sirvo ambas e lhe entrego uma. Jake e Thomas estão terminando o café da manhã. Eu juro que Thomas é um poço sem fundo. A quantidade de comida que o homem bota para dentro é espantosa.

O telefone de Jake toca. Ele olha para a tela e atende a chamada. Ele escuta e eventualmente diz:

— Eu vou abrir. — Encerrando a ligação, ele olha para Alex, todo o humor apagado de seu rosto. — A polícia está aqui. Eles receberam uma chamada anônima de atividade suspeita no ancoradouro. Eles querem checar.

A adrenalina incendeia minhas veias.

— Atividade suspeita? Como assim?

— Não deram informações específicas, apenas que alguém ligou para eles.

— Algum de vocês, ou o resto da equipe de segurança, esteve no ancoradouro ultimamente? — pergunto.

— Não que eu saiba — diz Jake, e olha para Thomas para confirmar. — Ninguém nos disse nada.

A apreensão sobe pela minha coluna.

— Quem teria uma vista para lá?

Jake balança lentamente sua cabeça para frente e para trás, e não olha para nada.

— Nenhum dos vizinhos está suficientemente perto, e eles não conseguiriam ver o ancoradouro de qualquer maneira. Teria que ser alguém na água.

Eu cruzo os braços. Nada disto faz sentido.

— Estamos em fevereiro. Quem diabos estaria navegando nesse frio?

Alex se aproxima de mim.

— Não gosto disto. Alguma coisa não cheira bem.

— Eu concordo. — Estou em alerta total. — Vou exigir que eles venham com um mandado de busca.

— Eles podem conseguir um? — Alex pergunta.

— Provavelmente, mas isso nos dará tempo para dar uma olhada no ancoradouro antes. Jake e Thomas precisam ir até lá agora. Você e eu vamos enrolar a polícia aqui em cima.

— Por que não esperar até que eles saiam para pegar o mandado? — pergunta Alex, colocando sua caneca no balcão.

— Chamarão um dos outros policiais, ou um detetive, para conseguir o mandado enquanto esses caras acampam no ancoradouro. Não conseguiremos entrar.

Thomas fica na porta dos fundos, esperando por Jake enquanto a campainha toca.

Eu me dirijo a Thomas e Jake:

— Coloquem luvas e não toquem em nada que não seja absolutamente necessário.

Espero até que eles saiam pela porta antes de me virar e entrar no vestíbulo atrás de Alex.

Dois oficiais fardados estão na varanda.

— Você é Alex Stone? — O mais baixo dos dois pergunta.

— Sim, como posso ajudá-lo, policial?

— Se importa se nós entrarmos?

Alex se afasta e gesticula para que eles entrem.

— Oi, eu sou Kylie Stone. — Aperto a mão de ambos os homens. — Podemos fazer algo por vocês?

— Sim, senhora, recebemos uma chamada anônima sobre atividades suspeitas em seu ancoradouro e gostaríamos de verificar.

— Atividade suspeita? Alguma coisa mais específica do que isso? — Não há como os policiais se mobilizarem por uma denúncia tão vaga.

Os policiais trocam um olhar.

— Não tenho a liberdade de fornecer informações específicas neste momento.

— Então, você terá que obter um mandado de busca para revistar a propriedade.

O policial coloca a mão dentro de seu casaco e puxa um pedaço de papel. Desdobrando o papel, ele o entrega a mim.

Bem, fodeu. Eu não contava que eles estivessem um passo à minha frente. Mas o que é mais preocupante é o fato de que eles o conseguiram baseado em uma chamada anônima sobre uma atividade suspeita. Isso não é um procedimento operacional padrão, e meus sentidos de aranha de advogada estão tinindo. Há algo acontecendo aqui que desconhecemos.

ANNE L. PARKS

Eu analiso o documento. Isso restringe a busca apenas ao ancoradouro.

— Alex, você pode chamar Thomas para escoltar os policiais até lá?

Alex assente em concordância e tira o celular do bolso. Afastando-se, ele coloca seu telefone no ouvido. Não consigo ouvir o que está dizendo, o que é ótimo. Isso significa que a polícia também não consegue.

Pouco depois, ele volta e desliza o braço em torno da minha cintura.

— Thomas está terminando seu treino. Ele foi apenas trocar de roupa e estará aqui em um momento. Vocês gostariam de tomar um café enquanto esperam?

— Não — resmunga o policial mais alto. — Existe alguma razão para você não nos apontar a direção e nos permitir executar este mandado?

— Sim — respondo. — Quero garantir que vocês se atenham à área que o mandado cobre.

O policial me encara. Acho que ele não recebeu o memorando de que a esposa de Alex Stone é uma advogada criminalista.

Em poucos minutos, Thomas desce da academia e os acompanha até a porta dos fundos.

Jake entra depois que eles saem, uma expressão sinistra em seu rosto.

— Temos um problema sério.

— Vamos conversar no escritório — diz Alex.

Assim que entramos, Jake respira fundo e segura o fôlego por um momento antes de soltar, esfregando o rosto no processo.

— Tem um cadáver no ancoradouro.

Que porra é essa? Isto é muito pior do que eu estava imaginando.

— Tem certeza de que a pessoa está morta?

Alex caminha até o bar, serve dois copos de uísque e entrega um a Jake.

— Sim — Jake diz, levando o copo aos lábios. — Há um buraco enorme em seu peito.

— Quem é? — pergunto e prendo a respiração. Não quero realmente saber a resposta.

Jake olha para Alex.

— James Wells.

Alex desaba em uma cadeira e entorna o uísque em seu copo.

— Merda.

Meu cérebro está inquieto. Os policiais vão reportar o que encontrarem, e depois detetives, especialistas forenses, e mais policiais vasculharão por toda a propriedade.

INOCÊNCIA

113

— Você ou Thomas tocaram em qualquer coisa?
— Só a maçaneta da porta — diz Jake.
— De luvas?
Ele assente e esvazia o copo.
— Nenhum de vocês estava lá. Vocês estiveram na casa o tempo todo.
— E agora? — pergunta Alex.
— Esperamos.

Em uma hora, a unidade de criminalística, com todas as suas vans, chega à casa e começa a análise do ancoradouro. O médico legista apareceu e confirmou que a vítima estava morta. Eu vi a van do legista se afastar com o corpo do meu sogro na parte de trás.

Boa viagem, seu cretino.

Sei que deveria sentir algo semelhante a tristeza ou pesar por sua morte. Quero dizer, um homem está morto. Mas não consigo sentir nada mais do que alívio de que ele está fora da vida de Alex para sempre. E a raiva de que seu último ato, sua morte, pode causar mais problemas para Alex do que qualquer coisa que o idiota tenha feito durante sua vida.

— Então, você não tem ideia de como seu pai acabou morto, e em sua propriedade, é isso mesmo, Sr. Stone?

Eu fico olhando para Reyes. *É claro*, tinha que ser ele que a promotoria enviaria para investigar. Não é completamente inédito para a promotoria estar envolvida nesta fase da investigação, mas eles geralmente enviam um assistente do promotor, não o investigador. Não há nenhuma acusação apresentada e nenhuma razão para Reyes estar envolvido nesta fase. Matt vai me escutar assim que eu conseguir tirar Reyes da minha casa.

— Detetive Reyes, esta é a quarta vez que você faz essa pergunta — digo. — Se você não consegue se lembrar da resposta, por favor, consulte suas anotações. Como já dissemos, repetidamente, ninguém nesta casa fazia ideia de que havia um cadáver aqui.

Reyes folheia seu bloco de notas, me ignorando.

— De acordo com seu chefe de segurança, as câmeras no ancoradouro não estão funcionando e, portanto, não há nenhum vídeo para revisar. Você estava ciente disso, Sr. Stone?

— Sim — admite Alex. — Jake me informou que havia problemas e estava no processo de obter uma estimativa para determinar se as câmeras poderiam ser reparadas ou precisariam ser substituídas.

Eu olho para ele. *Mas que merda? Por que ele não me falou sobre isto? Mais tarde.* Não quero dar a Reyes a satisfação de saber que Alex escondeu algo de mim.

— Quando foi a última vez que você esteve lá? — Reyes olha para Alex. Alex balança a cabeça.

— Já faz alguns meses, eu acho. Quando equipei o barco para o inverno, muito provavelmente. Outubro, novembro, talvez.

— Você não esteve lá ontem? Ontem à noite?

— Não.

— Não encontraremos provas do contrário?

— Exatamente a que tipo de provas você está se referindo, detetive? — pergunto.

Reyes se desloca em seu assento para me confrontar.

— Existe uma razão para você não deixar seu marido responder às minhas perguntas?

— Sim, existe. Seu pai acaba de falecer. É um acontecimento traumático. Não permitirei que você faça uma pergunta vaga e aplique a resposta dele a uma pergunta específica apenas para que possa tentar mostrar que ele estava sendo malicioso, ou algo do tipo. — Cruzo os braços sobre o peito e mantenho contato visual com ele. Conheço bem estes truques, e eles não serão empregados contra Alex, se eu puder ajudar.

— E como vai ser, Sra. Stone?

— Você sabe muito bem que as impressões digitais serão tiradas e registradas como prova. Então você descobrirá que as impressões digitais de meu marido estão por toda parte. Não fará muita diferença se for por ser o ancoradouro dele. Se ele declarar que você não encontrará nenhuma evidência dele lá dentro, você usará essa declaração como prova de que ele está mentindo. E se ele estiver mentindo sobre isso… bem, você pode ver onde tudo isso vai dar errado.

Reyes estreita os olhos e me encara.

— O senhor tem uma arma, Sr. Stone?

— Existe um tipo específico de arma que você está procurando, detetive? — pergunto. *Eu posso fazer isto o dia todo, imbecil.*

INOCÊNCIA

115

— Não sei ainda, mas a vítima tem um ferimento de bala no peito. Sr. Stone?

Alex olha para mim. Eu aceno com a cabeça.

— Eu, pessoalmente, não tenho uma arma — diz ele.

— Mas há armas em casa?

— Sim, Jake tem.

Um especialista em medicina legal entra na sala.

— Desculpa, detetive Reyes. Já terminamos.

Reyes olha para o homem.

— Encontrou alguma coisa?

O homem nega com um aceno de cabeça.

— Não, não parece haver grandes quantidades de sangue na casa.

Por que eles estão checando a casa em busca de sangue?

— Você não acha que James foi baleado no ancoradouro — digo a Reyes. Ele respira ruidosamente pelo nariz.

— Aparentemente, pela nossa investigação inicial, a vítima foi baleada e morreu em um local diferente. O assassino, *aparentemente*, queria encontrar um lugar que não fosse frequentado durante os meses de inverno para armazenar o corpo até que ele pudesse ser descartado.

Aparentemente, meu ovário esquerdo. Odeio quando teorias são usadas como fatos no início de uma investigação.

— Ou incriminar alguém que vive nesta casa — acrescento. — Não há provas de sangue na casa ou em qualquer outro lugar no terreno que indique que ele foi baleado na propriedade. Acho que isso corrobora o argumento de que isso é uma armação.

— Eu discordo. — Reyes mantém os olhos focados no bloco de notas.

Eu bufo uma risada de escárnio.

— Então, sua teoria é que James foi morto por um de nós em algum lugar fora desta propriedade, mas foi trazido de volta para cá? Você percebe o quanto isso soa ridículo?

— Não descartamos nada nesta fase inicial.

— Eu discordo — rebato. — Você parece estar concentrando toda sua atenção em Alex.

Reyes ergue a cabeça e concentra o olhar ao meu, e a frieza que vejo nele me dá um arrepio.

— Você está agindo como sua esposa ou como sua advogada?

— Vocês estão tomando uma declaração ou interrogando ele? — pergunto. — Deixe-me te perguntar isto, detetive. Por que ele mataria alguém e traria o corpo de volta para cá, onde seria descoberto, e se tornaria um suspeito?

— Talvez ele estivesse apostando em sua brilhante esposa advogada criminalista para livrá-lo dessa furada?

Eu me levanto e faço um gesto em direção à porta.

— Acho que terminamos aqui, detetive.

Reyes aponta seu dedo para Alex.

— Não saia da cidade, Sr. Stone. Tenho certeza de que terei mais perguntas para você à medida que a investigação evoluir.

Ele se levanta e enfia o bloco de notas no bolso interno de seu paletó e me olha de relance.

— É uma pena que você esteja novamente do lado errado, de volta à defesa dos criminosos. Eu tinha tanto respeito por você quando estávamos trabalhando juntos. Foi parte do que levou ao nosso beijo.

Babaca.

O rosto de Alex fica pálido, seu corpo inteiro retesa.

Reyes zomba:

— Ela não te falou sobre isso? — Ele move seu olhar para mim, os olhos cintilando. — A base de um bom casamento é a honestidade, Kylie. Você não acha que Alex merece saber o que aconteceu entre nós antes de colocar aquela aliança em seu dedo?

Fechando o paletó, seu olhar se alterna entre mim e Alex.

— Parece que vocês dois precisam de algum tempo a sós para conversar sobre isso. Entrarei em contato.

— Deixe seu chefe encontrar a causa provável e emitir um mandado de prisão. Até lá, faça qualquer outro contato e eu apresentarei uma acusação por assédio.

Reyes sai da sala, e eu me jogo no sofá ao lado de Alex, segurando sua mão.

— Alex, o beijo não significou nada.

— O quê? — Ele desliza para longe de mim, afastando-se do meu toque. — Esperava que você me dissesse que ele estava mentindo, que o beijo nunca aconteceu.

O olhar dele cai para o colo. Ele balança a cabeça antes de olhar para mim novamente.

— Você o beijou?

— Não, ele me beijou.

— Semântica, advogada.

— Há uma grande diferença. Eu não estava esperando que ele me beijasse. Eu não pedi, não queria e, com certeza não retribuí o beijo.

INOCÊNCIA

O silêncio na sala é tão espesso quanto a neblina matinal. Alex inspira bruscamente.

— Quando isso aconteceu?

— No dia em que você foi ao meu escritório.

— No dia em que ele nos pegou nos beijando?

— Sim. Eu estava saindo. Ele me seguiu. Quando chegamos no fim das escadas, ele me pegou desprevenida. Eu o empurrei para longe, e foi isso.

Alex esfrega o rosto com a mão.

— Por que ele faria isso? O que o fez pensar que ele tinha uma chance com você?

— Ele me disse que tinha que tentar.

Alex exala. Eu odeio a maneira como ele me olha, enrugando a testa. Olhos cheios de perguntas.

— Alex, eu lhe disse que nada aconteceu, porque estou apaixonada por você e sempre estarei.

— Não na época… você me deixou, lembra?

— Eu nunca deixei de te amar. Eu sabia que você era o único homem com quem eu queria um futuro, ninguém mais.

Eu me aproximo e acaricio seu rosto.

— Estava tão empolgada com a forma como as coisas se desenrolaram conosco no início do dia. Decidi surpreendê-lo na festa de gala de premiação. Era aí que estavam meus pensamentos e porque não estava prestando atenção a Reyes.

— Por que você não me disse, Kylie?

— Honestamente, não achei que fosse uma grande coisa, então deixei pra lá na mesma hora. Eu também não queria que isso estragasse nosso reencontro. Sinto muito, amor. Eu deveria saber que ele tentaria usar isso para nos separar. Por favor, temos tanta coisa acontecendo que isto não vale mais um minuto do nosso tempo.

— Não sei bem o que pensar — ele diz. Ele movimenta os ombros e gira a cabeça para um lado. As vértebras em seu pescoço estalam como uma fileira de dominós caindo.

— Eu sei. Tivemos um dia infernal, não que isso seja novidade para nós.

Isso lhe dá um meio-sorriso, o que envia uma onda de alívio através de mim.

— Você não dormiu muito ontem à noite. Não é de admirar que esteja se sentindo fora de si. Você precisa se deitar e descansar um pouco.

Ele levanta a cabeça o suficiente para que seu olhar se encontre com o meu.

— Com tudo o que está acontecendo, você acha que consigo dormir?

— Eu disse que você precisa dormir. Há alguns métodos que podemos usar para ajudar nessa área...

Ele olha para mim por um momento, e não tenho certeza se ainda está muito chateado por saber do beijo que Reyes me deu, ou se seu cérebro simplesmente não está operante e está tentando compreender meu avanço sexual.

— Que métodos você está propondo? — ele pergunta, com um sorriso sutil.

— Estou à sua disposição, Sr. Stone. O que o senhor quiser que eu faça, fico feliz em ajudar. — Eu me levanto e estendo a mão para ele.

Ele a encara por um instante, suspira, e se aproxima. Antes que ele possa se afastar, eu o beijo. Com tanta merda acontecendo, e ainda mais para vir nos próximos dias enquanto a investigação continua, preciso que ele se lembre que somos uma equipe. Ninguém pode se meter entre nós, não importa o quanto tentem, ou o que insinuem.

Nós nos encaramos por um longo tempo. Esse homem sempre foi capaz de ver o que está no meu coração e na minha alma. Ele aperta minha mão e me leva pelo corredor até nosso quarto.

Uma hora mais tarde, depois de ter me proporcionado alguns orgasmos, Alex está dormindo profundamente. Eu saio cuidadosamente da cama, me visto e vou para a cozinha para comer alguma coisa. Maggie deixou um bilhete dizendo que há salada de frango na geladeira, e pão caseiro fatiado no balcão.

Jake entra na cozinha enquanto coloco um pouco da salada em uma fatia de pão.

— Quer um sanduíche? — pergunto.

Ele nega com um aceno.

— Não, já comi.

Coloco outra fatia de pão em cima e a esmago para que possa caber na boca.

— Precisamos tomar parte desta investigação. Vai ficar feio, e eles parecem estar focando em Alex. — Dou uma mordida e fico olhando para ele.

— Sim, eu estava pensando a mesma coisa. Alguma ideia de por onde começar?

— Temos que descobrir de onde saiu essa denúncia anônima, quem

INOCÊNCIA

119

foi a pessoa. Talvez ele possa levar a quem matou James e colocou seu corpo no ancoradouro.

— Alguém se deu a muito trabalho para lançar suspeitas sobre Alex.

— Sim, precisamos descobrir quem e por quê. Vou ver se consigo agendar uma reunião com Matt para descobrir o que ele sabe.

— Você realmente acha que o promotor vai compartilhar informações contigo sendo que você é casada com o principal suspeito dele em um caso de assassinato?

— Espero que se chegar a ele, antes que qualquer acusação seja apresentada, eu possa fazer entender que Alex não é o principal suspeito. Ele pode não me dar chances, mas tenho que tentar.

— Vou atrás de algumas pessoas que me devem alguns favores. Talvez eles possam trazer alguma luz sobre quem é o denunciante. — Jake passa por mim e segue pelo corredor.

— Me conte o que você descobrir — digo.

Alguém está tentando incriminar Alex. Mas quem? E por quê? A resposta mais provável seria James, mas como ele é a vítima de assassinato, está fora da lista. Poderia ser obra de John? Ou há uma nova ameaça espreitando nas sombras, apenas esperando o momento perfeito para atacar?

Se sim, podemos estar em apuros mais graves do que eu pensava. Como podemos descobrir uma ameaça que nunca soubemos que existia?

CAPÍTULO 21

Bato na porta de Matt e enfio a cabeça para dentro do escritório.

— Oi, Kylie — Matt diz, olhando por cima de seu computador. — Entre.

Eu me sento em uma das cadeiras diante de sua mesa. Ele se inclina para trás em sua cadeira e entrelaça os dedos.

— Soube dos acontecimentos em sua casa nesse fim de semana. O que posso fazer por você?

Bem, pelo menos sei como ele vai jogar esse jogo. Ele vai me dar o mínimo de informações possível e esperar que eu dê para ele quase tudo o que sei. Não posso culpá-lo. Estou usando a mesma estratégia com ele. Ou isso vai ser uma reunião bem-sucedida onde os dois conseguem o que querem ou sairemos decepcionados.

— Pois é. Fiquei surpresa por um investigador da Promotoria estar nos interrogando antes mesmo desse caso vir para o seu escritório. Esse é o novo procedimento operacional padrão por aqui?

— O detetive Reyes estava lá como representante do meu escritório. Você sabe que a Promotoria é notificada quando há algum assassinato nesse condado. Você faz parte de uma família de elite agora, Kylie, então, naturalmente, mandaríamos alguém lá.

— Eu entendo, mas se não estou enganada, Reyes não é um assistente da Promotoria, nem mesmo um advogado. Por que ele, então?

— Nós pensamos que por você ter trabalhado com ele no passado, isso te deixaria mais confortável.

— Ah, então você fez isso por mim? — Eu paro e o encaro. — Você deve pensar que sou trouxa, Matt. Creio que mandou Reyes para irritar Alex.

— Por que eu faria isso? Seu marido é um líder na comunidade e tem muitos amigos influentes. Seria tolice irritá-lo.

— Só quero garantir que a polícia e seu escritório estão examinando todas as possibilidades, e não apenas focando em apenas um suspeito, esperando que as coisas simplesmente se encaixem.

Matt se inclina para a frente, colocando os cotovelos sobre a mesa. Uma tempestade se agita por trás de seus olhos.

— O que você quer dizer?

Não vou recuar agora.

— Você pretende se reeleger, e está claro que Reyes está levando tudo para o lado pessoal.

A mandíbula de Matt se contrai e a veia em seu pescoço salta.

— Vou fingir que não ouvi suas acusações sobre eu agir de má-fé para garantir minha reeleição.

— Não mande Reyes para a minha casa. Sem um caso iniciado, ele não deveria fazer parte disso.

Eu saio pela porta sem dizer mais nenhuma palavra, deixando-a aberta para que ele me veja sair pelo corredor. Posso não ter conseguido a informação que eu queria, mas ganhei essa batalha. Foi pequena, mas pelo menos Matt sabe do que sou capaz.

A forma como ele vai lidar com isso é o próximo passo. Ou ele vai relaxar e deixar a investigação tomar seu curso natural, ou vai tomar parte disso para conseguir o que quer – que é Alex preso e acusado pelo assassinato de seu pai.

Já derrotei Matt no tribunal antes, e sei que isso ainda o incomoda. Então, ele vai decidir arriscar perder novamente, perto da reeleição, ou vai tentar processar uma pessoa altamente respeitada pelo mundo?

Estremeço ao pensar que sua escolha possa ser essa última opção.

— Oi, Maggie — digo, ao entrar na cozinha. — Você sabe se Alex já se levantou?

— Sim, ele está na sala de estar. Temos uma visita.

— Quem?

— Não sei quem ela é, querida. Perdão.

Ótimo. Eu disse a Alex e Jake para não deixarem a polícia entrar até eu chegar em casa. Não quero que eles questionem nenhum deles sem a minha presença. Já vi até mesmo as pessoas mais sensatas se complicarem durante o interrogatório. É difícil explicar o que foi dito depois que as palavras já foram ditas. As pessoas chegarão às conclusões que querem, e nenhuma explicação mudará sua opinião. É melhor não dizer absolutamente nada.

Alex está de pé perto da abertura em arco da sala de estar quando entro.

— Oi, amor — ele diz, e envolve seu braço em torno da minha cintura, me dando um beijo suave. — Como foi sua reunião?

— Interessante — respondo, e olho ao redor para ver quem mais está na sala.

Uma mulher está sentada na poltrona. Ela está vestindo um terno de cor creme e tem o cabelo escuro na altura do colarinho do casaco. Ela parece familiar, mas não a reconheço.

— Vou conversar sobre isso mais tarde.

A mulher se levanta. Ela vacila ligeiramente, e me pergunto se é por usar saltos altos ou por estar nervosa. Um pequeno sorriso cruza o rosto dela, mas seu olhar é apreensivo.

— Olá, Kylie. Quanto tempo.

Um suor frio brota em minha pele, mas meu sangue ferve na mesma hora. Meu coração bate no meu peito como um tambor batendo antes da guerra.

Nem. Fodendo.

Tudo o que posso fazer é olhar para ela. O desejo de socá-la é tão avassalador quanto dar meia-volta e sair da sala. Odeio esta mulher, esperava nunca mais vê-la novamente. Ela pode ter me parido, mas não é minha mãe.

Eu lanço meu olhar para Alex.

— O que ela está fazendo na minha casa?

— Kylie, por favor, eu só quero falar com você — diz ela. O suplicante tremor na voz dela desencadeia uma explosão de raiva que tem estado adormecida por anos.

— Não fale comigo, Angelina. — Eu observo como ela se encolhe por eu chamá-la por seu nome de batismo ao invés de 'mãe'. Ela abriu mão desse direito há muito tempo. — Não há nada que você possa dizer que signifique alguma coisa para mim.

Dou um passo em direção a ela. Alex puxa levemente meu braço. Será que ele teme que eu possa bater nela? Provavelmente é um palpite inteligente, mas não tenho nenhum desejo de chegar tão perto da vadia.

INOCÊNCIA

123

— Saia. Agora. E não volte nunca mais. Você não é bem-vinda em minha casa e nem na minha vida.

Voltando-me para Alex, murmuro por entre os dentes cerrados:

— Tire ela daqui, agora.

Ele acena com a cabeça e solta meu braço. Eu saio da sala como um general. Escuto o choro sentido conforme me afasto. O som não tem o menor efeito em mim. Não depois de tudo que ela fez – e não fez –, quando deixou meu pai e a mim sem nada.

— Por favor, me ajude. — Eu a ouço suplicando. — Eu só quero acertar as coisas com ela.

— Minha esposa foi bastante clara; ela não quer nada com você, e eu a apoio cem por cento. Você precisa sair agora. Você seria sábia em não tentar contatar nenhum de nós no futuro.

Entro na biblioteca, jogando a pasta na escrivaninha e desabando na cadeira. Giro em direção às janelas e contemplo a água. O clique de saltos altos contra o piso do vestíbulo é seguido pela forte batida da porta da frente. Fecho os olhos e tento me concentrar na minha respiração. *Inspira e segura. Um... dois... três... quatro... cinco. Expira.*

— Kylie. — A voz de Alex é baixa, tranquila. Abro um olho, avistando-o de pé à porta. Seus olhos encontram-se semicerrados, o cenho franzido.

Respirando fundo, exalo e me sento ereta na cadeira. Alex contorna a mesa e se senta na beirada.

— Desculpe, querida. Jake não sabia que tínhamos colocado uma proibição de entrada para ela. Quando descobri que ela estava aqui, você já estava chegando em casa.

— Está tudo bem. Ela era a última pessoa que eu esperava ver. Eu já estava preparada para gritar com a polícia por te interrogar sem seu advogado presente, não aquela vadia.

— Não acho que ela será mais um problema. Você deixou sua posição bem clara.

Eu rio.

— Acho que fui um pouco grossa, né?

— Já te vi com raiva antes, e me assustou muito poder estar na mira de sua fúria. Mas espero nunca ter que me preocupar com isso.

— Bem, isso é fácil de evitar — brinco, agarrando sua camisa e puxando-o para mim. — Não me deixe nunca.

— Como se eu pudesse — ele murmura, contra meus lábios. — Nada nos separará.

— Com licença.

Olhamos para Jake, parado à porta do escritório.

— A polícia está aqui e gostaria de fazer algumas perguntas aos dois.

— Conversaram com você ou com Thomas? — pergunto.

— Não, mas deduzo que seremos os próximos.

Eu concordo com um aceno.

— Leve-os até a sala de estar e os avise que em breve estaremos lá. — Eu me levanto e aliso o tecido da calça, abotoando o terninho em seguida.

Alex agarra meus quadris e me olha de relance.

— Você em modo de advogada ainda me excita ao extremo.

— É mesmo?

— Mhmm. — Ele assente, os olhos escurecem.

— Bem, guarde sua libido na geladeira, pelo menos até nossos convidados irem embora.

— Farei o meu melhor, mas não posso prometer nada. — Ele me beija e desliza a língua por entre meus lábios entreabertos.

Meu corpo relaxa contra o dele, cedendo à paixão do momento, precisando do silêncio antes da tempestade prestes a começar.

Recuando um pouco, encosto a testa à dele, absorvendo sua força e confiança.

— Okay, agora é sério. Você não deve responder a qualquer pergunta, a menos que eu permita. Tente não entregar nada através da linguagem corporal, como murmúrios de repugnância ou exasperação. Nada. Podemos contornar qualquer afirmação em que você não tenha sido impassível, mas é muito difícil contrariar a percepção de que certas perguntas o irritaram.

— Esta é a sua praia. Vou na sua onda.

Um homem e uma mulher se levantam assim que Alex e eu entramos na sala de estar. A detetive estende a mão para mim quando eu me aproximo.

— Detetive Janice McClure. — Ela está usando uma calça e paletó pretos básicos, sobre uma camisa branca simples. O cabelo escuro com rajadas grisalhas está preso em um rabo de cavalo apertado.

Ela diz:

— Este é meu parceiro, detetive Aaron Kain. — Ele está usando basicamente o mesmo uniforme da detetive McClure, no entanto, a gravata vermelha dá um traço colorido ao terno sóbrio.

— Eu sou Kylie Stone, e este é meu marido, Alex Stone. Por favor, sentem-se. — Alex e eu nos acomodamos no sofá de frente para os detetives. — Como podemos ajudá-los?

INOCÊNCIA

McClure pega um bloco de notas da mesa de vidro que separa os sofás. Aparentemente, ela assumiu a liderança no interrogatório. Ela ocupa posição superior ao seu parceiro? Ou ambos estão deduzindo que serei o obstáculo dominante, e uma mulher se relacionará melhor com outra?

Ah, os joguinhos de poder que jogamos...

— Vimos as anotações do detetive Reyes, que esteve com vocês ontem. Temos apenas algumas perguntas complementares. — Ela olha para mim e sorri. — Parece que vocês estavam no Colorado em sua lua de mel no início do ano e, Sra. Stone, você foi sequestrada. Correto?

— Sim — digo, repousando as mãos no colo.

McClure me encara fixamente por um momento enquanto o silêncio se estende.

— Obtivemos os relatórios da polícia, assim como suas declarações à polícia do Colorado, e demos uma passada geral. Por que você não mencionou isto ao investigador?

— Que investigador seria esse?

— Detetive Reyes.

— Não tinha conhecimento de que ele era o investigador designado para este caso. Ele é do gabinete do promotor-público. Até onde eu sei, ou pensava saber, não houve nenhuma prisão, ou qualquer caso pendente com a promotoria e, portanto, nenhuma necessidade de um investigador designado por eles para interrogar alguém.

McClure expira audivelmente.

— O que você pode me dizer sobre o sequestro?

— Além do que está nos relatórios oficiais da polícia do Colorado?

Kain revira os olhos, mas McClure mantém o olhar aguçado sobre mim.

— Talvez você pudesse começar do início, e nos elucidar mais uma vez?

— Se você tiver perguntas específicas sobre o sequestro, nós as responderemos. Não tenho certeza se é necessário reviver o evento. Foi extremamente perturbador para nós dois.

McClure me encara por um longo minuto. Eu retribuo o olhar, sabendo muito bem como este jogo é jogado.

— Sr. Stone, onde estava na noite anterior à descoberta do corpo de seu pai em sua propriedade?

Alex se mexe ao meu lado ao ouvir que James era seu pai.

— Eu estava trabalhando em meu escritório, e depois fui para a cama.

— Você trabalhou até que horas?

— Fui para a cama por volta das quatro da manhã.
— Você ficou em seu escritório o tempo todo?
Alex faz uma pausa, e depois acena com a cabeça.
— Sim, estive lá o tempo todo.
— Alguém pode confirmar? Tinha mais alguém com você durante esse tempo?
— Não, Kylie estava dormindo.

Coloco a mão por cima da de Alex, e ele para de falar. Não há necessidade de ajudar com o trabalho deles respondendo perguntas não feitas.

McClure me fuzila com o olhar. Ela pega seu bloco de notas e guarda a caneta no bolso do paletó.

— Isso é tudo o que temos por enquanto. Entraremos em contato se tivermos qualquer outra pergunta. Sabemos o caminho para fora.

Uma vez que ouvimos a porta da frente fechar, Alex pergunta:
— Por que não respondemos as perguntas deles sobre o que aconteceu no Colorado?
— A polícia tomou nossas declarações logo após o incidente, quando tudo estava fresco em nossas mentes. Se começarmos a deixá-los nos interrogar e nos desviarmos em alguns detalhes, eles usarão a discrepância contra nós. Alegarão que ou estávamos mentindo na época ou agora. É muito difícil contornar uma situação assim.

Eu me recosto às almofadas. Será que este dia poderia ficar mais louco?

Alex afasta os fios do meu cabelo que caíram no rosto.
— Você parece cansada, amor. Por que você não vai se deitar um pouco, talvez tirar uma soneca?

Eu confiro o horário no celular.
— Não posso. Vou me encontrar com o empreiteiro para passar por uma inspeção final no escritório.
— Okay, mas quando voltar, você precisa de um tempo de descanso. Você está se recuperando uma concussão séria.
— Tudo bem. — Eu me levanto e deposito um beijo rápido em seus lábios. — Prometo.

O espaço do escritório foi completamente transformado do que era alguns meses antes. Eu contemplo a baía através das janelas panorâmicas, acima das empresas da vizinhança. Mesmo com o dia nublado e a chuva iminente, ainda é uma bela vista.

Com a reforma finalizada, os novos móveis que encomendei podem ser entregues. Uma das vantagens de casar com um bilionário é que todo o dinheiro que ganho é meu para fazer o que quiser. Dessa forma, consegui pagar a reforma do escritório e a compra dos móveis. Agora o espaço conta com três escritórios, uma sala de reuniões, um banheiro e uma cozinha. Tudo se concentra ao longo das paredes externas, deixando uma ampla área aberta no centro como recepção.

Em contraste com o meu antigo escritório, na *Roberts & Daniels*, que era muito contemporâneo em sua concepção toda em vidro, metais cromados, em estilo modernista, agora posso trabalhar em um ambiente mais aconchegante. Adoro os tons naturais da madeira e os tijolos aparentes. Fechando os olhos, imagino os assentos e cadeiras de couro ocupados por novos clientes, o escritório zumbindo de atividade e o aroma do café se espalhando pelo ar.

— Kylie? — Uma voz feminina chama da escadaria. Sarah, a recepcionista da R&D, chega ao degrau superior e olha lentamente ao redor.

— Oi, Sarah. — Eu não a vejo desde antes de ser baleada por John. A vibrante e jovem loira me impressionou com sua capacidade de decifrar pessoas e situações e reagir apropriadamente. Ela causava uma excelente primeira impressão aos clientes que saíam dos elevadores para a suíte da cobertura da empresa. A esperteza e a sedução eram suas armas, e ela foi capaz de dissipar alguns preconceitos antiquados que eu tinha.

— Imaginei que fosse você. Eu a vi entrar aqui enquanto estava tomando café do outro lado da rua — comenta, respirando com um pouco de dificuldade. As escadas tendem a fazer isso nas primeiras vezes em que as pessoas vêm aqui. — Como você está?

— Eu estou bem.

Ela bufa uma risada.

— Bom... você acabou de se casar com o homem mais desejado do planeta. Eu diria que você está mais do que bem. — O olhar dela percorre novamente pelo escritório. — Seu escritório será aqui? Ouvi dizer que você estava abrindo sua própria firma.

Eu reprimo o riso. Sem dúvida, tenho sido o tema de conversas na fábrica de fofocas da R&D durante os últimos meses. Depois que as coisas desmoronaram, e John, que também era advogado da firma, foi demitido por me perseguir e assediar, muitos advogados e outros funcionários ficaram com raiva de mim. Nunca me senti confortável trabalhando lá depois de ter sido baleada, e nunca mais voltei ao trabalho. Jack amavelmente me ofereceu o espaço do escritório onde ele começou, e eu aproveitei a oportunidade de começar minha própria firma.

— Este é o novo escritório — confirmo. — Você ainda está na Roberts e Daniels?

— Sim — diz ela, com um suspiro profundo. — Eu odeio aquele lugar. Você se foi. Lisa está na faculdade de Direito. Jack quase nunca aparece. Não aguento os advogados arrogantes, os clientes pretensiosos e as secretárias legais presunçosas.

Ela olha para a área aberta da recepção onde ficará a nova recepcionista.

— Eu estava pensando — ela me encara, com seu sorriso brilhante —... que você pode precisar de ajuda aqui.

Preciso muito. Eu suspiro em resignação.

— Não tem como eu pagar o que você está recebendo na R&D, Sarah.

— Bem, felizmente, posso aceitar uma redução salarial. Tenho vivido como uma senhorinha em meus plenos vinte e poucos anos e consegui guardar quase metade de todo o meu salário em economias e investimentos. Tenho um belo par de meias. — Ela bate na lateral da cabeça. — Não tem nenhuma loira burra aqui, não. Eu só finjo ser uma no escritório.

— Por que você quer sair e receber um corte substancial no salário?

Não que eu não fosse adorar que Sarah trabalhasse para mim, ela é ótima com clientes e é superesforçada, mas isto seria um passo significativo para ela.

— Não posso continuar na R&D. Cheguei ao limite da minha carreira.

— E como é que se tornar uma recepcionista aqui ajuda com a sua carreira?

Ela sorri, e o brilho cintila em seus olhos.

— Porque você me contratará como gerente de seu escritório. Continuarei a lidar com as funções de recepcionista porque, sejamos francas, sou muito boa nisso, mas você também terá alguém que poderá administrar todos os aspectos do escritório para o qual você não tem tempo. Também posso fazer algumas tarefas de secretariado e até mesmo algumas pesquisas jurídicas. E como presente para você, posso oferecer serviços de contabilidade, também.

INOCÊNCIA

— Você tem alguma experiência em escrituração contábil?

— Na verdade, tenho. Sou formada em contabilidade e tenho um negócio paralelo, fazendo contabilidade para algumas pequenas empresas da área.

Caramba… Não fazia ideia de que ela havia se formado. Ou que tivesse tanta ambição. *Que vergonha, julgar um livro pela capa.*

Inspirando profundamente, rapidamente considero minhas opções. Posso contratar Sarah, que tem mais do que experiência suficiente, conseguir três pessoas pelo preço de uma, ou… Na verdade, não existem outras opções além desta. Sorrindo, estendo minha mão.

— Quando você pode começar?

— Sério? — Ela saltita e dá um gritinho. Vou ter que me acostumar com isso novamente. — Ai, meu Deus, vamos ver. Hoje vou comunicar meu aviso-prévio, que são de duas semanas. Quando você vai receber móveis e equipamentos de escritório?

— Tenho que ver quando serão entregues.

— Então, você já escolheu tudo?

Eu aceno em concordância.

— Tudo bem, me envie as informações por e-mail. Vou ligar e agendar a entrega para este sábado. Assim, posso estar aqui e me certificar de que as coisas estejam em ordem.

— Você tem certeza de que quer trabalhar no fim de semana?

— Kylie, eu posso trabalhar durante o dia e ainda me divertir à noite. — Dá uma risada debochada, me lembrando que não sou mais tão jovem assim. Trabalhar o dia inteiro e festejar toda a noite me deixaria exausta e com necessidade de mais de dois dias de recuperação.

— Beleza, vamos fazer um *tour* pelo local, e te dar as chaves.

Meia hora depois, tranco a porta do escritório, me despeço de Sarah e dirijo meu Porsche para casa. No caminho, aperto o botão de discagem rápida para Alex.

— Você nunca vai adivinhar quem acabei de contratar.

CAPÍTULO 22

Jantar em família na casa dos pais de Alex não é algo que eu queira fazer hoje à noite. Nem em qualquer noite. Parada na porta da frente da mansão deles, eu respiro fundo. *Ela não vai me irritar hoje. Ela não vai me irritar hoje.*

Alex enlaça minha cintura com mais força e encosta os lábios contra a minha orelha.

— Se Francine te incomodar, nós vamos embora. Tudo bem?

Eu aceno e forço um sorriso quando a porta da frente se abre. Francine, tia de Alex e mãe adotiva, sorri amplamente para ele.

— Oi, querido, entre. — Ela se afasta para nos deixar entrar. — Olá, Kylie — diz, porém agora com o sorriso engessado.

— Francine. — Tentei durante muito tempo me dar bem com a mulher que criou Alex, mas creio que é uma batalha perdida.

A mulher me odeia de uma forma que nem ela mesma consegue explicar. Ela não gosta do meu relacionamento com seu filho, desde a primeira vez que me conheceu. Em algumas ocasiões, até tentou nos separar. Uma vez com uma mulher de quem Alex era amigo.

Claro, Rebekah queria ser mais do que amiga, e estava muito feliz em ajudar com o plano de Francine. O tiro saiu pela culatra e provocou um afastamento ainda maior entre Alex e Francine. E destruiu completamente sua amizade com Rebekah.

Não vai fazer falta.

— Aí está a minha nora favorita. — Harold vem até mim com os braços bem abertos. Onde Francine é uma vadia das profundezas do inferno, Harold é luz e amor que brilha todos os dias.

— Oi, Harold — digo, e aceito seu abraço de urso. Aprendi a amar este homem como a um pai desde que o conheci. Ele é tudo o que eu queria que

INOCÊNCIA

meu pai fosse. Agora tenho Harold, e acho que é melhor tarde do que nunca.

Envolvendo seu braço em torno da minha cintura, Harold me conduz através do vestíbulo. Eu olho para Alex, que apenas balança a cabeça, mas um sorriso enviesado cruza seu rosto. Harold é, provavelmente, o único homem no mundo que Alex permitiria que tomasse seu lugar ao meu lado.

— Todos estão na sala tomando um coquetel antes do jantar.

Entramos na sala e minha cunhada, Patty, me abraça como se tivesse me visto há um mês, quando, na verdade, almocei com ela há uma semana. Ela se parece com Harold de tantas maneiras, sobretudo a personalidade amorosa e sensível.

— Oi, Kylie. — Minha melhor amiga, Leigha, que também namora o irmão de Alex, Will, me dá um abraço. — Como foi no escritório? Mal posso esperar para ver.

— O lugar está incrível. Estou tão feliz com a forma que ele...

Uma mulher de pé do lado oposto da sala chama minha atenção.

O que a minha mãe está fazendo aqui?

Raiva incendeia por dentro do peito, espalhando-se rapidamente pelo meu corpo. Eu olho para Alex, e suas sobrancelhas franzem.

— Ou ela vai embora ou eu vou — digo, entredentes.

Francine para ao lado de Alex, e me olha de relance.

— Não seja rude, Kylie.

— Você não sabe do que está falando, Francine — diz Alex.

Angelina dá um passo à frente, a mão apoiada na base da garganta, os olhos arregalados.

— Eu só quero que a gente supere isso e que possamos nos relacionar de novo, lindinha. — Sua voz treme. Ela não é tão boa atriz para chorar quando quer, aparentemente, porque isso é a única coisa que poderia fazê-la parecer mais patética.

Francine exala pelo nariz.

— Ela é sua mãe.

Eu me viro em direção a Francine, com os punhos cerrados.

— Não tenho mãe. — Dou um passo em direção a ela. Alex me segura pela cintura e me impede de chegar mais perto. — Minha mãe me abandonou quando eu tinha dez anos e nunca mais olhou para trás. Meu pai ficou tão devastado que se tornou alcoólatra e, basicamente, enlouqueceu. Fui forçada a aceitar qualquer trabalho que conseguisse quando era adolescente para sustentar a nós dois. Toda a responsabilidade de ter um teto sobre nossas cabeças, e a comida, tudo isso caiu sobre mim.

132   **ANNE L. PARKS**

Minha voz está alterada, mas não me importo. Francine precisa ouvir essas verdades, e se isso significa que tenho que gritar com ela para conseguir atravessar sua cabeça dura, então é o que vou fazer.

— Você sabe o que minha mãe estava fazendo? Passando de um marido rico para outro. Sabe com que frequência ela ajudou a filha durante esses anos? Nem uma única vez.

Minha mãe dá um passo à frente e abraça a si mesma.

— Sinto muito por isso, tentei pedir desculpas. — Sua voz falha.

Francine desvia o olhar para minha mãe, e depois para mim, os olhos transbordando inquietação.

— Deixa eu te atualizar um pouco mais sobre a minha família, Francine. Meu pai se suicidou quando eu estava no final do meu primeiro ano de faculdade. Ele estava convencido de que eu o tinha deixado, assim como ela fez. Nunca lhe ocorreu que algo pudesse estar me impedindo de voltar para casa. Ele não tinha ideia de que no segundo em que ele deu fim à sua vida, eu estava sendo operada de emergência.

Eu me viro para olhar para minha mãe.

— Eu te liguei, implorei que voltasse para casa e me ajudasse. Você se recusou. Não podia ser incomodada por sua filha inconveniente e pela morte de seu ex-marido.

Volto a me concentrar outra vez em Francine, agora com o rosto pálido.

— Tive que planejar o funeral do meu pai enquanto lidava com a realidade de que a histerectomia de emergência à qual fui submetida significava que nunca teria meus próprios filhos. Portanto, não me venha com lição de moral ao me dizer que estou sendo rude com esta mulher.

Uma voz suave rompe a silenciosa tensão na sala.

— Eu só quero uma chance de ser uma mãe para você.

Lanço um olhar a Angelina, por cima do meu ombro. Sua postura derrotada enfatiza quão medíocre se sente.

— Você teve sua chance, e a desperdiçou. Nunca mais vou oferecer isso a você. Nunca mais.

Lágrimas escorrem pelo seu rosto, mas não sinto nada além de um frio vazio em meu peito. Eu me afasto de todos e saio da sala. Não sei para onde estou indo, mas preciso me afastar daquela puta mentirosa, e de todo o sofrimento que ela ainda inflige depois de tantos anos. Atravesso o vestíbulo e entro na sala de jantar. Minhas mãos estão tremendo, e meus joelhos ameaçam ceder a qualquer momento. Eu me agarro ao encosto de

INOCÊNCIA

umas das cadeiras para me firmar, com lágrimas abundantes escorrendo pelo meu rosto.

Caralho! Eu não quero que Angelina tenha o poder de me fazer chorar.

— Kylie? — A voz de Francine é suave e me pega de surpresa. Ela nunca falou comigo com qualquer pitada de carinho ou compaixão. — Me perdoe por ter convidado sua mãe para jantar sem falar com você primeiro. Eu não sabia da história entre vocês duas.

Viro a cabeça para o lado, mas não o suficiente para que ela veja meu rosto.

— Como você a encontrou?

— Ela que me encontrou, na verdade. Disse que havia tentado te ver e que você a tinha expulsado sem lhe dar uma chance de explicar as coisas. Eu a convidei para jantar, mas ela disse que você não viria se soubesse que ela estava aqui, e que ela só precisava de uma oportunidade para falar contigo. Eu acreditei nela.

Eu sacudo a cabeça.

— Não se sinta mal, ela sempre consegue se fazer de vítima.

— Eu também não tenho sido uma sogra muito boa para você, e por isso sinto muito. — Ela se aproxima, se posta ao meu lado e coloca uma mão no meu ombro. — Eu me senti ameaçada por você. Ninguém jamais havia sido capaz de romper a casca dura de Alex e acho que, como mãe dele, eu queria ser a pessoa que o trouxesse da escuridão para a luz.

Ela dá um suspiro.

— Ele tinha um vínculo único com a mãe, mesmo antes de ela morrer. Eu esperava que ele pudesse eventualmente ver que poderia deixar de lado a dor e o sofrimento de perder sua mãe e ser feliz. Quando ficou claro que ele havia descoberto isso, mas através de você, que lhe abriu os olhos, eu me senti traída.

Uma risada triste escapa de seus lábios.

— Meu Senhor, falar em voz alta parece loucura e um pouco patético.

Eu olho para ela e também dou uma risada.

Francine suspira audivelmente outra vez.

— A questão é que eu deveria ter lhe agradecido e dado as boas-vindas à família. Isso é o que uma boa mãe faria.

Olhando para ela, seguro uma de suas mãos e a aperto.

— Você é uma ótima mãe, Francine. Você se tornou uma mãe de uma hora para outra e criou quatro filhos que idolatravam sua mãe biológica. Eu teria adorado ter tido você como mãe.

Seus olhos marejam e ela me puxa para um abraço.

— Você tem, minha doce menina. Você tem a mim como mãe, e eu prometo melhorar.

Vejo Will cruzar o vestíbulo e responder à batida na porta da frente. Dois policiais entram, perguntam por Alex e entram na sala de estar. Eu me afasto de Francine.

Quando entro na sala, Alex está sendo algemado e está ouvindo seus direitos.

— Quais são as acusações? — pergunto.

— Homicídio em primeiro grau de James Wells.

— Sou a advogada do Sr. Stone. Ninguém fala com meu cliente a menos que eu esteja presente — digo aos policiais.

Alex olha para mim, o rosto inexpressivo.

— Não fale nada, nem uma palavra, até eu chegar — instruo.

Assim que eles saem rebocando Alex, avisto Angelina de pé no fundo da sala. Francine agarra meu cotovelo.

— Eu cuido dela. Faça o que faz de melhor e resolva esta confusão com Alex e estas acusações ridículas.

Aperto a mão dela e saio porta afora. Entro no Maserati, e ligo imediatamente para o celular de Matt, seguindo em direção à cidade.

— Que merda é essa, Matt? — pergunto, antes que ele me cumprimente. — Você executou um mandado de prisão para esta noite? Que tal uma cortesia profissional?

A linha fica muda por um momento.

— E dar ao seu marido a oportunidade de deixar o país?

— Ele não faria isso, e você sabe muito bem.

— Não, na verdade, não sei. O que sei é que seu marido tem os recursos e contatos para desaparecer e evitar a justiça.

— Você só pode estar brincando comigo. Você não tem provas que sustentem uma acusação de homicídio em primeiro grau.

— Sim, eu tenho. Merda, Kylie, o corpo estava em sua propriedade. Alex não consegue fornecer um álibi durante a noite, o mesmo período que o legista diz que James morreu.

— Isso é muito insuficiente.

— Sabemos que Alex ameaçou matar James.

— Do que você está falando?

— O Departamento de Investigações do Colorado entregou uma gravação de uma conversa telefônica entre Alex e James.

INOCÊNCIA

Merda! Eu tinha me esquecido disso. O telefonema de James depois que ele devolveu meu anel e ameaçou me sequestrar de novo.

— Foi circunstancial, Matt.

— Então, esta deve ser uma defesa fácil para você. Vejo você na audiência de fiança, Sra. Stone.

O clique sinaliza o fim da chamada.

— Caralho! — Atiro o celular para o lado, que se choca contra a porta e cai no banco do passageiro. — Merda, merda, merda!

Meu celular toca, e eu olho para ver quem está ligando.

— Jake, a polícia acabou de prender Alex pelo assassinato de James.

— Eu sei — ele diz. — Estão aqui executando um mandado de busca. Eles já pegaram seu computador e estão revistando seu armário.

— Fique aí. Certifique-se de que eles cumpram os parâmetros do mandado. Se você vir alguma coisa que não pareça correta, me avise. Estou a caminho da delegacia para ver se consigo tirar Alex sob fiança esta noite.

Jake exala ao telefone.

— Boa sorte com isso.

É, nem me fale. Há uma razão pela qual Matt esperou até este horário para prender Alex. Assim ele teria que passar a noite na cadeia.

Eu me dirijo ao estacionamento para visitantes na delegacia. O telefonema, depois que desliguei com Jake, foi para Jack, para ver se ele poderia mexer alguns pauzinhos e fazer com que Alex fosse solto esta noite. Mesmo sabendo que ele fará tudo o que puder, não estou otimista.

Digo meu nome ao policial atrás do vidro de segurança e espero na área da recepção até ser chamada de volta. Alex está em uma sala de interrogatório. Os detetives Kain e McClure estão sentados do outro lado da mesa.

— Espero que não estejam tentando interrogar meu cliente sem a presença de sua advogada, detetives.

— Não, Sra. Stone, estamos aqui sentados esperando por você — diz o detetive Kain. McClure tem um largo sorriso no rosto.

— Gostaria de falar em particular com meu cliente.

— Claro — diz Kain, pegando sua xícara de café vazia, com a detetive em seu encalço.

Assim que a porta se fecha, eu me dirijo a Alex:

— Te fizeram alguma pergunta? Ou tentaram iniciar uma conversa com você?

Alex nega com um aceno de cabeça.

— Não, eles conversaram sobre coisas banais. O clima, seus filhos. Eu os ignorei e fiquei calado. — Ele me olha de relance e sorri. — Fui instruído por minha esposa a não falar com a polícia sem um advogado.

— Bem, fico feliz que você decidiu ouvir.

Ele semicerra os olhos e suspira.

— O quão ferrado estou?

— Eles têm um caso bastante circunstancial, mas acho que será por mérito.

— O que significa?

— Muito provavelmente vamos a julgamento, a menos que descubramos provas exculpatórias.

— Jesus. — Ele passa a mão pelo rosto.

Eu seguro sua mão.

— Isso não significa que acho que eles tenham um argumento suficientemente forte para uma condenação.

— Bom, tenho a melhor criminalista para me representar. Não haverá um conflito de interesses, haverá?

— Não, mas Jack será meu auxiliar no caso de surgir alguma coisa. Ele também está tentando fazer sua mágica para tirá-lo daqui hoje à noite, mas será mais difícil. O promotor está solicitando que lhe seja negada a fiança, portanto, terá que haver uma audiência pela manhã.

— Fantástico.

— Vou te manter em videoconferência a noite toda, se for preciso, até a audiência.

— Assim, não vamos dormir muito.

Dou um sorriso para transmitir mais confiança do que estou sentindo.

— Vamos dormir quando chegarmos em casa.

INOCÊNCIA

CAPÍTULO 23

O tribunal está lotado, como eu sabia que estaria quando a imprensa soubesse que Alex Stone havia sido preso pelo assassinato de seu pai biológico. Abutres. Eu os odeio. Eles não servem para nada no sistema judicial, exceto para dificultar ainda mais um julgamento já complicado.

Pelo menos o juiz não permitiu câmeras dentro da tribuna, mas os repórteres ainda estão circulando, prontos para se banquetear com a potencial destruição de um homem inocente.

Empurrando o pequeno portão que separa a galeria do tribunal, coloco a pasta sobre a mesa de defesa e retiro minhas anotações. Inspiro fundo, pois geralmente encontro paz neste lugar. Hoje é diferente. Hoje sinto como se faltasse o senso de justiça e igualdade perante a lei.

— Kylie. — Jake está na primeira fileira de assentos na galeria. Francine, Harold, Patty, Will e Leigha ocupam a fila inteira. Eu olho para eles e tento oferecer um sorriso de apoio. Já falei com Leigha quando ela passou lá em casa esta manhã e escolheu um terno para eu vestir. Logo, estou ciente de que a família está desesperada e esperando que eu cuide do assunto.

Chegando mais perto de Jake, eu sussurro:

— Assim que você ouvir o valor da fiança, pegue o telefone e ligue para Bodin e faça com que ele libere 10% imediatamente. Não quero que nada impeça Alex de sair daqui assim que a audiência terminar.

Jake acena em concordância. Nós já tivemos esta conversa. Ele estava ao telefone com Charles Bodin, o contador de Alex, logo pela manhã.

Jack entra pelas portas, assim como o oficial de justiça que apressa Alex e o resto das pessoas presas na noite anterior. Jack toma a cadeira ao meu lado, e uma sensação de calma me invade. Ele é o melhor criminalista da Costa Leste.

Ele se inclina para mim.

— Consegui que o caso de Alex fosse chamado primeiro. Espero que possamos tirá-lo daqui mais cedo. — Ter ele aqui me dá um impulso de confiança, que é exatamente o que preciso no momento, já que estou trabalhando sem dormir.

Fiquei em videochamada com Alex o máximo de tempo possível, mas eles o levaram de volta para a cela de detenção esta manhã. Aproveitei esse tempo para organizar meus argumentos e estabelecer um plano preliminar do que precisa ser feito antes do julgamento.

A menos que eu tenha sorte e possa fazer com que as acusações sejam retiradas, o que é bem difícil, vou tentar de qualquer forma apresentar a argumentação para o juiz e, quem sabe, esse pode ser o nosso dia de sorte. Só não dá para dizer o que fará um juiz se questionar e alegar ao promotor que não existe causa provável.

Sinto os olhos de Alex em mim, mas não consigo olhar para ele agora. Preciso me manter concentrada. Se eu olhar para aqueles olhos azuis lindos e suplicantes, se vir as linhas profundas em sua testa, meu coração será despedaçado e não servirei de nada aqui. Ele precisa de algum tipo de indício da minha parte, de que tudo ficará bem, e quero dar isso a ele, mas não posso arriscar perder a concentração. *Seja uma chata agora, implore por perdão depois.* Quando estivermos em casa. E sou capaz de lhe pedir desculpas da maneira mais íntima possível.

Esse pensamento também precisa ser afastado.

O oficial de justiça chama o tribunal à ordem. O juiz Rupert Anderson entra na tribuna, toma seu lugar e permite que todos se sentem. Eu lanço um olhar para Jack. Ele dá de ombros e balança a cabeça. *Ótimo, nenhum de nós sabe nada sobre este juiz.* Anderson foi nomeado para o tribunal no início do ano, logo após a aposentadoria do Juiz Murray.

— Chame o primeiro caso — Anderson ordena ao seu escrivão.

— Caso CRM-159376, Estado contra Alexander Stone. A acusação é homicídio em primeiro grau. — O escrivão se senta, e o juiz Anderson olha para Matt.

— Matt Gaines, promotor público, pelo Estado.

— Kylie Stone para a defesa, Meritíssimo.

Anderson acena com a cabeça.

— Sr. Stone, por favor, levante-se.

Alex se levanta e noto as algemas ao redor de seus pulsos. Meu coração para. Esta não é a primeira vez que vejo um de meus clientes algemado.

INOCÊNCIA

Mas este é Alex.

O Juiz Anderson fala da acusação e dos direitos de Alex.

— Como você se declara?

— Inocente, Meritíssimo. — A voz de Alex é forte, profunda e autoritária. Eu quase queria que houvesse câmeras aqui agora. Daria uma cena ótima para os jornais. Nada se compara a Alex quando ele está no controle e seguro de si mesmo. Eu não poderia tê-lo instruído melhor.

— Vocês podem se sentar — diz o juiz. — O Estado gostaria de ser ouvido a respeito da fiança?

— Sim, Meritíssimo. O Estado pediria que a fiança fosse negada e que o réu fosse obrigado a ir a julgamento. Acreditamos que a gravidade do crime, juntamente com a vasta riqueza do réu deveriam ser consideradas.

— Sra. Stone, presumo que você queira responder?

— Sim — interpelo, e me levanto. — Meritíssimo, meu cliente não tem antecedentes criminais. Ele nunca foi preso antes da noite passada. A conta bancária do Sr. Stone não deveria ter qualquer influência sobre o estabelecimento da fiança, especialmente porque eles não podem oferecer nenhuma evidência de risco de fuga além da riqueza de meu cliente.

— Meritíssimo — diz Matt. — O crime pelo qual o Sr. Stone é acusado é o assassinato de seu pai.

— O Estado falhou em demonstrar que existe uma ameaça legítima que apoiaria a negação da fiança — contra-argumento. — O Sr. Stone é um membro altamente respeitado e íntegro desta comunidade e está ansioso para limpar seu nome, e não passar sua vida em fuga.

O Juiz Anderson respira fundo.

— Estou inclinado a concordar com você, Sra. Stone. A fiança será fixada em vinte milhões. O réu entregará seu passaporte. Não saia desta jurisdição, Sr. Stone.

Giro ao redor para dizer a Jake para ligar para Bodin, e o vejo saindo do tribunal, com o telefone já no ouvido.

Eu me viro para Alex e sorrio.

— Você deve ser solto em breve.

Ele sorri.

— Nunca tive dúvidas.

Seguro sua mão rapidamente e aperto antes que o levem embora. A confiança dele em mim quase me desfaz. Estar de volta ao tribunal, e ser bem-sucedida, é melhor do que qualquer outra sensação.

Só preciso manter essa emoção, para que possa fazer com que estas acusações sejam retiradas, e Alex e eu possamos, finalmente, seguir em frente com nossas vidas.

Sigo andando pelo tribunal em direção à entrada principal. Jake e Alex estão a caminho do estacionamento subterrâneo – mesmo sendo exclusivo para veículos do governo, um dos oficiais de justiça sempre me libera o acesso quando preciso fugir com algum dos meus clientes do alto escalão. E Alex é tão importante quanto eles.

Se eu conseguir afastar a imprensa de Alex, ele poderá chegar em casa sem problemas. Além disso, decidi usar a imprensa em meu benefício, dessa vez. Matt foi a público com uma declaração, afirmando que Alex e eu não cooperamos com a investigação sobre a morte de James. Isso me irrita, mas tenho uma regra estrita de não comentar nada.

Regra que estou prestes a quebrar.

Paro nas portas de vidro e vejo Thomas do lado de fora, com o SUV estacionado ao longo da calçada. Respiro fundo, empurro as portas e saio. Sou envolvida na mesma hora por uma enxurrada de repórteres – os abutres ganhando vida ao verem carne fresca na mira. Câmeras de TV, microfones e pessoas munidas com celulares convergem para mim. Thomas aparece na minha frente, empurrando a multidão para trás para que eu possa andar.

Tantas perguntas estão sendo gritadas, que saem apenas como um estrondo incoerente. Uma mulher loira que reconheço como repórter e que sempre circula pelo tribunal, se aproxima de mim.

— Como você responde à afirmação do promotor de que você e seu marido se recusaram a responder às perguntas relativas à investigação?

Droga, qual é o nome dela?

— Isso não é verdade — respondo. Começo a me irritar, e me lembro que estou fazendo isto por Alex.

— Ele diz que vocês dois só estão respondendo às perguntas que querem responder e tentando dificultar a investigação deles.

— Meu marido e eu respondemos a todas as perguntas relevantes, além disso, não tenho certeza do porquê o promotor público ou a polícia precisa da gente.

— Isso não faz do seu marido ainda mais suspeito? — Um homem de boa aparência, cabelo escuro com mechas grisalhas nas têmporas, enfia um microfone na minha frente. Ele é um dos mais importantes repórteres de um dos canais locais de notícias. Eu realmente deveria prestar mais atenção aos nomes desse pessoal.

Agarro a parte de trás do casaco de Thomas para que ele ande mais devagar. Mais vale usar esta coletiva de imprensa improvisada para lançar uma sombra sobre o promotor e este caso.

— Até onde sei, não investigaram outros suspeitos.

— Por quê? — pergunta a Loirinha.

— Não sei, mas parece que o Ministério Público está escolhendo o candidato mais fácil para a acusação e renunciou a uma investigação verdadeira, em vez do sensacionalismo.

— Com que propósito? — pergunta outro repórter. Eu não o reconheço de forma alguma.

Dou de ombros.

— O promotor está tentando ser reeleito este ano...

O pandemônio irrompe, e os repórteres estão mais uma vez gritando comigo. Por que eles acham que esta é uma boa estratégia, nunca vou entender. Há zero por cento de chance de a pessoa que eles querem que responda sua pergunta, ou qualquer pergunta, possa compreender o que está sendo perguntado.

Thomas abre a porta traseira do SUV e coloca seu braço atrás de mim como uma barreira. Eu faço uma pausa antes de entrar e me volto para os repórteres.

— O que é realmente perturbador é a teoria do promotor de que o Sr. Wells foi morto em um local desconhecido e depois foi levado para a propriedade. Agora, eu pergunto, quem faria isso? Por que se dar ao trabalho de matar alguém e levar o corpo para um lugar que, obviamente, colocaria toda e qualquer desconfiança em você? Não faz nenhum sentido, para uma pessoa racional e razoável.

Eu me acomodo no assento e ignoro o restante das perguntas. Fiz minha declaração, e é tudo o que eles receberão de mim. Thomas fecha a porta, se senta ao volante e se afasta da imprensa sedenta por sangue. As ruas já estão repletas de veículos de notícias. Não apenas as emissoras de TV locais, mas todas as grandes emissoras do país como CNN, FOX, ABC.

Se eles já estão acampados aqui, provavelmente também estão na minha casa. Graças a Deus, temos uma propriedade grande com segurança de última geração, e cercas altas. Uma vez que atravessamos os portões, o mundo desaparece.

INOCÊNCIA

CAPÍTULO 24

Pego um novo bloco de anotações da gaveta da minha mesa na biblioteca. Já preenchi dois com notas, coisas que preciso fazer e itens que preciso que Jake verifique. Eu adoro preparar uma defesa. Ser uma advogada de defesa criminal é tanto parte de mim que me pergunto se não nasci para fazer isto. Algum gene mutante que me predispôs para o trabalho penal.

Este caso é muito diferente de qualquer outro em que eu tenha trabalhado. Sim, já estive em julgamentos por homicídio antes, até mesmo saí vitoriosa em um por assassinato em primeiro grau no ano passado. O caso assume um nível de importância totalmente novo porque Alex é o réu. E não posso perder este caso.

Ponto final.

A absolvição é a única opção. A defesa tem que ser impecável. Todas as provas passadas em um pente-fino, todas as opções consideradas. Todas as testemunhas interrogadas. Sem erros. Eu tenho que ser perfeita.

O som de uma televisão ligada ecoa até a biblioteca. Cruzo o corredor até o escritório de Alex, que está sentado no sofá observando uma das telas planas gigantes em sua parede.

— Pensei que estivesse dormindo. — Eu me aconchego ao seu lado. Ele levanta os braços para que eu possa me aninhar em seu peito e descansar a cabeça no ombro forte.

— Eu estava — diz ele. — Mas minha companheira de cama foi embora. Você sabe que não consigo dormir sem você ao meu lado.

Contemplo seu rosto. Ele parece mais do que cansado; parece ter envelhecido uns dois anos em um dia. Estou preocupada que as rugas ao redor de sua boca se tornem permanentes, caso este processo continue por muito mais tempo.

— Sinto muito, amor. Muitas coisas acontecem dentro da minha cabeça. Pensei em anotar e organizar as ideias.

Minha voz preenche o espaço. Olho para a TV e vejo uma repetição da minha saída do tribunal no início do dia.

Alex beija a lateral da minha cabeça.

— Você roubou o show, amor.

Eu rio e balanço a cabeça. Alex conhece meu desdém pela imprensa e seu papel não-oficial no processo judicial.

A voz de um homem prende minha atenção. Matt está de pé em frente ao pódio na sala de imprensa do Ministério Público.

— Acreditamos que temos um caso circunstancial muito forte contra o Sr. Stone. Estamos aguardando os resultados dos testes forenses e estamos otimistas de que eles sustentarão as acusações.

— E o que dizer das alegações da Sra. Stone contra seu escritório?

Matt escarnece:

— Bem, ele é marido dela. O que você espera que ela diga?

Dou um suspiro resignado.

— Que cretino. — Conheço os joguinhos que rolam entre promotoria e os advogados de defesa, mas quando é meu marido que está sendo acusado, não acho a menor graça neles. — Onde está o Jake? Provavelmente deveríamos começar a falar sobre a estratégia e colocar em andamento um plano de ataque, caso eu não consiga convencer o juiz a arquivar o caso.

Alex se levanta.

— Vou chamá-lo. — Inclinando-se, ele me beija. — Embora eu tenha total confiança em você, e sei que será bem-sucedida.

Um caroço se forma na garganta e despenca até o intestino como uma bola de chumbo. A confiança de Alex é, normalmente, uma injeção de adrenalina para mim. O suor brota em minhas costas, acelerando a ansiedade que me domina. Minha visão cai no decantador de cristal com o uísque em cima do minibar.

Deus, uma bebida cairia bem.

Expulso esse pensamento da cabeça. Nada de álcool no momento. Preciso da cabeça limpa. No entanto, mais tarde, à noite, vou tomar um pouco do MacCallan de Alex, de 50 anos.

Jake e Alex voltam, e Alex me entrega uma xícara de café. O homem me conhece muito bem. Tomo um longo gole e espero pelo choque de energia quando a cafeína atinge meu sistema. Passamos para a mesa para trabalhar.

INOCÊNCIA

— Então, anotei algumas coisas em que precisamos focar — digo, e olho para Jake sentado na cadeira ao lado. — Se você pensar em alguma coisa que eu esteja esquecendo, me avise.

Alex olha para nós do outro lado da escrivaninha e arqueia uma sobrancelha. Por mais que ele queira se envolver com a investigação deste caso, ele não pode. E ele vai lutar contra o meu envolvimento. Já passamos por isso antes. De qualquer forma, não posso arriscar implicá-lo ainda mais.

Confiro o meu bloco de notas sobre meu colo e ignoro seu olhar penetrante.

— Temos que traçar uma linha do tempo com os paradeiros de James desde que ele deixou o Colorado. Talvez alguém o esteja ajudando... estivesse ajudando, né?

Jake bufa uma risada.

— Só se o ajudaram a entrar na cova. Com amigos como esses...

— Talvez alguém da prisão que tenha tido alguma coisa contra ele — sugere Alex.

Eu aceno com a cabeça.

— Boa. Ele esteve lá por um longo tempo. Com sua arrogância, e o fato de ter assassinado a esposa na frente de seu filho, tenho certeza de que ele não era muito querido e, provavelmente, fez alguns inimigos.

— Teria de ser bem pessoal para querer que ele morresse e que realmente fosse adiante com a história do assassinato, não é? — Jake comenta, tomando notas. — Além disso, o assassino teria que ter conhecimento sobre o ódio de James por Alex para saber direitinho como incriminá-lo.

— O novo julgamento foi notícia em todos os jornais no ano passado. Acho que estava bem claro que não havia uma relação amorosa e paternal entre Alex e James — assinalo.

James fez um apelo por sua condenação e foi julgado novamente pelo assassinato de sua esposa – a mãe de Alex. Tirei uma licença do escritório de advocacia para ajudar o promotor a garantir outra condenação. Quando James foi considerado culpado novamente, ele foi condenado ao Hospital Estadual de onde escapou.

Junto com John.

Alex descansa os antebraços sobre a mesa.

— No entanto, obter informações sobre a propriedade, e encobrir isso seria complicado. Ele teria que saber que a melhor maneira de entrar aqui era através do ancoradouro. Nem sempre é fácil distinguir os terrenos por via aquática. Parece diferente desse ângulo. — Os músculos dos ombros dele relaxam. Ser capaz de contribuir para a conversa parece estar ajudando.

— Seria bom se pudéssemos descobrir onde James estava hospedado enquanto ele estava aqui — diz Jake.

— Melhor ainda se pudéssemos descobrir onde ele realmente morreu — acrescento.

Ambos assentem e grunhem em acordo.

Entro na biblioteca e me sento na cadeira, folheando minhas anotações. *Perdi alguma coisa? O que não estou vendo?*

Este é um cenário totalmente novo para mim; geralmente, estou bastante confiante em minhas habilidades para ver o panorama geral e definir um rumo para a defesa preliminar. Mas este caso está me levando a toda velocidade em uma montanha-russa, e parece que não consigo apertar o cinto de segurança.

Meu telefone toca, vibrando em cima da mesa. Olho para a tela e atendo.

— Oi, Ry.

— Oi, docinho, acabamos de ver no noticiário que James está morto e Alex foi preso por seu assassinato. Por favor, me diga que isso não é verdade. — Suas palavras saem em um longo fôlego.

— Acredite ou não...

— Você acha que isso vai realmente a julgamento? Você pode fazer com que as acusações sejam retiradas?

— Apresentarei uma moção para remissão, mas não estou otimista de que terei sucesso. — O estresse praticamente incendeia meu estômago. — Estou bastante segura de que isto irá a julgamento.

— Nossa... — Ryan solta. — Como Alex está?

— Estoico, mas posso ver o aumento da tensão.

— Ele precisa confiar em você. Se alguém pode tirá-lo desta confusão, é você.

A bola de fogo no meu estômago agora está sendo disparada como uma bolinha de pinball.

— Ele tem total confiança em mim.

— Mas... — Às vezes, esqueço que Ryan não é apenas um psicólogo e observador astuto, mas um dos meus amigos mais próximos e queridos. É claro que ele sabe quando há algo mais acontecendo.

— Estou com medo de estragar tudo. Eu sei que ele confia em mim, mas sinto que Jack deveria estar cuidando do caso dele.

— Docinho, você realmente acha que poderia relaxar e deixar outro advogado, mesmo que seja Jack, lidar com este caso?

— Não, mas isso não significa que ainda não seja a coisa certa a fazer, Ryan. E se eu deixar de lado algo que faça a diferença entre a absolvição e a prisão perpétua?

— Você tem esta responsabilidade toda vez que vai a julgamento. Isto é a mesma coisa.

— Não, não é.

— Porque é o Alex.

— Eu tenho tido visões dele na prisão que quase me fazem vomitar. E se eu falhar, Ryan? Como vou viver com a consciência limpa sabendo que falhei quando ele mais precisava de mim? Como vou viver sem ele?

Lágrimas escorrem pelo meu rosto, pingando no colo. *Quando comecei a chorar?*

— Tudo isso é normal, acredite ou não. Mas você não pode deixar que o que 'pode acontecer' a restrinja ao ponto de seus medos se tornarem uma profecia. Você é uma advogada de defesa brilhante, mentorada pelo melhor advogado deste lado do país, e você tem uma excelente motivação. Você sabe o que está fazendo. Então, vá fazer o que todos nós sabemos que você consegue.

— Como tive a sorte de ter você em minha vida?

— Não sei, mas você tem a mim para a vida toda.

Limpo as lágrimas e assoo o nariz de uma maneira nem um pouco feminina.

— Tudo bem, agora em relação às coisas mais importantes. Como vai o meu homenzinho?

— Crescendo como uma erva daninha. Para uma criança que não é parente de sangue de Paul, ele saiu igual ao pai no departamento do poço sem fundo.

Falamos um pouco sobre as alegrias da paternidade, e estou mais uma vez aliviada por nunca ter que vivenciar essa situação. Estou bastante contente de ser a tia favorita que estraga sobrinhas e sobrinhos e depois os manda para casa pilhados no açúcar.

— Você tem que me enviar um vídeo de Paul cantando para o Kyle. Imagino que ele escolheria uma canção totalmente inapropriada — digo, e enxugo as lágrimas, dessa vez, de tanto rir.

— Aparentemente, Kyle gosta de S&M, embora Paul não cante nem um pouco parecido com a Rihanna.

— Obrigada por me fazer rir. Eu precisava disso.

— Qualquer coisa por você, docinho. Você precisa de nós aí? Podemos fazer as malas e chegar amanhã à tarde.

— Não, vamos esperar. Precisarei de vocês aqui se formos a julgamento.

Ryan aceita o argumento e nós terminamos o telefonema com um refrão de "Eu te amo". O breve adiamento da história de terror que é minha vida no momento foi um choque necessário de volta à realidade. Alex precisa de mim para ser a melhor advogada criminalista dessas bandas. E eu preciso dele para sempre.

É hora de parar de sentir pena de mim mesma e preparar sua defesa.

INOCÊNCIA

CAPÍTULO 25

Ao parar no pequeno estacionamento ao lado do meu novo escritório, uma centelha de emoção me sobrevém. *Meu próprio escritório.* Única proprietária. Nunca soube que queria isto até que fosse uma possibilidade. Agora, não posso acreditar que consegui.

Sarah já está em sua mesa quando chego ao andar e passo pela pequena área de recepção. A firma conseguiu encontrar uma substituta para ela, realocando uma das recepcionistas de outro andar e permitindo que Sarah começasse a trabalhar aqui imediatamente. Em sua eficiência habitual, ela ligou para o varejista de materiais de escritório e conseguiu que entregassem todos os móveis mais cedo. Suspeito que a grande compra de papéis, canetas e outros suprimentos também foi um incentivo.

— Trouxe café e alguns *croissants* da padaria aqui perto — diz ela. — Esse lugar está perigosamente perto de nós. Vou ter que limitar minhas visitas lá ou aumentar meus treinos.

Começo a rir e sigo até a sala de descanso. Sarah tem vinte e poucos anos, e tem uma ótima personalidade. Seu cabelo loiro, maquiagem perfeita e unhas profissionalmente bem-cuidadas mascaram a mulher extremamente inteligente por baixo. Tenho sorte de tê-la em minha pequena equipe.

Bebericando de minha grande xícara de café, examino a caixa de guloseimas.

— Ai, Deus, isto é um *croissant* de chocolate? — Meu calcanhar de Aquiles. Provavelmente deveria fazer uma nota mental para acrescentar um pouco mais de tempo ao meu treino também.

— Sim, e está tão delicioso quanto parece.

É claro que está.

Eu pego um guardanapo e levo o *croissant* e meu café para o escritório. Quando consegui o escritório na R&D, eu tinha gostado de como isso mexia com os outros advogados que achavam que eu não merecia estar lá. Mas não foi uma ocasião feliz. Foi um soco no estômago para eles.

Entrar em meu novo escritório, em minha própria firma, me dá vontade de saltitar e dar gritinhos de alegria. Se Sarah não estivesse aqui, provavelmente eu o faria. Em vez disso, deslizo o café e o *croissant* sobre minha mesa de mogno novinha em folha, e giro a cadeira para poder admirar a baía pela janela.

— Coloque-as aqui — diz Sarah. Viro-me para olhar para ela, e avisto um homem entregando dois arranjos de flores e uma caixa plana com uma fita vermelha ao redor.

Sarah confere ambos os cartões, arranca o envelope do menor dos dois arranjos e o lê. Um sorriso largo se alastra pelo rosto e permanece lá conforme ela traz o buquê maior e a caixa para dentro do meu escritório.

— Seu marido é um encanto.

— Sim, ele é.

Alex. Claro, ele enviou flores no meu primeiro dia oficial no novo escritório. E não me surpreende que ele incluísse Sarah na recepção.

O marido mais atencioso do mundo.

Eu puxo a ponta da fita e solto o laço. Dentro da embalagem está uma foto de casamento emoldurada. Eu a coloco no canto da minha mesa para que possa vê-la sempre que puder.

— Está começando a parecer os velhos tempos — Sarah comenta, quando Jake passa pela sua escrivaninha. — Oi, Jake.

— Sarah — Jake responde, em seu tom profissional. — Ouvi dizer que você se transferiu para cá. Tenho certeza de que você será de grande ajuda para Kylie.

Muito diferente da personalidade envolvente de Alex.

— Obrigada. Como está Lisa?

— Bem — Jake responde, e até do outro lado do escritório posso ver a veia latejando em seu pescoço retesado.

Ah, Sarah. Você é cruel em brincar com ele desta maneira.

— Bem, se alguma coisa acontecer, e você estiver de volta à pista, me ligue. — Ela se afasta dele e para por um segundo à porta. — Sra. Stone, Jake está aqui para vê-la. Devo mandá-lo entrar?

O Gato de Alice nem chega aos pés de Sarah.

— Não é justo, ele não está no seu nível — murmuro.

Ela dá uma piscadela e sorri.

INOCÊNCIA

151

— É isso que torna tudo tão divertido.

— Pare de brincar com sua comida, Sarah. — Eu rio, ao acenar para Jake. — Entre, Jake.

Pelo menos nunca haverá um momento de monotonia por aqui.

Jake se senta na cadeira ao meu lado e olha em volta.

— Impressionante. Nem parece o mesmo lugar. Muito bem-feita a reforma.

— Obrigada, estou muito satisfeita. — Respiro fundo. — Você tem alguma informação para mim?

Ele assente.

— Falei com alguns de meus contatos na prisão estadual. Ninguém aparece como tendo qualquer problema com Wells enquanto ele estava preso. — Ele consulta suas anotações. — De acordo com os guardas, ele era bem reservado lá dentro. Conseguiu um emprego na biblioteca da prisão, e quando não estava trabalhando, estava fazendo pesquisas jurídicas. Ele passava muito tempo vigiando sua família *on-line*. A maioria das buscas envolvia Alex, até o ano passado, quando você se tornou seu alvo favorito para pesquisar.

Eu deveria saber que não seria assim tão fácil terminar logo com isto. Encontrar alguém na prisão que quisesse prejudicar ou matar James teria tirado parte do fundamento da acusação. Um condenado tem mais probabilidade de reincidir, e, possivelmente, evoluir seus crimes, do que um homem sem antecedentes criminais.

— Talvez estejamos vendo isto ao contrário — digo. — E se a pessoa for alguém em quem James passou a perna? Eles elaboraram um esquema para extorquir dinheiro de Alex, e James obteve o benefício adicional de dar o troco. O co-conspirador pode ter se tornado ganancioso e matou os sequestradores no Colorado. Ele descobre que não há resgate, fica chateado com James e o mata. James o teria informado sobre seu ódio por Alex, então ele incrimina Alex pelo assassinato do comparsa.

Jake fica quieto por um momento, respira fundo e acena com a cabeça.

— Pode ser. Vou voltar aos meus contatos e perguntar se Wells estava andando com alguém que foi solto recentemente. — Ele se levanta e guarda a caderneta no bolso do casaco. Ele ainda usa o mesmo tipo de bloquinho que usava na época em que era policial. Acho que alguns hábitos não mudam. — Te aviso se descobrir alguma coisa.

Eu aceno e o observo sair.

ANNE L. PARKS

— Tchau, Jake — Sarah cantarola ao vê-lo descer as escadas. Jake sequer responde.

— Sarah, ligue para a promotoria e peça que eles façam cópias de tudo o que têm sobre o caso de Alex.

Ela vem até a minha porta e anota tudo em seu bloco de estenografia.

— Eu quero montar a sala de reuniões para usar como sala de guerra. Quando começarmos a receber coisas de Matt, vamos organizá-las lá dentro, assim manteremos tudo em um só lugar.

— Pode deixar, chefe. — Sarah volta para sua mesa.

A copiadora está trabalhando muito em sua inauguração. Matt mandou sua secretária enviar a maioria dos documentos em seu poder, o que significava que Sarah precisava imprimir tudo.

Some a tudo isso as fotos da cena do crime.

Terei que ir ao escritório de Alex para imprimi-las, pois ele possui uma máquina capaz de imprimir fotos em qualquer tamanho que eu quiser. Além disso, não quero que a secretária dele, Amy, tenha que olhar para a horrível cena do crime.

Matt confirma em um e-mail que tenho acesso a todas as fotos. Eu pego minha bolsa, pasta e meu *laptop* e saio pela porta.

— Estou com o meu telefone — informo ao passar por Sarah. — Ligue se surgir alguma coisa.

— Beleza. Pode deixar.

Ao atravessar o estacionamento até meu Porsche, percebo que meu pneu traseiro está furado. *Merda*. Normalmente, eu não me importaria de trocar um pneu, mas hoje estou de terno e salto alto. Pego meu celular e ligo para Jake.

— Oi, onde você está?

— Stone Holdings.

— O Porsche está com um pneu furado. Posso ligar para o Ray, mas realmente quero ir até o escritório de Alex e usar sua copiadora.

— Estou a caminho e vou ligar para o Ray. — No fundo, ouço a porta do SUV fechar e o toque da ignição.

— Direi a Sarah que o Ray virá aqui — digo, e volto para o prédio do escritório. — A menos que você mesmo queira contar a ela.

— Rá-rá — Jake resmunga, sem qualquer inflexão de voz. Ele tem senso de humor, mas é um segredo bem guardado. — Chegarei em alguns minutos.

INOCÊNCIA

153

Jake chega ao estacionamento dez minutos depois, e eu entro assim que o guincho de Ray se aproxima. Após baixar o vidro e conversar com Ray, ele pega o acesso para a rua. Seu celular toca e ele passa os próximos dois minutos conversando com alguém, desligando em seguida. Noto na mesma hora seu semblante fechado.

— Problemas? — pergunto.

— Pode ser. Era o Felix, o cara que cuida da segurança na Stone Holdings. Alguém relatou atividade em um dos prédios vazios de propriedade da empresa. Aparentemente, a denúncia chegou há algumas semanas, mas ninguém verificou. Felix acabou de saber disso hoje.

— Por que demorou tanto tempo para ele obter as informações?

— Sua mulher acabou de ter um bebê e ele estava em licença-paternidade — Jake rosna as duas últimas palavras e eu mordo o interior da bochecha para não rir. Esse cara durão é da velha guarda e não acredita em homens tirando esse tipo de licença. É claro, Jake também não tem esposa ou filhos.

— Então, o que você está pensando? — sondo.

Ele olha em volta, e depois para mim.

— Penso que não estamos muito longe, e vale a pena dar uma olhada. Você se importa de ir junto?

Nego com um aceno de cabeça.

— Claro que não. — Esta é a primeira vez que Jake me leva com ele em uma situação desconhecida e potencialmente perigosa. *Se Alex soubesse...*

Provavelmente é melhor não mencionar Alex neste momento, ainda mais porque quero ver o que há neste edifício vazio. Há uma forte chance de que tenha algo a ver com meu caso, e eu quero informações em primeira mão.

O edifício se encontra em uma área industrial, escondido atrás de outros dois prédios. Não tenho certeza do tipo de negócio que costumava funcionar aqui, mas a pintura exterior está desgastada, e algumas das janelas logo abaixo da calha do telhado estão quebradas.

Jake encosta na entrada. Eu abro a porta antes que ele pare o veículo de vez ou tenha a chance de me dizer para ficar aqui. Que se dane. Eu vou entrar.

— Sério? — ele pergunta, enquanto contorno a frente do veículo. — Seu marido já vai me matar por te trazer junto. Você realmente acha que vou te deixar entrar comigo?

Mas que porra? Uma onda de fúria me atravessa, mas eu a afasto.

— Em primeiro lugar, Jake, você não tem que me deixar fazer nada.

Sou uma mulher adulta e decido por mim mesma. Segundo: sim, eu vou entrar com você.

Ele passa a mão pelo rosto e expira pelo nariz.

— Fique atrás de mim e faça o que digo.

Vitória!

Eu me sinto um pouco culpada. Alex vai ficar chateado quando descobrir. Então, Alex também precisa superar isso.

Jake puxa uma arma de um coldre nas costas. Com um empurrão rápido, a porta se abre com um rangido estridente. Encostando-me à parede atrás dele, ele vira a cabeça ao contornar a esquina e depois entra. Depois de alguns segundos, retorna.

— Tudo limpo, até onde posso dizer, mas quero que fique atrás de mim, e fique por perto. Entendeu? — Seus olhos penetrantes quase me perfuram. Ele não está de brincadeira.

Meu ritmo cardíaco acelera, e eu engulo em seco.

— Sim, entendi.

O interior está escuro, mas há claridade entrando por cerca de uma dúzia de claraboias no teto, junto com as janelas. O armazém é um grande espaço aberto e vazio, com piso de cimento sujo e colunas de vigas de aço. Jake aponta para o lado oposto de onde estamos parados. Um conjunto de escadas leva a um escritório no segundo andar com grandes janelas panorâmicas.

— Parece um bom lugar para começar a verificar as coisas — ele sussurra.

Balanço a cabeça e seguimos silenciosamente pelo piso imundo. Quando chegamos ao fundo das escadas de metal, Jake levanta a mão, indicando que devo ficar quieta. Por mim tudo bem, prefiro que ele descubra qualquer invasor sem mim. Seus passos ressoam a cada degrau. Não há como ele ser silencioso, pois ele é muito pesado, mas anunciar a chegada a qualquer pessoa no espaço do escritório não é o ideal.

Abrindo a porta devagar, ele vai à frente com a arma, confere ao redor e depois desaparece. Eu me esforço para ouvir qualquer coisa, mas escuto apenas o som de passos. Um feixe de luz ilumina fracamente a sala. Jake deve estar usando a lanterna do telefone. Pelo menos, espero que seja o Jake. Eu olho ao redor. Se alguém além de Jake sair por aquela porta, posso correr por todo o armazém e sair. Desde que a pessoa não tenha uma arma, ou atire muito mal, é bem capaz que eu consiga chegar até a SUV. Jake me mostrou há alguns meses o esconderijo das chaves-reserva. Eu poderia dirigir até estar em segurança, chamar a polícia e rezar para que Jake estivesse bem até que eles chegassem lá.

INOCÊNCIA

Jake pisa no degrau superior e guarda a arma às costas.

— É melhor você subir.

— Por quê? — pergunto, tomando cuidado com cada pisada nos degraus barulhentos. — Você achou algo interessante?

— Sim, acho que era aqui que James estava se escondendo.

Puta. Merda.

Por que tive que colocar terno e salto alto para trabalhar logo hoje?

Eu chego ao escritório. O cheiro de ferrugem e poeira se infiltram no meu nariz. Um parapeito passa sob as janelas, dando vista para o chão do armazém; ao lado, há uma mesa de metal.

— Você está com o seu celular? — pergunta Jake.

Eu mostro o telefone.

— Provavelmente vamos precisar de luz extra, especialmente se as coisas por todo o sofá aqui atrás forem o que penso que são. — Ele aponta para algo atrás de mim, e eu me viro. Pelo que posso ver, há um sofá recostado em uma parede. Uma pequena cozinha com geladeira, um balcão e uma mesa ocupam o canto oposto. Ele me leva até o sofá conforme abro o aplicativo da lanterna em meu celular.

Miro a lanterna no braço do sofá, cujo tecido xadrez marrom e verde grita anos sessenta. Direciono o feixe ao longo das almofadas, avistando uma enorme mancha escura cobrindo uma almofada e parte de outra. Qualquer que seja a substância que tenha encharcado o estofado, também pingou na frente do sofá, e há uma grande poça no chão.

— O que é isso? — pergunto.

Jake se agacha na frente do sofá e enfia a ponta do dedo no líquido. Ele fica de pé e coloca o dedo sob o feixe de luz.

— Eu diria que isso é sangue. — Então ilumina o sofá com a lanterna. — E muito.

— Deve ser o cheiro metálico de ferrugem que senti quando cheguei. — Uma onda de náusea embrulha meu estômago, e eu começo a tremer. — Essa quantidade de sangue sugere que alguém ficou aqui até morrer.

— É.

Olho para ele, mas seu rosto está em branco.

— Você acha que foi aqui que James foi morto?

Ele assente, os lábios contraídos em tensão.

— Pode ter sido outra pessoa. Nem sabemos se quem esteve aqui foi baleado ou teve a garganta cortada.

— Pensei nisso no início, mas veja a parede ali. — Papéis e fotos estão colados à minha direita. Passo por cima das roupas espalhadas no chão, junto com as embalagens com resto de comida. Mais dois dias e este lugar ficará infestado de baratas e ratos.

Eu olho para algumas das fotos. Meu coração quase salta pela garganta. As fotos são de Alex, de mim, e de nós dois juntos. Não são as fotografias para as quais posamos, ou mesmo as imagens *on-line* tiradas por *paparazzi*. Algumas delas estão desfocadas por conta do movimento. Saindo do meu carro. Entrando em um restaurante. Dirigindo por entre os portões da propriedade. Como não percebemos alguém na rua tirando fotos? A estrada é um trecho sem saída e acaba pouco depois do portão da nossa propriedade. Um veículo lá embaixo se destacaria.

A maioria dos recortes de jornais são notícias impressas e extraídas da Internet, presumo. A maioria se concentra no novo julgamento de James, no outono passado. O resultado foi uma vitória na medida em que James foi condenado pelo assassinato de sua esposa, mas o juiz ordenou que sua sentença fosse executada no mesmo hospital estadual onde John foi encarcerado. Eles não estiveram lá muito tempo juntos antes de ambos escaparem.

No final da parede há um mapa da área. Alfinetes vermelhos estão posicionados em vários locais. Eu me inclino para ver exatamente o que indicam. Cobrindo a boca com a mão, inspiro, sentindo a tensão retesar meus músculos.

— Ai, meu Deus, estes são todos os lugares que Alex e eu frequentamos. A casa, Stone Holdings. — Aponto os pinos conforme Jake se posta ao meu lado para conferir de perto. — Até mesmo a pequena cafeteria que frequento, perto do escritório.

Jake se inclina, quase encostando o nariz no mapa.

— Isso é interessante. — Ele levanta a cabeça, e coloca o dedo em um ponto. — Ele destacou esta área.

Dou uma olhada e vejo que o marcador amarelo destaca uma área junto à água em nossa propriedade.

— Espere. É o ancoradouro?

Jake assente.

Por que isso estaria destacado? James cometeu suicídio e contratou alguém para ajudá-lo a incriminar Alex? Ou o ancoradouro era parte de outro plano que foi abandonado quando James foi assassinado?

INOCÊNCIA

157

— Ligue para McClure e Kain. Quero que eles saibam que descobrimos potencialmente onde James estava se escondendo. — Desligo a lanterna e pego a câmera. Checo se o flash está acionado e começo a tirar fotos da parede.

— Estão a caminho — diz Jake. — Eles querem que a gente saia daqui, para não contaminarmos a cena do crime.

Eu aceno em concordância; meu foco está em conseguir o máximo de informações possível da parede.

— Quanto tempo você acha que temos antes que eles cheguem aqui?

— Cerca de dez minutos. — Jake está tirando fotos do sofá.

— Então, vamos registrar o máximo possível desta cena em sete minutos.

Jake e eu estamos do lado de fora quando os detetives chegam. Eles descem do carro e se apressam em nossa direção, munidos de seus óculos de sol e tudo mais. Se as circunstâncias não fossem tão ruins, eu poderia rir do clichê.

— Me digam novamente, como vocês encontraram isto? — Kain pergunta a Jake.

— O agente de segurança da Stone Holdings relatou atividade em uma propriedade abandonada da empresa. Estávamos a apenas alguns minutos de distância, então decidimos passar por aqui e verificar.

— Conveniente — diz McClure, olhando diretamente para mim. — Quase como se fosse o lugar perfeito para criar uma cena de crime, e vocês dois o encontraram.

Estou acostumada que a maioria dos policiais não goste de mim instantaneamente. Afinal, do jeito que eles veem, eles prendem os bandidos e eu chego e tento soltá-los. Os advogados de defesa criminal e os policiais são como óleo e água. Não costumam se misturar.

Mas esta mulher parece ter um ódio particular por mim. Eu não me importo, desde que isso não interfira na investigação imparcial dela, da qual não tenho muita esperança.

— Não fique irritada, detetive, só porque encontramos o lugar onde o Sr. Wells foi realmente assassinado — comento, mantendo contato visual. — Eu entendo que é embaraçoso que tivemos que fazer seu trabalho, e tivemos mais êxito.

McClure se curva e dá um passo na minha direção. Jake se aproxima de mim, ombro a ombro.

Kain segura a parceira, com uma mão envolvendo seu bíceps.

— Calma — diz ele, a voz está baixa.

— Cuidado, detetive — caçoo. — Estou começando a se sentir ameaçada por sua presença.

— Tudo bem, por que não respiramos fundo? — diz Kain, puxando o braço da mulher. — Vamos dar uma olhada lá dentro.

Jake olha para mim, e eu aceno para ele. Não precisamos mais estar aqui. Temos fotos da cena e eu quero voltar para casa e dar uma olhada mais de perto nelas.

— Deixaremos vocês com isso — diz Jake.

— Vocês dois terão que prestar declarações formais. — McClure ainda me encara, com desdém.

Dou um imenso sorriso, na esperança de que a irrite ainda mais.

— Ligue para meu escritório. Minha secretária terá o maior prazer em marcar um horário para que vocês se encontrem comigo e com Jake.

Sem esperar por uma resposta, vou até a porta do passageiro e deslizo para o banco de couro. Jake despede-se de Kain com um aceno de cabeça, se senta atrás do volante, e liga o motor.

Os detetives desaparecem dentro do prédio.

— Odeio aquela puta.

Jake ri, e se afasta do armazém.

— Você tornou isso bem óbvio.

Ótimo. Se a detetive quer jogar duro comigo... vamos jogar.

— Você deveria ter esperado por mim — Alex reclama.

Aqui vamos nós. Alex em modo superprotetor.

— Você é a última pessoa que eu teria chamado para aquela cena, Alex. — Tento desviar seu olhar gelado com um sorriso. — Você acha que ter a equipe forense encontrando seu DNA em qualquer lugar ao redor do armazém é uma ideia inteligente?

Ele continua me encarando, e depois solta um longo suspiro. Seus ombros relaxam, e ele balança a cabeça.

— Não, mas não gosto que Jake tenha te levado junto. E se a pessoa que matou James ainda estivesse lá?

— Jake teria atirado nele — atesto o óbvio, suspirando. Puxo os braços de Alex para que ele os descruze e enlace minha cintura. — Amor, Jake não é meu chefe mais do que você é. Pensei que tínhamos superado este conceito de que qualquer um de vocês me deixa ou impede de fazer alguma coisa.

Chego mais perto dele e envolvo seu pescoço.

— Ainda bem que eu estava lá. Conseguimos tirar fotos de tudo, o que me dá alguns dias extras. Só na próxima semana é que poderei ter acesso às fotos oficiais da cena do crime no escritório de Matt, por conta de suas técnicas de enrolação.

— Beleza, eu entendo. — Beija minha testa e me abraça mais apertado. — Eu só me preocupo com você. O sequestro não assustou apenas você. Sem você em minha vida, não há vida.

Sei que ele se preocupou que eu nunca mais voltaria para ele, mas ouvi-lo dizer isso me despedaça o coração.

— Eu sei, e prometo ter cuidado. Vamos ficar juntos para sempre, mas, neste momento, tenho um trabalho a fazer. E você tem que me deixar fazer isso.

Ele suspira audivelmente.

— Sim, querida.

Dou uma risada.

— Eu tenho uma ideia.

— Diga.

— Vamos dar uma pausa no caso e passar algum tempo juntos. — Eu me inclino para trás para contemplar seus olhos azuis deslumbrantes. — Só você, eu e uma garrafa de vinho.

— Eu amo a maneira como você pensa, minha esposa. — Roça os lábios aos meus. — Eu pego as taças e o vinho; você me encontra no quarto.

Quando ele se afasta, dou um tapa em sua bunda. Nossa, eu amo esse traseiro firme e redondo. Ele olha por cima do ombro, com um brilho malicioso no olhar.

— Só uma prévia da noite, amor — digo, e saio rebolando em direção ao quarto.

Sua risada ecoa pelo corredor, junto com seus passos rápidos.

CAPÍTULO 26

Alex ronca suavemente ao meu lado na cama. Eu rolo para o lado, e gemo à luz verde brilhante indicando que estou acordada às duas e meia da manhã. Novamente.

Durante as últimas semanas não consegui dormir quase nada, e, nos últimos dias, parece que só consigo pegar no sono lá para duas e meia. Levanto os cobertores e saio cuidadosamente da cama. Alex não precisa acordar comigo. Ele já tem coisas demais na cabeça, como se preocupar que talvez tenha que passar o resto de sua vida na prisão por um crime que não cometeu. Tudo porque sua esposa, outrora advogada, falhou quando ele mais precisava dela.

Sai devagar do quarto e entro na biblioteca, acendendo em seguida a luminária sobre a mesa. Blocos com anotações rabiscadas a cada página estão espalhados por toda a superfície. Enterrados por baixo estão alguns arquivos que preciso repassar pela centésima vez.

Desde que não consegui que o caso fosse encerrado, voltei a examinar as provas, tentando ver as mesmas informações com um novo olhar. Não está funcionando bem, e eu nem ao menos sei o que estou procurando.

O tempo está se esgotando. O julgamento começa dentro de alguns dias, e se pretendo conseguir uma absolvição, preciso descobrir quem realmente matou James ou encontrar a arma utilizada no crime. Nenhuma dessas opções parece provável.

Alex tem total confiança em mim. Confiança cega. Eu gostaria de ter essa certeza sobre as minhas habilidades. Estou petrificada com a possibilidade de deixar algo passar que pode enviá-lo para a prisão para sempre. Não consigo imaginar minha vida sem ele. Dizer que este é o maior caso da minha vida é como dizer que Einstein era meio esperto.

Revirando os blocos de notas, retiro o relatório do legista do fundo da pilha. Nada mudou desde a última vez que conferi o documento antes de ir para a cama ontem à noite. James morreu por conta das seis perfurações no peito. Ele parecia estar dormindo no sofá quando foi baleado e sangrou até a morte. A hora da morte ocorreu entre meia-noite e seis da manhã. Não havia drogas ou álcool em sua corrente sanguínea.

Nada aqui.

De acordo com a análise da cena do crime, as únicas impressões digitais encontradas pertencem a James. O sangue é de James, e o único DNA também é da vítima. A balística dos cartuchos encontrados mostra que a mesma arma foi usada no tiroteio do Colorado. O assassino usou a arma de James e depois a levou com ele quando saiu do local do crime, junto com o corpo.

Nada disto faz sentido. Há dúvidas razoáveis em todo o lugar. Por que a acusação está tão concentrada em Alex como o assassino? Reyes está realmente tão ressentido por eu ter recusado seus avanços, e porque me casei com Alex, que gostaria que um homem inocente fosse preso por assassinato? Será que ele tem tanta influência sobre Matt a ponto de convencê-lo a ir em frente com um caso circunstancial tão fraco? E o que Matt ganha com isso?

Não posso acreditar que ele arriscaria sua carreira em um caso tão inconsistente. Devo estar deixando passar alguma coisa. Não é possível que ele não veja a quantidade absurda de dúvidas razoáveis que existem.

Então, o que ele sabe que *eu* não sei? E quando ele vai compartilhar isso comigo?

As regras de procedimento são claras: não deve haver nenhuma surpresa injusta em casos criminais. A promotoria deve entregar todas as provas que possui à defesa, e vice-versa. O timing é onde cada parte pode ferrar com a outra. Se Matt entregar algo no último minuto, terei que argumentar que preciso de tempo para investigar as novas provas. Se o tribunal me permitiria esse tempo, é um grande ponto de interrogação.

A resposta está aqui em algum lugar. Em toda essa... merda... na minha mesa e no escritório. Há uma pergunta que preciso fazer. Uma pista que preciso seguir. Algo que iluminará esse caso obscuro.

Eu tenho que encontrá-la. É a única maneira de garantir que Alex nunca mais passe uma noite na cadeia.

Às cinco da manhã, depois de não chegar a lugar nenhum, decido tomar um banho e ir para o escritório. Às seis, já estou na cafeteira. Sento-me na sala de reuniões e vejo todas as fotos da cena do crime e a linha do tempo. Meu bloco de notas amarelo repousa sobre a mesa ao meu lado e estou esperando a inspiração chegar, mas nada vem. Minha mente está em branco, ou muito cheia para compreender por onde começar. Qualquer uma das opções não é boa.

Os passos indicam que alguém está subindo as escadas. Como tenho certeza de que tranquei a porta, então só pode ser alguém que possui uma chave. Eu olho para o relógio. Apenas sete da manhã. Muito cedo para Sarah, especialmente em uma sexta-feira de manhã. Ela sempre sai na quinta-feira à noite com amigos, e, normalmente, vem com cara de ressaca.

Eu giro minha cadeira e observo a parede de vidro para ver quem está subindo. No instante em que vejo o cabelo grisalho, já sei quem é.

— Jack, o que você está fazendo aqui tão cedo? — pergunto, assim que ele me vê na sala de reuniões.

Ele entra e toma o lugar ao meu lado.

— Eu poderia te perguntar a mesma coisa.

— Queria aproveitar estas últimas horas para me preparar para o julgamento.

— Já começou a elaborar sua declaração de abertura? — Ele ergue uma sobrancelha.

Seguro meu bloco de notas em branco.

Exalando em um longo suspiro, ele se levanta.

— Só vou tomar um café, então te ajudarei com isso.

— Você ainda não me disse por que está aqui tão cedo.

— Eu sabia que você estava aqui.

— Como?

— Alex me ligou. — Jack se senta, pega sua caneta *Mont Blanc* da pasta e um bloco de notas. — Ele está preocupado com você. Também estou. Você sabe que tem que cuidar de si mesma, ou não estará em seu melhor durante o julgamento. — Ele me olha por cima dos aros dos óculos.

Concordo com um aceno. Sei disso e acredito de todo o coração. Normalmente, faço isso quando vou a julgamento. Exceto desta vez. Exceto para este caso. Tudo é diferente. As regras mudaram. Isto significa muito para mim para seguir as regras.

— Tudo bem, vamos começar com o que sabemos. A promotoria está tentando tirar um galo de uma cartola e convencer as pessoas de que se trata

INOCÊNCIA   163

de um coelho. Agora, tudo o que temos que fazer é mostrar ao júri que a promotoria está tentando convencê-los disso e que, na verdade, realmente se trata de um galo vestido de coelho.

Desvio meu olhar para o Jack e dou uma risada.

— Bem, acho que eu poderia começar com isso. Embora o júri possa pensar que estou louca.

Jack se reclina na cadeira, bate a caneta contra os lábios e fica me encarando por um longo momento.

— E se você não preparar uma declaração de abertura?

— O quê? Esperar até que a acusação termine de apresentar seu caso, e depois me pronunciar? — Nego com um aceno. — Não gosto de fazer isso. Preciso ao menos deixá-los saber que achamos que é tudo mentira, então eles ficam de guarda para procurar onde o absurdo se insinua no caso da promotoria.

— Quero dizer, esperar até ouvir o que eles têm a dizer, e depois abordar cada ponto, um por um.

— Para só então fazer uma argumentação final na abertura?

— Sim. — Jack assente. — Acho que é mais ou menos isso que estou dizendo. Você conhece este caso, Kylie. E é excelente nas declarações de abertura e encerramento. Acho que vai parecer menos ensaiado e mais honesto se der a entender que está respondendo às afirmações do promotor com fatos que são tão senso comum, que você não precisa preparar uma declaração formal para abordá-los.

Recosto-me à cadeira, cruzo os braços e expiro com uma bufada.

— É perigoso. E se eu esquecer alguma coisa?

— Então, abordaremos isso no final.

Dou de ombros.

— Se você acha que é uma boa ideia, vamos em frente.

Jack conhece as manhas quando se trata de defesa criminal e estratégia de julgamento. E, no momento, preciso de alguém mais objetivo do que eu para me dar conselhos.

Mas no final do dia, se isto falhar, não haverá ninguém para culpar a não ser a mim mesma. E esse pensamento é um golpe constante na cabeça, como um bate-estacas que empurra uma viga de aço para o chão. O eco retumbante caçoando com uma melodia macabra: "Você falhou".

Uma batida suave na porta da biblioteca chama minha atenção das fotos do local do crime no armazém. Alex abre a porta e vem até mim para me dar um beijo.

— Ryan e Paul estão no Rowe. Eles disseram que nos encontrarão amanhã no tribunal — Alex informa, olhando para a foto do sofá ensanguentado na tela do meu computador.

— Por que eles não vão ficar aqui? Temos muito espaço.

— Não quiseram nos incomodar. Aparentemente, Kyle está com cólicas e não queriam que ele nos mantivesse acordados a noite toda com o choro.

Eu me sento novamente na cadeira.

— Bem, isso é uma droga, mas acho que provavelmente é melhor.

— Quando você vai terminar aqui? — pergunta, gesticulando em direção à tela do computador.

— Vai demorar. É capaz que vai tomar a maior parte da noite.

— Não, resposta errada. — Ele segura minha mão e me puxa da cadeira, enlaçando minha cintura para que eu não possa escapar. — Você vai tirar a noite de folga.

Balanço a cabeça, em negativa.

— Alex, o julgamento começa amanhã...

— E você está pronta. Amor, você precisa tirar um tempinho para relaxar. Coma um pouco do jantar. Passe algum tempo com seu marido solitário, que, talvez, tenha sido bem solidário com sua necessidade de trabalhar e tentou não a incomodar. Dito isto, insisto que você tire a noite de folga. — Beija a ponta do meu nariz. — A recusa fará com que você seja demitida como minha advogada. — Um sorriso se espalha pelo rosto dele.

Não há como resistir a este homem. E ele está certo, por mais que eu odeie admitir isso. Não há mais nada que eu possa fazer para me preparar. Amanhã é o início de seu julgamento por homicídio em primeiro grau, e eu estarei encarregada da defesa.

Hoje à noite, ele pode estar no comando.

Maggie preparou bife e mariscos ao molho de vinho branco, com aspargos. Nós dois conseguimos terminar uma garrafa de *Pinot Noir* da adega de Alex.

A lareira foi acesa no pátio traseiro, afugentando o leve frio da área sombreada quando o sol se põe. Alex coloca uma garrafa de champanhe e duas taças na mesa de vidro e se senta ao meu lado no sofá. Ele serve uma para cada e me entrega em seguida.

INOCÊNCIA

— Você sabe o que aconteceu hoje há um ano? — ele pergunta.

Não consigo nem me lembrar o que aconteceu ontem. Minha mente está tão repleta de perícias, especialistas, provas e testemunhas, que mal tenho consciência de que hoje é domingo; só deduzo isso porque o julgamento começa na segunda-feira de manhã.

— Não.

— Há um ano, no dia de hoje, você estava correndo, cuidando de seus próprios negócios quando parou para ajudar um pobre coitado com um Maserati avariado. Você emprestou seu celular para ele e depois o instruiu em mecânica básica e misoginia.

Como é que ele se lembra disso? Como eu poderia esquecer?

— Não acredito que já passou um ano.

— Foi o dia em que minha vida mudou para sempre. Eu sabia que nunca mais seria o mesmo depois de ter passado cinco minutos com você. E eu estava certo. Você trouxe tanta felicidade para a minha vida, desde o primeiro instante. O amor era fugaz para mim, desnecessário e indesejado. Até que você escavou meu coração e alma e me forçou a aceitar seu amor incondicional. Não há um dia que passe que eu não agradeça a Deus por ter trazido você para minha vida.

Ele encosta a borda de sua taça contra a minha e toma um gole.

— Tanta coisa aconteceu em um ano — comento, antes de tomar um longo gole de champanhe. — Eu nem sabia quem você era naquele dia, e certamente nunca considerei que estaria casada contigo dentro de um ano.

— Bem, me apaixonar por você me surpreendeu tanto quanto o desejo de me casar. Como tudo com a gente, quando parece certo, eu sei que deve acontecer. Não lamento nada em nosso relacionamento, tudo aconteceu exatamente quando e como deveria acontecer.

— Você não se arrepende de nada em nosso relacionamento? Nem meu ex maluco me perseguindo, atirando em mim e me drogando? Nem seu pai conseguindo o direito de um novo julgamento, escapando da prisão, me sequestrando e depois inconvenientemente sendo morto para te incriminar?

Alex balança a cabeça. Erguendo minha mão aos seus lábios, ele beija as pontas dos meus dedos.

— Amor, esse não é o nosso relacionamento. São forças externas que estão causando estragos em nosso relacionamento. Os sentimentos entre nós dois, essa é a nossa relação. Essas são as coisas que mais prezo. Você e eu. Sempre.

ANNE L. PARKS

Ele coloca nossas taças de champanhe sobre a mesa. Deslizando a mão para minha nuca, entremeia os dedos no meu cabelo, inclina minha cabeça para trás e me possui. De novo e de novo.

Meu coração está quase explodindo no peito. O único som que consigo ouvir é a respiração constante para dentro e para fora do meu nariz. Alex senta-se ao meu lado. Acho que Jack está mantendo-o ocupado com alguma conversa-fiada para que ele não me incomode. Minha mão treme quando a estendo sobre a mesa para pegar meu bloco de notas. Fecho os olhos e tento acalmar meu nervosismo.

Argumentos iniciais. Você é boa nisso.

Minha mente sabe disso, mas por alguma razão, a mensagem não está chegando ao resto do corpo. Tenho uma ideia básica do que a promotoria vai dizer, mas esta é a primeira vez que chego ao tribunal sem uma declaração de abertura preparada. E, neste momento, estou repensando seriamente minha decisão.

— Que merda é essa? — murmura Alex, a voz quase inaudível.

Olho para ele, pronta para repreender sobre praguejar no tribunal, no entanto, ele está olhando para alguém por cima do meu ombro. Eu me viro e vejo Reyes apertar a mão de Rebekah enquanto ela se senta atrás da mesa da promotoria. Lançando um olhar para Reyes, ele retribui com uma olhada de soslaio e sorri.

Ela está testemunhando a favor da acusação? Não, ela não está na lista. E ela não poderia estar na sala do tribunal antes de prestar depoimento. Além disso, sobre o que ela poderia testemunhar?

O babaca do Reyes. Ele fez isso para tentar me tirar o foco. A melhor maneira de lidar com ele é não deixar que a presença dela me afete. Eu me viro, respiro fundo e exalo lentamente, contando até dez.

— Isso é inacreditável. Não pensei que ela desceria tão baixo a ponto de vir aqui e apoiar a acusação. Qual é o objetivo? Para me irritar? Você? — pergunta Alex, calando em seguida.

Fechando os olhos, respiro devagar.

— Alex, não tenho ideia do que ela está fazendo aqui, nem me importo. Neste momento, preciso me concentrar neste caso, não em jogos estúpidos com sua ex.

Não olho para ele para ver se magoei seus sentimentos ou o chateei. Eu também não me importo agora. Estou sendo muito severa, mas estou me concentrando com tanta força que o menor toque pode me partir em dois. Pedirei desculpas mais tarde. O que preciso agora é me concentrar.

O juiz Anderson chama o tribunal à ordem, e o oficial de justiça acompanha o júri até seus assentos. Os rostos descansados e os olhos arregalados são sempre visíveis no primeiro dia. No terceiro dia, a novidade de ser jurado em um julgamento de homicídio em primeiro grau se desgasta e geralmente desaparece quando eles passam um fim de semana afastados de sua família e amigos, sem TV, jornais ou acesso à Internet. Se o julgamento durar mais de uma semana, os advogados são fuzilados com o olhar pelo júri, que só quer ir para casa e esquecer as fotos da cena do crime que os assombrarão durante meses ou anos.

Duas juradas olham de relance para mim, mas desviam o olhar imediatamente. A seleção do júri ocorreu na sexta-feira passada, mas não consigo me recordar da história de nenhuma das duas mulheres. Será que tentei excluí-las? Ou estão chateadas por eu as ter escolhido e agora são forçadas a permanecer no hotel até que cheguem a uma decisão?

Qualquer que seja a questão, não posso lidar com isso no momento. Tenho que prestar muita atenção à alegação inicial de Matt, para que eu possa ter uma ideia geral de como abordar as questões levantadas quando for a minha vez na tribuna.

Deus me ajude, o que eu estava pensando em não preparar uma declaração antes do tempo?

— Bom dia, senhoras e senhores, sou o Promotor Público Matt Gaines, e estou hoje diante de vocês com o coração pesado. Não quero estar aqui. Não gosto de processar um homem que conheço bem e por quem tenho o maior respeito como líder desta comunidade. Mas essa é a infeliz posição em que estou procurando uma condenação contra o Sr. Alex Stone pelo assassinato de seu pai, James Wells. Esta não é uma tarefa fácil para ninguém na corte do hoje, especialmente para vocês. Uma vez apresentadas as provas, no entanto, o caminho claramente leva ao réu como assassino. A justiça dita que ele — Matt aponta para Alex — seja considerado responsável pelo crime hediondo que cometeu. O Estado mostrará que o réu esperou até que sua esposa se recolhesse para dormir, para em seguida sair de casa sem que ninguém soubesse e atravessar a cidade de carro até um armazém abandonado de sua empresa. Ele entrou no escritório onde seu pai dormia em um sofá...

E aí vem a dramática pausa para efeito.

Resistir ao impulso de revirar os olhos exige um grande esforço. Eu mesma faço isso, e nunca me incomoda quando outros advogados empregam a mesma tática. Mas não hoje. Não neste julgamento.

Matt gesticula com a mão como se fosse uma pistola e a aponta para o seu coração.

— E atirou no peito de seu próprio pai. Seis vezes. — Matt conta lentamente até o número seis. — Passou então tempo removendo qualquer prova de que esteve lá enquanto o pai sangrava lentamente. O réu retirou o corpo do armazém e o guardou em seu ancoradouro. A algumas centenas de metros de sua esposa adormecida. Por quê? Porque ele sabia que ninguém iria até lá nos frios meses de inverno. Isso lhe daria tempo para se desfazer do corpo de maneira apropriada, onde ninguém jamais encontraria James Wells.

Saindo de trás do pódio, Matt dá alguns passos em direção à cabine do júri.

— Imploro a cada um de vocês que vejam além do homem de negócios bilionário que pensam conhecer e vejam um homem que odiava o pai. Que o culpava pela morte da mãe. E que vingou-se de James Wells, assassinando-o com premeditação e malícia.

Matt abaixa a cabeça e lentamente ergue o olhar para os jurados.

— Obrigado. — Ele passa na minha frente, com um largo sorriso, e pisca o olho.

Otário.

Olhando para o relógio, o juiz Anderson libera a corte para o almoço. Alex, Jack e eu nos rodeamos para elaborar uma estratégia para as próximas duas horas. Lisa, minha ex-secretária jurídica, que está terminando seu primeiro ano de faculdade de direito, atravessa o portãozinho e se junta ao grupo.

— Eu preciso voltar ao escritório e anotar algumas ideias enquanto a abertura de Matt ainda está fresca em minha mente — digo.

— Sarah pediu que o almoço fosse entregue no escritório — informa Lisa.

Jack acena com a cabeça.

— Bom, podemos arranjar algo para comer, e começar a trabalhar em alguns pontos-chave que você precisará abordar, Kylie.

INOCÊNCIA

Dou um sorriso forçado. Uma parte minha está feliz por Sarah ser tão eficiente e pensar adiantado ao garantir que tenhamos um lugar tranquilo para nos afastar do tribunal para almoçar. Mas uma pequena parte minha desejava ter o escritório só para mim, com menos distrações, para clarear a mente antes da minha declaração de abertura na sessão logo mais à tarde.

Ferrar com a abertura definirá o tom com o júri para o restante do julgamento. Se eu parecer uma idiota agora, será incrivelmente difícil mudar essa primeira impressão durante todo o julgamento, não importa quão brilhantes possam ser meus argumentos.

Todos chegam no escritório e caminham diretamente para a sala de reuniões, onde a comida está sendo distribuída. Agora que estamos em julgamento, a sala foi limpa e tudo se encontra em caixas guardadas abaixo da mesa da defesa no tribunal, caso seja necessário acessar documentos.

Sanduíches, dois tipos diferentes de sopas, e pequenos sacos de batatas fritas enchem a imensa mesa. Mesmo ciente de que eu deveria comer, meu apetite é inexistente no momento. Entro em meu escritório e fecho a porta. Tirando minhas anotações da minha bolsa, sento-me na cadeira e confiro tudo outra vez.

Jack abre a porta com um prato de comida na mão e senta-se na cadeira em frente. Agradeço por ele não me dizer que eu deveria comer algo, mesmo tendo certeza de que o pensamento está passando pela sua mente. Como criminalista por muitos anos, ele sabe como a mente e o corpo funcionam sob estresse durante um julgamento.

— Então — começa, pegando seu sanduíche —, Matt fez algumas boas observações na alegação inicial. Como pretende aproveitá-las e colocar o júri de volta do seu lado? — Ele dá uma grande mordida em seu sanduíche e imediatamente limpa a boca.

Recostando-me na cadeira, esfrego a testa antes de cruzar os braços.

— Não faço a menor ideia.

Olho para ele por um momento, esperando as pérolas da sabedoria de meu mentor, mas ele se contenta em continuar comendo. Ele olha para mim com uma expressão em branco que conheço muito bem.

Perfeito! Exatamente o que preciso.

Ele vai usar o julgamento por assassinato de meu marido como um ensinamento. Normalmente, acolho isso como um desafio. Hoje? Nem tanto assim.

Respiro fundo e me inclino para frente, pairando sobre as anotações —

uma bagunça de palavras sem sentido. O som do vento reverbera através da minha cabeça, como uma onda oceânica que continuamente se choca contra as rochas. Sem capacidade de acalmar as águas. Nenhuma centelha de brilhantismo.

Jack mastiga o último pedaço de seu sanduíche e engole.

Ele aponta para Alex, sentado na sala de reuniões com Jake e Lisa.

— Kylie, quem é aquele homem?

Franzo o cenho.

— Alex.

— Mas quem é ele? A acusação acaba de descrever um homem sem moral que atiraria seis vezes no peito de seu pai adormecido, sem qualquer remorso. — Jack apoia os antebraços na mesa. — Você tem a vantagem de conhecer o réu melhor do que ninguém. Mostre-lhes o homem por quem se apaixonou, o homem que te ama, profundamente. O tipo de amor que a maioria dos homens não é capaz de dar. E depois mostre-lhes como a acusação é imperfeita ao considerar que seu marido poderia cometer o crime do qual o acusam.

Jack sai da sala, e eu fico encarando um pedaço de papel em branco. Tantos pensamentos passam pela cabeça, mas onde antes eram um grande nada, agora podem ser considerados quase organizados e coerentes. Tudo o que sei sobre Alex, as coisas que amo nele, formam uma lista de verificação em minha mente. Não há como dizer ao júri o quanto ele é maravilhoso, pois levaria horas. Portanto, tenho que escolher os melhores pontos, e torná-los poderosos o suficiente para que o júri esqueça tudo o que Matt disse em sua declaração inicial.

Uma batida na porta me tira de meus pensamentos. Alex entra com um prato em uma mão, e uma tigela na outra.

— Eu sei que você está trabalhando e não quero te incomodar, mas temos cerca de trinta minutos antes de retornar ao tribunal. Você deveria tentar comer algo para que sua glicose não diminua no meio da tarde.

Apenas outra razão pela qual este nunca poderia ser o homem que a acusação alega ser. Eu fico olhando para ele por um momento, os lindos olhos azuis me tranquilizando. Não há nada neste mundo que eu pudesse precisar mais do que ele. Ele me dá tudo de si, e eu sempre apreciarei este presente.

— Eu te amo tanto, Alex — declaro, agarrando sua gravata e puxando seus lábios para os meus. — Obrigada por cuidar de mim.

Ele sorri e me dá outro beijo rápido antes de ficar de pé.

INOCÊNCIA

171

— Uau, se eu soubesse que teria esta reação por trazer o almoço, eu o teria feito há uma hora.

Dou uma risada antes de abocanhar um pedaço do sanduíche de peito de peru.

Alex se senta na beirada da mesa, de frente para mim.

— Como está indo? Você conseguiu fazer sua declaração de abertura?

— Sim, tenho quase certeza de que sei exatamente o que dizer. — Depois de outra mordida, bebo o restante do café gelado. — Não se preocupe.

Alex ri.

— Amor, não estou nem um pouco preocupado. Você é incrível, e confio totalmente em você.

CAPÍTULO 27

— Boa tarde, eu sou Kylie Stone e represento o Sr. Alex Stone.

Ando pela tribuna para me dirigir aos jurados. Quanto maior o tempo de contato visual com cada um deles, melhor. Além disso, se farei toda esta abertura de improviso, quero que eles saibam disso.

Olho por sobre meu ombro para Alex e encontro aqueles olhos azuis que sempre me apoiam. Respirando fundo, enfrento o júri mais uma vez.

— Tenho que lhes dizer que o homem que o Sr. Gaines descreveu em sua declaração de abertura era horrível. Um homem que mataria seu pai a sangue-frio. Encobriria o crime. Mentiria a todos a quem ele ama e que lhe são mais queridos. Eu simplesmente não reconheço esse homem. Ele certamente não é o homem acusado deste crime. Com toda certeza, não é o homem que conheço, e eu o conheço, provavelmente melhor do que ninguém. A maioria de vocês conhece Alex Stone como um bilionário extremamente astuto em seus negócios. Talvez alguns de vocês tenham amigos ou familiares empregados por ele. Alguns talvez até conheçam alguém que tenha sido tocado por um de seus vários empreendimentos beneficentes. Eu poderia ficar aqui e dizer como ele é simpático, gentil e, talvez, vocês acreditem em mim. Ou pode ser que não signifique nada, porque não há um ponto de referência. Afinal de contas, o que considero simpático, gentil e carinhoso pode não ser a definição que cada um aqui tem. Portanto, em vez disso, quero apenas dizer algo sobre este homem, algo que pouquíssimas pessoas sabem.

Respiro fundo antes de continuar:

— Quando conheci Alex, eu estava lidando com um problema pessoal muito sério. Meu ex-namorado, que havia abusado de mim durante nosso relacionamento, começou a me perseguir e me assediar quando, finalmente, o deixei. Ao final da primeira semana de namoro com Alex, ele me salvou de meu ex, que estava me espancando, estrangulando e me drogando na tentativa de me sequestrar. Eu não pedi sua ajuda. Na verdade, estava envergonhada por me ver em uma situação que exigia proteção constante, de qualquer forma. Alex não apenas estendeu sua ajuda, mas insistiu para que eu a aceitasse. Quando meu ex ateou fogo em minha residência, Alex não só abriu sua própria casa para mim, mas encontrou um empreiteiro para reconstruir a minha.

Eu me viro e olho para Alex, com um sorriso.

— Algumas semanas depois, quando a polícia liberou meu perseguidor, o homem me seguiu e atirou em mim. Quando acordei no hospital, Alex estava lá. Ouvi de minha família e amigos que ele raramente saía do meu lado. Você pode esperar que o homem a quem ama fique com você por um dia ou dois. O que vocês talvez não saibam é que estive em coma por conta de um grave traumatismo craniano, quando bati a cabeça em uma pedra após ter sido baleada. Fiquei em coma por um mês. E ele nunca me abandonou. Uma mulher que ele conhecera por tão pouco. E ele tem estado comigo praticamente todos os dias desde então.

Valendo-me do bom momento para uma pausa dramática, faço questão de lançar um olhar para Matt. Para mostrar que também sei fazer isso.

Em seguida, aponto para Alex.

— Esse é o homem que está diante de vocês hoje. É tocante, no entanto, que o Sr. Gaines tenha um coração tão amargurado a ponto de processar um homem por um assassinato que ele não cometeu. O que eu e meu co-conselheiro, Jack, queremos é que o promotor público dê mais importância ao pesado fardo de que é acusado, o fardo de provar este crime sem margem para dúvidas. O Estado apresentou um caso puramente circunstancial. Esse é, provavelmente, um termo que vocês já ouviram com frequência, mas realmente entendem o que isso significa? Significa que todas as suas provas são baseadas nas circunstâncias. A acusação não tem provas conclusivas de que Alex tenha cometido este crime. Pensem nisso por um momento. Não há nenhuma prova direta que ligue Alex a este crime. Tudo o que eles têm são algumas circunstâncias que acreditam que se somam à culpa. Permitam que eu seja clara: a acusação não oferecerá provas periciais que liguem Alex ao assassinato de James Wells. O que eles trarão como evidência é inconsistente, na melhor das hipóteses, e um tiro no escuro, na pior. Eles querem que vocês suspendam a descrença e o bom senso, e agarrem os fios mais tênues que ligam as circunstâncias que, para eles, não provam nada.

Aponto novamente para Alex e Jack.

— Nós queremos que vocês olhem para cada prova, cada evidência apresentada pela acusação, com um olhar cético. As informações que eles trazem podem ser, razoavelmente, consideradas como provas, sem qualquer sombra de dúvida? Penso que todos vocês concordarão que até o final do julgamento o Estado não cumpriu com seu ônus e não haverá nenhuma evidência cabível. O único veredito justo terá que ser o de completa inocência.

A maioria dos jurados está escrevendo em seus cadernos. Dois jurados estão cabisbaixos. Os mesmos que não conseguiram manter contato visual comigo.

Qual é o problema deles?

Eu me sento, mas giro a cadeira para encontrar Lisa no assento diretamente atrás de mim.

— Faça uma pesquisa rápida sobre os jurados três e sete. E fique de olho neles, e em qualquer outra pessoa que pareça descontente com nossa defesa.

Ela assente.

— Vou voltar para o escritório agora, a menos que você precise de mim — ela sussurra.

— Pode ir, o juiz vai encerrar a audiência daqui a pouco.

Como previsto, o juiz nos dispensa e libera o júri. Eu recolho minhas anotações e as guardo na pasta. Quando me viro, Alex está conversando com sua família; Paul e Ryan estão de pé com eles.

Ryan me dá um abraço por cima do corrimão.

— Você se saiu muito bem, docinho.

— Obrigada, foi melhor do que eu imaginava. Onde está o bebê?

— Contratamos uma babá, Sophia. Ela está com ele no hotel.

Paul sorri por trás de Ryan.

— Pensamos que seria bom para Kyle ter alguma forma de interação feminina.

Alex enlaça minha cintura.

— Você vai voltar para o escritório?

Eu esperava que houvesse certo desdém em seu tom, mas me enganei. Isto é novidade. No passado, minha necessidade de trabalhar até tarde da noite, durante um julgamento, causou tensão entre nós.

— Não estava planejando fazer isso — digo. — Pensei em levar minhas anotações para casa e revisá-las hoje à noite.

INOCÊNCIA

Ele entrecerra os olhos e inclina a cabeça ligeiramente para um lado.

— Ah, eu não estava esperando que você dissesse isso. Achei que você gostaria de trabalhar no caso.

Meu coração para. Ele está preocupado que eu não esteja dando cem por cento no seu caso? Ou pelo menos a quantidade de atenção que tenho a tendência de dar aos outros?

— Vou trabalhar no seu caso, pensei que poderia fazer isso em casa, mas talvez você esteja certo. Talvez seja melhor fazer isso no escritório. — As palavras jorram da minha boca, correspondendo à alta velocidade do meu coração.

Um largo sorriso se alastra pelo rosto de Alex.

— Não, querida, você me entendeu mal. Eu quero que você faça o que quiser. Ryan e Paul estavam sentindo pena de eu estar potencialmente sozinho e me convidaram para sair para jantar.

Eu olho para meus dois melhores amigos. Deus, eu os amo. É claro que eles cuidariam de Alex e me dariam tempo para fazer as minhas "coisas de advogada", como Paul diz.

— Bem, que tal se eu for com vocês? — sugiro. — Posso passar algum tempo com vocês antes de me enfiar na preparação para o julgamento. Além disso, preciso ver aquele garotinho.

— Então, vamos lá — diz Paul, batendo palmas.

— Ainda não posso ir. — Lanço um olhar para o juiz. Ele está revisando alguns documentos com seu escrivão e não parece aborrecido, ainda assim, estou atrasando as coisas. — Temos que nos reunir com o juiz para rever as coisas administrativas, mas Alex não precisa ficar aqui para isso. Por que vocês três não voltam para o hotel? Jake pode esperar por mim e me levar quando eu acabar.

Os três homens assentem de imediato. Alex se inclina para mais perto e beija minha bochecha.

— Direi a Jake o que está acontecendo.

— Sra. Stone — O juiz Anderson me chama —, você está pronta para começar?

Eu me afasto dos meus homens quando eles saem do tribunal e tomo meu lugar na mesa da defesa.

— Sim, Meritíssimo.

Jake me deixa na entrada do histórico Hotel Rowe. Quando o hotel foi construído pela primeira vez, os ricos e famosos ficavam lá quando traziam seus iates para o porto. É ainda um dos hotéis mais bonitos e exclusivos da região. Mesmo quando eu estava ganhando um salário acima da média, teria tido dificuldade em pagar por mais de uma noite de estadia aqui.

Os arcos atraem o olhar para as obras de arte pintadas nos tetos. Grandes tapetes persas suavizam o amplo piso de mármore do saguão. Envio uma mensagem a Alex, para saber o número do quarto, a caminho dos elevadores.

— Kylie? — Uma voz feminina chama atrás de mim.

Eu me viro e encaro a última pessoa que esperava ver, especialmente aqui.

— O que você está fazendo aqui, Angelina?

— Decidi ficar na cidade. Eu falei sério quando disse que quero me reconectar com você. — Ela torce o fio de pérolas ao redor do pescoço, a ponta do dedo ficando vermelha enquanto aperta. — Sei que nunca poderei compensar a minha ausência em sua vida, mas quero ter a oportunidade de estar aqui se precisar de mim.

Balanço a cabeça, incrédula, e continuo a encarando por um momento. Ela não pode estar falando sério, né?

— Eu nunca precisarei de você. Consegui passar a maior parte da minha vida sem você, e realmente não vejo como isso vai mudar no futuro.

— Mas eu sou sua família, Kylie…

— Não — atesto, e aponto um dedo em direção ao rosto dela. — Minha família está esperando por mim lá em cima. As três pessoas que ficaram comigo quando enfrentei as merdas mais horríveis que qualquer um pode passar. Eles não fugiram. Eles não decidiram que havia algo melhor a fazer do que estar lá para mim. E nem um deles tinha que fazer nada por mim. Mas fizeram. Eles fizeram tudo por mim. Isso é família. Não tem nada a ver com o sangue que corre em suas veias.

Aperto o botão do elevador.

— Desde quando você se importa com a família, afinal? Certamente não quando eu estava crescendo. E não depois que meu pai morreu. Então, o que você quer? Porque não acredito nem por um minuto que você veio aqui por algum amor materno por mim.

— Lamento que não acredite em mim, mas é exatamente por isso que estou aqui. Quero reparar o vínculo que costumávamos ter…

Ela está seriamente iludida.

INOCÊNCIA

177

— Como você pode pagar por este lugar? — pergunto. Sei que seu último marido tinha dinheiro, mas suspeito que seu súbito interesse em mim tenha algo a ver com a riqueza do meu, e não com meu bem-estar.

As portas do elevador se abrem, e algumas pessoas passam por nós.

— Ninguém passa por tantos divórcios quanto eu, sem aprender a negociar.

Entro no elevador e a enfrento. Seu queixo está erguido, a postura aprumada. Ela sente o maior orgulho de seus feitos – ficar com homens ricos por dinheiro.

— Inacreditável — murmuro — e as portas do elevador se fecham entre nós.

Assim que bato à porta quarto, Paul a abre e me convida a entrar com um beijo na cabeça. Ryan sai do outro cômodo com Kyle em seus braços.

— Oi, docinho — ele diz.

— Oi. — Estendo meus braços para o meu sobrinho. — Me dê esse bebê aqui.

Com uma mão apoiada em suas costinhas, eu o seguro contra meu peito, balançando o corpo suavemente. Inspiro fundo, saboreando o cheirinho do bebê enquanto deposito um beijo suave na cabeça coberta por cabelo loiro e fino. Isto é exatamente o que eu precisava depois do dia no tribunal... e do confronto com minha mãe. Um pequeno momento caloroso de amor incondicional aninhado ao meu corpo. Simples, belo. Reconfortante.

Ryan me ajuda a me acomodar no sofá com um travesseiro sob Kyle e uma mamadeira, enquanto ele e Paul terminam de se arrumar. Alex se senta ao meu lado, com um sorriso no rosto. Por um momento, posso ver como poderia ter sido a vida se tivéssemos nos conhecido sob circunstâncias ligeiramente diferentes. Teríamos tido uma bela família. Meu coração incha. O pensamento é adorável, mas eu não abriria mão da vida que tenho com Alex por nada.

Jantar fora é uma ideia maravilhosa, mas ficamos por perto e comemos no restaurante do hotel. Quando o garçom traz o cardápio de sobremesas, Paul e Ryan já estão bocejando, e eu me pergunto qual será o primeiro a adormecer à mesa.

Alex e eu os enviamos de volta ao quarto, e seguimos para casa. Eu trabalho por algumas horas e depois saio em busca de Alex, encontrando-o assistindo a um jogo de beisebol na sala de estar.

Eu me aninho a ele, descansando a cabeça sobre o peito forte. Adoro estes momentos só nossos. Momentos de paz e sossego.

ANNE L. PARKS

— Então, vi minha mãe hoje — comento.

Alex afasta um pouco a cabeça para trás, para me encarar.

— É? Onde?

Bufo uma risada.

— No hotel, no saguão. Ela veio ao meu encontro antes de eu entrar no elevador.

— Por que você não me contou?

Respiro fundo, inspirando seu cheiro masculino e almiscarado e me deleito na forma como me acalma e envia sensações por todo o corpo.

— Não queria que fosse o tema central da conversa desta noite. Só queria poder desfrutar do meu marido, meus melhores amigos e meu sobrinho.

Ele acaricia meu cabelo e deposita um beijo no topo da cabeça.

— Você está bem?

Eu olho para ele.

— Sim, eu simplesmente não esperava vê-la. Sei lá, estava torcendo para que ela tivesse deixado a cidade.

— Você quer me contar o que ela disse?

— Não esta noite — murmuro, com um risinho. — Só posso lidar com um de nossos pais loucos de cada vez. Agora mesmo, o seu tem toda a minha atenção.

INOCÊNCIA

CAPÍTULO 28

— O Estado chama a detetive Janice McClure — diz Matt.

A sala de audiências está em total silêncio quando a detetive toma o assento da testemunha. Ela evita olhar para mim ou para Alex e se concentra apenas em Matt, que passa pelas perguntas habituais sobre a experiência da detetive antes de chegar ao cerne do depoimento.

— Detetive McClure, pode explicar os eventos na residência de Alex Stone, na data em questão?

McClure pigarreia.

— Sim, a polícia respondeu a uma denúncia anônima de atividade suspeita na propriedade do Sr. Stone, especificamente no ancoradouro — declara ela, diretamente ao júri.

Bem treinada.

— Dois policiais foram escoltados por um dos seguranças do réu até o local. Quando entraram, depararam com o corpo de um homem, obviamente falecido.

— Por que você deu essa ênfase? — pergunta Matt.

— O corpo estava coberto de sangue e apresentava múltiplos ferimentos por arma de fogo no peito.

Matt acena com a cabeça.

— Por favor, continue, detetive.

— Inicialmente, a polícia questionou os moradores da casa. Como aparentava ser um homicídio, meu parceiro, Aaron Kain, e eu fomos designados a investigar. Interrogamos o Sr. e a Sra. Stone em sua residência.

— O réu tem um álibi para a noite anterior ao corpo ser descoberto?

— Não, ele não tem.

— Obrigado, detetive — diz Matt, e vira-se para mim. — Sua testemunha.

Eu me levanto, coloco meu bloco de notas no pódio, demorando mais do que o necessário para iniciar o interrogatório. Ergo a cabeça e dou um sorriso.

— Bom dia, detetive. — Ela não tem como me evitar agora, e é hora de deixar a policial durona desconfortável. — Pode dizer ao júri o quê, exatamente, a pessoa que fez a ligação anônima alegou?

— A pessoa que ligou declarou que viu atividades suspeitas no perímetro do ancoradouro da propriedade — diz ela.

— Só isso? — pergunto, arqueando uma sobrancelha.

— Sim.

— Havia um mandado de busca emitido antes mesmo de os policiais verificarem a propriedade ou a residência, correto?

— Sim, havia uma razão para...

— Obrigada, detetive, você já respondeu à minha pergunta. É procedimento padrão da Polícia obter um mandado de busca antes do contato inicial com os proprietários do imóvel, para determinar se existe uma explicação simples para o que uma pessoa pode considerar como "atividade suspeita"?

— Havia uma razão...

— Apenas um simples 'sim' ou 'não' serve, detetive.

Ela exala audivelmente pelo nariz.

— Não.

Viro a página da minha caderneta.

— Você declarou que o falecido possuía ferimentos por arma de fogo. Foi encontrada uma arma na casa do barco, ou em outro lugar da propriedade?

— Não — diz ela, o tom áspero. — Não foi.

— E, até hoje, a arma nunca foi recuperada, não é verdade?

— Correto, a arma não foi encontrada... ainda. — Ela me dá um sorriso sutil.

— Referente a Alex Stone, há alguma prova de que ele deixou a casa na noite em questão?

— Não, mas também não há nenhuma prova de que ele esteve lá.

— Então, nada de registros do celular que mostre que ele estava em outro lugar que não fosse em casa?

— Não.

— E, é claro, você verificou a atividade do celular naquela noite?

— Sim.

— E isso mostrou que ele esteve em casa a noite toda?

— Não, mostrou que seu celular estava em casa.

INOCÊNCIA

Touché, detetive.

Faço uma pausa e encaro o vazio por um segundo. Sei o que quero perguntar, mas não há nada como fazer a testemunha acreditar que a centelha de um *insight* brilhante acabou de brotar no meu cérebro.

— Havia outros suspeitos neste caso? — pergunto, retardando as palavras.

Ela faz uma pausa antes de responder:

— Não.

— Em que momento de sua investigação, você decidiu que Alex era seu principal suspeito?

— Cedo.

— Quão cedo?

— Quase imediatamente.

— Obrigada, não tenho mais perguntas.

A detetive McClure desce do banco das testemunhas e cruza o meu caminho conforme me dirijo à mesa da equipe de defesa. A expiração profunda expressa seu desgosto e irritação comigo. Não que eu me importe. Estou por *aqui* com ela e com o esforço risível de sua investigação para descobrir quem matou James. Eu não me importaria tanto com a investigação frívola deste caso em particular, afinal de contas, não dou a mínima para encontrarem quem realmente assassinou meu sogro. Mas a partir do momento que decidiram culpar Alex por tudo, é melhor que coloquem todos os pingos nos *is*, ou vou infernizar a vida deles.

Matt convoca o chefe da Unidade de Perícia como sua próxima testemunha. O homem de cabelo escuro e barba bem-cuidada senta-se no banco das testemunhas ajustando sua gravata. Deduzo que ele não se sinta à vontade com um terno e, provavelmente, preferiria estar com seu uniforme de perito. Ou não estar aqui tendo que testemunhar. É nítido que ele não tem experiência no assunto, já que mal dá atenção ao júri.

— Investigador Shaw, por favor, descreva a cena do crime.

Shaw pigarreia e olha para o júri.

— Bem, em direção ao fundo da sala havia um sofá. As almofadas estavam encharcadas de sangue, e havia uma grande poça no chão, ao lado.

— Posso me aproximar da testemunha, Meritíssimo? — pergunta Matt.

O juiz Anderson acena com a cabeça.

Matt entrega uma pilha fotos ao homem.

— Você reconhece estas fotos?

— Sim, são todas do local do crime. — O perito devolve as fotos ao Matt.

— Neste momento, Meritíssimo, gostaria de admitir as exposições do Estado de A a D, e pedir que possamos publicá-las ao júri e projetá-las na tela — diz Matt.

— Sra. Stone? — Anderson se dirige a mim.

Eu me levanto e vistorio as fotografias, entregando-as novamente a Matt.

— Sem objeções.

A foto do sofá embebido em sangue surge na tela.

— Com relação a esta imagem, por favor, descreva o que estamos vendo — Matt solicita.

Um ponto vermelho aparece na tela.

— Este é o sofá — diz o perito, fazendo um enorme círculo ao redor do móvel com o laser. — A mancha escura, marrom-avermelhada, é sangue.

— Isso é uma quantidade considerável de sangue, não é? — pergunta Matt.

Shaw assente.

— Sim, as almofadas estavam bem saturadas, e aqui embaixo — aponta para o chão, em frente ao sofá — é o sangue que gotejou da vítima ou das almofadas, dependendo do peso da vítima.

— Se todo esse sangue viesse de uma única fonte, por exemplo, de um só corpo, isso indicaria...

— Objeção — interpelo, me levantando. — O promotor está induzindo a testemunha.

— Mantida — declara o juiz Anderson, olhando para Matt. — Reformule, advogado.

— Esta quantidade de sangue poderia ser de uma única vítima?

— Objeção...

— Vou reformular a frase — Matt resmunga, entredentes, e me lança um olhar por cima do ombro.

O juiz Anderson gira em sua cadeira para enfrentar Matt:

— Sr. Gaines, presumo que o senhor se lembra dos procedimentos adequados quando há uma objeção? A Sra. Stone exprime sua objeção, e eu me dirijo a ela. Então, o senhor reformula a pergunta, se necessário, de acordo com a minha decisão.

— Sim, Meritíssimo — diz Matt, um pouco envergonhado. — Peço desculpas ao tribunal e à Sra. Stone.

Por que Matt está cometendo um erro de principiante? Não é como se ele fosse novato em um tribunal. Ao contrário de muitos promotores públicos que lidam com os aspectos administrativos e políticos do escritório, mesmo bastante

INOCÊNCIA

183

ocupado, Matt gosta de estar na sala de audiências. Ou ele é tão narcisista que não confia em seus assistentes para lidar com os casos importantes?

Estou me inclinando para a última opção.

— Sr. Shaw, quais são as possíveis causas para a origem de toda essa quantidade de sangue?

— É possível que o sangue tenha vindo todo de uma vítima.

Matt muda a imagem na tela para um *close-up* do sofá, mostrando, na fotografia, os orifícios nas almofadas.

— Direcionando sua atenção para a exposição C do Estado, você pode explicar o que estamos vendo nesta foto?

— Sim, este é um *close-up* do sofá. — Shaw aponta para um dos buracos. — Este é um buraco criado por uma bala, assim como o restante. — Aponta para cada um deles.

— Quantos ao todo?

— Quatro, mas como você pode ver, dois orifícios são maiores que os outros. Isto representa que dois disparos entraram pelos mesmos buracos que os anteriores.

Matt acena com a cabeça.

— Inspetor, antes de recolher provas nesta cena do crime, você foi chamado para outra cena de crime relacionada com aquela que temos discutido?

— Sim, fui chamado à propriedade do réu.

— E o que o senhor encontrou lá?

— O corpo de um homem, aparentemente, com cerca de sessenta e poucos anos, estava no ancoradouro da propriedade.

— E você poderia determinar uma causa preliminar da morte?

— Parecia que o homem havia morrido por múltiplos disparos.

— E como você chegou a esta conclusão?

— Pelo buraco no centro de seu peito.

Matt sorri.

— Obrigado, o Estado não tem mais perguntas.

— Sra. Stone, sua testemunha — o juiz anuncia, rabiscando alguma coisa no que só posso deduzir que seja um bloco de notas.

— Obrigada, Meritíssimo. — Chegou a hora de dar a volta por cima. — Investigador Shaw, vou trabalhar em ordem cronológica, no que diz respeito à morte do Sr. Wells. Quando você estava no armazém, viu algum rastro que indicasse que o Sr. Wells havia sido arrastado para fora do escritório?

Ele nega com um aceno de cabeça, mas complementa:

— Não.

— Existia alguma evidência de que algo havia sido colocado no chão, como uma lona ou outro material equivalente, e o corpo tenha sido colocado sobre ele?

— Sim, vi evidências disso.

— E seriam estas marcas aqui? — Uso meu laser para circular manchas de sangue no chão, em frente ao sofá.

— Sim, acredito que sejam de algum tipo de tecido, talvez uma lona ou cobertor, porém não posso dizer exatamente.

— Mas seria plausível que o que quer que tenha sido colocado no chão, provavelmente poderia ser usado para colocar o corpo e removê-lo do prédio.

— Eu diria que isso é correto.

Até agora, estou gostando de Shaw. Ele não está tentando disfarçar nada; está respondendo diretamente às minhas perguntas.

— Você não tem ideia de como o corpo da vítima foi removido deste local, tem?

— Não.

— Havia uma lona ou outro material que poderia ter sido usado para embrulhar o corpo no ancoradouro, quando você municiou o corpo do Sr. Wells?

— Não, havia apenas o corpo.

— E nenhuma arma foi encontrada em nenhuma das cenas do crime?

— Correto.

— Na verdade, a arma ainda não foi localizada, não é verdade?

— A arma ainda não foi encontrada.

Faço uma pausa e verifico duas vezes minha lista de perguntas, mas até agora, estou muito satisfeita com o testemunho dele.

— Fizeram extensos testes forenses em todos os veículos de Alex Stone, correto?

— Sim.

— E você conseguiu obter impressões digitais e DNA dos veículos?

— Sim.

— Sangue?

— Não.

— O DNA estava determinado a pertencer a Alex, sua equipe de segurança, e a mim, não é verdade?

— Sim.

INOCÊNCIA

— Nenhuma das amostras pertencia à vítima?
— Não.
— Isso inclui também os barcos e *jet skis* de Alex?
— Correto.
Eu sorrio para Shaw, depois para o juiz Anderson.
— Nada mais, Meritíssimo.

Rastejo para a cama e deslizo o mais perto de Alex que posso. Estou tentando amenizar minha animação, mas hoje saí mais do que feliz com o testemunho no julgamento. Não importa o quanto eu tente manter o otimismo sob controle, acabo demonstrando empolgação ao vislumbrar os indícios da liberdade de Alex.

Ele passa os dedos levemente sobre minhas costas.

— Por que você se refere a mim pelo meu primeiro nome no tribunal?

— Pela mesma razão que Matt e suas testemunhas só se referem a você como o réu. É um jogo mental. Matt não quer que as pessoas sejam lembradas de que o homem em julgamento é alguém que a maioria do júri respeita, especialmente porque seu caso é tão inconsistente.

— E você me chama de Alex?

Recosto o queixo em seu peitoral e o observo.

— Para que o júri o veja como um deles, não como um empresário megabilionário que muitos deles nunca encontrariam na vida ou nos mesmos círculos. Portanto, preciso garantir que eles o vejam apenas como um cara; você poderia ser o vizinho deles.

Alex ri.

— Nossa, você é brilhante.

— Não sei se isso é verdade, mas estou disposta a usar todos os truques e a jogar todos os jogos que conheço, a fim de garantir que você seja absolvido.

— Não tenho nenhuma dúvida. Você está dando uma surra no Matt naquele tribunal, amor.

Não consigo reprimir o sorriso. Não quero ficar convencida – que pode ser fatídico durante um julgamento –, mas inverter o caso de Matt é como dar um passeio no parque, cercado por um exército com armas em punhos. Sou intocável.

Ainda há algo no fundo da minha mente que me deixa nervosa. Gostaria de identificar o que tem me deixado apreensiva, porém não consigo entender.

Talvez a resposta venha a mim enquanto durmo. Amanhã é um novo dia.

CAPÍTULO 29

A promotoria começa o dia chamando o médico legista para testemunhar. O Dr. Xavier Schiffer deveria estar em uma praia na Califórnia, pegando uma onda. Seu cabelo loiro, ondulado, e seu bronzeado lhe dá uma aparência jovem e despojada. Ninguém olha para ele e na mesma hora pensa que o homem de trinta e quatro anos é um médico brilhante que se formou na faculdade aos dezenove anos. Ele é diferente de qualquer legista que eu já tenha visto, mas é divertido assisti-lo no tribunal quando está testemunhando.

Normalmente.

Não há nada neste julgamento que me deixa feliz, no entanto. Adoro estar no tribunal. Mas parece que não consigo encontrar qualquer prazer nisso quando o homem que amo pode ir para a prisão pelo resto da vida se eu estragar tudo.

— Dr. Schiffer, você testemunhou que a vítima morreu por ferimentos de arma de fogo. Onde o Sr. Wells foi baleado? — pergunta Matt.

— A vítima recebeu seis disparos no centro do peito, todos eles feitos em massa.

— E por que isso é significativo?

Schiffer olha para o júri.

— Do ponto de vista médico, isso significa que cada tiro atingiu o coração da vítima.

— Poderia dizer em que posição a vítima se encontrava quando foi baleada?

— Sim, a vítima estava deitada de costas quando foi alvejada. Todos os tiros partiram de cima, trespassando o corpo. Como os projéteis foram localizados nas almofadas, eu diria que o Sr. Wells estava deitado de costas quando foi baleado e não se moveu daquela posição. Além disso, lividez cadavérica apareceu ao longo das costas e nádegas, assim como em partes das pernas, braços e calcanhares.

Matt assente, coçando o queixo.

— Pode explicar o termo lividez cadavérica seu significado para o júri?

— Lividez cadavérica, ou 'Hipóstase' em termos médicos, é uma área escura e arroxeada muito semelhante a um hematoma profundo. Isto ocorre quando o coração deixa de bombear sangue. Nesse ponto, a gravidade puxa qualquer sangue do corpo até seu ponto mais baixo. No caso do Sr. Wells, já que ele estava deitado de costas no sofá quando seu coração parou, o sangue se instalou nas áreas que indiquei.

— Você tem uma opinião sobre o que a vítima estava fazendo quando morreu?

— Na minha opinião, com base nas informações fornecidas pela cena do crime, acredito que a vítima estava dormindo quando foi baleada e assassinada.

— E o que o leva a acreditar nisso?

— Novamente, o fato de que ele estava de costas no sofá, aliado à ausência de ferimentos defensivos, me leva a esta conclusão.

— O que você esperaria ver como feridas defensivas em um caso como este?

— Esperaria ao menos ver ferimentos nas mãos. — O Dr. Schiffer ergue a mão, estendendo o braço em frente ao peito. — Uma tentativa reflexiva de bloquear o tiro, por mais ineficaz que isso fosse, de atingir o peito. Talvez uma mudança no trajeto de uma ou mais balas, caso a vítima se movesse para evitar ser alvejado. Coisas como sentar-se, rolar de um lado para o outro ou algo assim. Cada disparo que o Sr. Wells recebeu partiu de uma posição acima. E o atirador não se manteve imóvel durante o tempo levado para efetuar cada um deles.

— Obrigado, Dr. Schiffer.

— O interrogatório é seu, Sra. Stone — diz o juiz Anderson.

— Não tenho perguntas, Meritíssimo.

Após o almoço, o Estado chama seu especialista em balística para falar sobre a arma, as balas e como determinaram que foi a mesma arma usada no Colorado, para matar meus sequestradores. Esta é, com certeza, a parte mais difícil do julgamento, porque é entediante para os advogados e testemunhas, e, excessivamente, cansativa para o júri. A melhor maneira de lidar com isso é tirar a testemunha do tribunal o mais rápido possível, o que é quase impossível de ser feito.

INOCÊNCIA

Matt passa duas horas interrogando o especialista em balística, Roy Green, analisando como as cápsulas foram testadas, evidências de estrias e como cada cano de arma é tão único quanto as impressões digitais. O júri parece estar pronto para matar tanto Matt quanto Roy, assim que eles derem uma pausa. Esta é a minha deixa para acabar com isso antes que eu perca a atenção dos jurados. O benefício adicional é que pareço a heroína que acabou com o tedioso depoimento da balística.

— Eu só tenho algumas perguntas para você, Sr. Green — declaro, subindo na tribuna sem minhas anotações. — O médico legista testemunhou que os disparos contra a vítima foram todos direcionados ao centro de seu peito. Isto significaria que o assassino tinha que ser um excelente atirador, não é mesmo?

— Não sei se seria um excelente atirador, mas eu diria que ele precisaria ser habilidoso com sua arma de fogo.

— O atirador também estaria sob pressão, correto? Quero dizer, atirar num homem seis vezes, bem no meio do peito, exigiria que alguém fosse calmo e competente com uma arma, você não concorda?

— Sim, eu concordo.

— Isso é tudo. Obrigada, Sr. Green.

Matt se levanta.

— Neste momento, Meritíssimo, o Estado conclui o caso.

O juiz Anderson dá uma olhada no júri e dispensa o tribunal para o dia. Assim que os jurados saem da sala de audiências, Anderson se dirige a mim:

— A defesa está preparada para apresentar seu caso pela manhã, Sra. Stone?

— Sim, Meritíssimo.

— Quanto tempo você espera se prolongar? — pergunta ele, folheando seu calendário.

— Não esperamos levar mais de dois dias.

— Muito bem, veremos todos de volta aqui pela manhã.

Todos na sala do tribunal se levantam, conforme o juiz desce do banco e entra em seu gabinete.

Agora começa a diversão.

CAPÍTULO 30

— Chame sua primeira testemunha, Sra. Stone.

Pronto, lá vai. Meu coração está batendo com tanta força que parece um tambor nos meus ouvidos. Esta é, sem dúvida, a maior decisão de estratégia de julgamento que já tomei. Isto poderia encerrar o julgamento agora mesmo ou enviar Alex para a prisão.

Sem pressão.

Estou confiante em minha decisão, mesmo que meu coração, estômago e nervos não estejam tão convencidos.

— A defesa está satisfeita, Meritíssimo.

A sala do tribunal está estranhamente silenciosa. O juiz Anderson olha para mim por um momento, e posso sentir os olhos de Matt em mim, também.

Franklin sai de seu estupor.

— Presumo que você fará uma moção, Sra. Stone?

— Sim, Meritíssimo.

Ele libera o júri.

— Meritíssimo, neste momento, eu gostaria de fazer uma moção para retirar as acusações, pois o Estado não provou os elementos do assassinato em primeiro grau ou que as provas mostram, sem dúvida razoável, que Alex Stone matou James Wells. Por estas razões, a defesa pede que o caso seja arquivado por parcialidade.

— Levarei sua moção sob consideração, Sra. Stone. Entretanto, sugiro que ambos preparem suas alegações finais, no caso de eu decidir contra a defesa. Terei uma resposta para vocês amanhã de manhã. O tribunal está em recesso até lá.

— Você acha que ele vai arquivar o caso? — pergunta Alex.

Eu olho para Jack, que está sentado ao lado de Alex, e nego com um aceno.

— Não, ele não vai. Esta é apenas uma daquelas coisas que temos que fazer.

— Por quê? De que adianta pedir se você sabe que não vamos conseguir?

Eu me concentro em guardar meu bloco de anotações na pasta. Não quero responder a esta pergunta.

— Bem, nunca custa pedir, caso o juiz concorde — diz Jack. — Mas resume-se realmente a ter um registro completo… no caso de precisarmos dele para um recurso.

— Ah — diz Alex, respirando fundo. — Boa sacada, mas não vamos precisar disso. Não haverá apelação, porque não tem como eu ser considerado culpado.

Bato meus nódulos dos dedos na mesa de madeira, para evitar que o destino pregue uma peça em nós, forçando Alex a caminhar para a prisão pelo resto da vida.

CAPÍTULO 31

— Um caso circunstancial é como um sapo saltando de uma vitória-régia para a outra — digo ao júri, começando meu argumento final. — É diferente de um caso claro, onde há provas de DNA, uma arma do crime e um motivo indiscutível. Nesse tipo de caso, é fácil passar de uma vitória-régia para outra. Mas em um caso circunstancial, não é um simples pulo, mas um grande salto daqui para ali. Isso não quer dizer que o salto não seja intransponível. É realizável, é plausível. Mas não é o caso que temos aqui.

Continuo em seguida:

— A Promotoria empurrou a vitória-régia para tão longe, que é insuficiente saber se o salto pode realmente ser feito. Há tanta distância entre as plantas, e esse espaço é preenchido com as explicações da defesa. As explicações são fáceis, porque são de senso comum. Vamos repassar o caso.

Dou um passo em direção à cabine do júri.

— As provas mostram que a vítima foi morta em um armazém abandonado, de propriedade da empresa de Alex Stone. O perito da criminalística testemunhou que o corpo foi colocado em algum tipo de material, talvez uma lona ou um tapete, e removido do local do crime. Ele também testemunhou que nenhuma evidência de sangue foi encontrada em qualquer veículo pertencente a, ou de propriedade de, Alex Stone, sua empresa, ou quaisquer amigos e família. Isso é uma proeza incrível, vocês não acham? Eles querem que vocês acreditem que, sozinho, meu cliente conseguiu remover o peso-morto de um homem que pesava mais de cem quilos. Sem arrastá-lo. Carregando-o por degraus de metal instáveis, tudo sem derramar uma única gota de sangue no chão, nas escadas ou em seu veículo. O salto de uma vitória-régia para a outra é muito grande.

— Digamos que você consiga sair da água e subir na segunda plantinha de provas circunstanciais. A teoria da acusação apresentada a seguir é que Alex retirou o corpo do armazém e o levou para sua casa. Agora, este é um armazém abandonado. Você ouviu a testemunha do Estado alegar que ninguém da Stone Holdings havia passado por aquele armazém em meses. De acordo com a investigação deles, o armazém era checado apenas a cada seis meses.

Eu fico olhando fixamente para o júri por um momento, franzindo o cenho para dar um efeito mais grave. Eles precisam se sentir tão confusos com esta linha louca de pensamento quanto eu.

— Confesso que não sou a melhor em matemática, mas até eu posso fazer as contas aqui. Dois meses em um período de seis meses deixam quatro meses sem que alguém verifique o armazém. — Faço uma pausa e encaro o júri. — Por quê? Por que alguém mudaria o corpo de um lugar onde não havia quase nenhuma chance de ser descoberto, por pelo menos quatro meses, para sua própria residência, onde é encontrado em questão de horas?

Olhando para Lisa, por cima do meu ombro, aceno para ela colocar o próximo slide na tela.

— É de se esperar que junto ao corpo da vítima houvesse o que quer que tenha sido usado para embrulhar a vítima para o transporte, assim como a arma do crime. Nenhum destes objetos foi encontrado. Nunca. Até hoje, mesmo com as extensas buscas, nenhum deles foi recuperado.

Girando de leve, aponto o braço na direção da mesa da promotoria.

— O Sr. Gaines lhes disse, em suas alegações finais, que Alex se livrou da lona e da arma. — Encaro o júri de novo, intencionalmente franzindo o semblante. — Como assim? Depois de matar um homem, tirar seu corpo de um local muito seguro onde dificilmente ele seria descoberto de imediato, levando-o para sua residência, em algum veículo desconhecido, Alex decide se livrar da arma do crime e do que quer que tenha sido usado para embrulhar o corpo. Ele não apenas se livrou destes itens, ele o fez com sucesso. Ninguém consegue encontrá-los. Isso é o quão bom ele era. Mas ele não se livrou do corpo?

Respiro fundo.

— Vocês têm que se perguntar: por quê? Por que tirar um tempo para se desfazer da arma e da lona, mas não do corpo? Vamos considerar: se o corpo nunca tivesse sido descoberto, o mundo deduziria que James Wells fugiu e estava escondido. Isso se torna o grande mistério que será reexaminado por gerações. O que aconteceu com James Wells? Depois de sequestrar sua nora, matando três homens e evitando a captura, para onde ele foi? O que fez? Conseguem ver? Os relatórios de investigação criariam hipóteses sobre a vida de James Wells. Será como D.B. Cooper, Amelia Earhart, ou JonBenet Ramsey. A cada poucos anos, surgem novas evidências, e a questão volta aos holofotes. Vocês podem ver o que está acontecendo?

Eu assinalo:

— Eu também. Mas, segundo o promotor, em vez de se livrar do corpo da vítima, Alex o levou para casa. Para se livrar dele em outro dia. Porque o armazém não era um lugar seguro para esconder um corpo por um longo período, mas o ancoradouro na casa de Alex, sim.

Eu toco minha têmpora com a ponta do indicador.

— Não faz sentido. É um salto que nenhum sapo pode dar. — Pego meu laser e começo a circular as linhas entre as minhas vitórias-régias.

— Veja todo este espaço entre as vitórias-régias, a incapacidade de dar estes saltos que a acusação está pedindo que vocês deem, que, senhoras e senhores, é chamada de dúvida razoável. E isso significa que vocês devem considerar Alex Stone inocente.

Dou um último sorriso ao júri.

— Obrigada. — As duas mulheres rapidamente desviam o olhar quando as encaro.

Qual é a dessas mulheres?

Elas não olharam para mim por mais de alguns segundos durante todo o julgamento. Estou acostumada a receber olhares feios de mulheres que têm ciúmes de mim com Alex, mas isto é algo totalmente diferente. Eu também não as vi olharem para ele em momento algum.

Sinto um arrepio na nuca, que se alastra por toda a coluna.

Eu me repreendo na mesma hora. É a minha imaginação. Não há como o júri considerar Alex culpado. As provas simplesmente não cooperam.

O juiz Anderson oriente o júri a respeito das regras para deliberação do caso e depois pede um recesso até que os jurados retornem com uma decisão.

Alex está sorrindo quando meu olhar se foca ao dele.

— Isso foi incrível, amor. Tenho quase certeza de que eles estavam prontos para me considerar inocente ali mesmo.

Eu rio.

— Bem, isso tiraria um pouco do estresse da espera.

INOCÊNCIA

A família de Alex, junto com Paul e Ryan, se aproxima de nós por trás. O clima é alegre, otimista, e sei que acertei o tom com o júri. Posso sentir. Nunca senti como se já tivesse ganhado um caso antes. Há sempre um pouco de dúvida.

Mas desta vez… eu arrasei.

Alex aperta a mão de Paul.

— Vocês deveriam ir para a nossa casa e ficar por lá. Não há razão para ficarem no hotel agora que o julgamento terminou.

Paul e Ryan olham para mim e eu dou um sorriso em concordância.

— Paul e Kyle são as distrações perfeitas. Precisamos de vocês.

Eu olho para o Ryan, que me dá um pequeno aceno de cabeça. Ele me conhece tão bem. Vou precisar desabafar com alguém, e não há como descontar em Alex. Vê-lo tão feliz e confiante é como uma droga viciante, e não quero fazer ou dizer qualquer coisa que tire isso dele.

CAPÍTULO 32

Ao ver Paul brincando com seu filho na sala de nossa casa, mal me lembro de um tempo em que ele não era pai. É natural para ele, o que é um pouco surpreendente. Eu esperava que Ryan fosse um grande pai – e ele é –, mas Paul nunca levou muito jeito com crianças. Mesmo suas próprias sobrinhas e sobrinhos não o impressionavam até que conseguissem andar em linha reta e falar coerentemente.

Tudo isso mudou assim que Kyle foi colocado em seus braços. O comportamento de Paul mudou de empresário para papai fofinho. Como se todas as cores ao seu redor fossem acinzentadas até o bebê entrar em sua vida. As cores vibrantes estão quase nos cegando agora, no bom sentido.

Alex se inclina para perto de mim enquanto observamos Paul brincar com Kyle em um cobertor no chão.

— Mudando de ideia?

— Sobre o quê? — pergunto, confusa.

— Sobre adotar uma criança — ele diz, sorrindo, mas com o olhar cauteloso. — É que você tem um ar de puro contentamento no rosto.

Dou uma risada e balanço a cabeça.

— Sim, estou muito contente de poder brincar com um bebê feliz, e devolvê-lo aos pais quando ele não é mais fofinho e cheiroso. — Dou uma olhada de soslaio para Alex. — Por quê? Você está mudando de ideia?

— Não. — Sua resposta quase interrompe o final da minha pergunta.

Não consigo segurar o riso. A discussão sobre um bebê tinha sido um pouco estranha alguns meses antes. Depois de estar saindo com Alex por meses, – e nossa relação estava claramente evoluindo –, tive que dizer a ele que fiz uma histerectomia total no auge dos meus vinte e poucos anos e que não tinha nenhum desejo de ser mãe. Levou um minuto ou dois para ele assimilar a informação, até que que Alex, por fim, admitiu que também não estava interessado em ter filhos.

Agora, estamos na mesma página. O mais próximo que pretendo chegar da maternidade é ser madrinha de Kyle. E assim está ótimo para mim.

Não posso negar que nos últimos dias, ter Kyle, Ryan e Paul por perto diminuiu o estresse de esperar que o júri decidisse um veredito no caso de Alex. Fizemos o possível para evitar falar demais sobre o julgamento ou especular sobre como as deliberações estão indo.

Ontem, Alex e eu tomamos banho juntos após nosso treino.

— O júri está demorando — disse ele, esfregando minhas costas com o sabonete.

— Mmm... hmm...

— O que você acha que isso significa?

Eu me virei para olhá-lo e enlacei seu pescoço.

— Não sei, mas estou crendo que eles estejam tomando tempo para pesar todas as provas, e não apenas aceitar as teorias da acusação de qualquer forma.

Alex me encarou por um bom tempo antes de sorrir.

— Acho que você está certa.

E foi aí que a conversa terminou, e não voltamos a falar do assunto. No entanto, não posso deixar de me sentir cautelosamente otimista. Não há como prever como um júri irá deliberar, mas me sinto bem sobre a forma como conduzi o caso, assim como a impactante alegação final.

Meu celular toca, e eu confiro a tela.

— Kylie Stone — digo. — Obrigada.

Encerro a chamada e olho para Alex.

— O júri está de volta. Temos uma hora para chegar ao tribunal.

Ryan pega Kyle e o entrega a Maggie, que aninha o bebê ao corpo como só uma avó consegue fazer.

— Vamos trocar de roupa — diz Ryan, saindo pelo corredor até o quarto deles.

Alex e eu nos trocamos em silêncio. O clima é surreal. Quero dizer-lhe tantas coisas, mas expressar meus pensamentos parece uma traição – como se eu estivesse aceitando uma derrota. Assim que ficamos prontos, Alex segura minha mão e me conduz para fora do nosso quarto.

— Eu levo você e Kylie — Jake diz a Alex, quando chegamos à varanda. — Thomas levará Paul e Ryan.

Alex dá um passo em direção à porta, mas estaca em seus passos para apertar a mão de Jake.

Com um aceno de cabeça, Jake se mantém firme conforme Alex se afasta.

E um caroço se aloja na minha garganta.

CAPÍTULO 33

— O júri chegou a uma decisão? — o juiz Anderson pergunta ao representante dos jurados.

— Sim, Meritíssimo.

Alex fica entre mim e Jack, os dedos entrelaçados aos meus. Meu coração bate forte. A respiração está acelerada, e estou a um passo de um ataque de ansiedade total. O oficial de justiça entrega o formulário do júri ao escrivão do tribunal para ser lido. Sou capaz de jurar que o tempo parou, os segundos se demorando em longos minutos.

A funcionária do tribunal se levanta e pigarreia. O silêncio na sala do tribunal é sinistro, o ar se encontrava quase parado, como se todos na sala estivessem prendendo o fôlego.

— O júri considera o réu, Alexander Stone, culpado de homicídio em primeiro grau.

Meu coração para. Um estrondo ruidoso de todos ofegando enche meus ouvidos e abafa os sons de toda a tagarelice ao meu redor. Meu coração martela em meus ouvidos – o único som que posso ouvir mais alto. Meu corpo oscila levemente.

Isto não pode ser real.

Essa não pode ser a decisão.

Estou vivendo um pesadelo e não consigo descobrir como acordar.

Jack está murmurando algo para Alex ao meu lado, mas não consigo dar sentido às palavras. Dois oficiais se postam atrás de Alex.

Olhando para o júri, meu coração ainda acelerado, observo cada uma das bocas formando uma palavra.

Culpado.

Jack deve ter pedido que o júri fosse sondado. Graças a Deus, ele foi capaz de pensar direito.

Olho para Alex, e meu coração se parte em dois. Seus olhos estão resolutos, o rosto inexpressivo, porém pálido.

Eu falhei com ele.

Todas as palavras que eu deveria ter dito a ele, enquanto nos vestíamos, se atropelam na minha mente. *Eu te amo. Eu sempre te amarei, somente você. Você salvou minha vida e me fez inteira. Feliz. Amada. Você é meu mundo, e eu sou sua, sempre. Para sempre.*

Abro a boca para declarar tudo isso, mas a única coisa que sai é:

— Alex, me perdoe.

O clique das algemas ao redor dos seus pulsos soa como uma bomba-relógio.

— Eu te amo, Kylie — Alex afirma, antes que o levem para fora. Ele olha para Paul. — Tome conta dela para mim... como discutimos.

— Sim, irmão. Eu prometo — diz Paul.

Alex sai da sala de audiências sem olhar para trás. Alguns membros do júri têm lágrimas nos olhos.

Como vocês se atrevem? Vocês fizeram isso com ele! Como ousam chorar por isso, seus covardes!

Viro as costas para eles antes de começar a gritar obscenidades. O juiz Anderson chama o tribunal à ordem. Jack agarra meu cotovelo e me guia até minha cadeira e me senta.

Alex...

O que eu fiz?

Engulo em seco e seguro as lágrimas que nublam meus olhos. Não posso chorar. Agora não. Se eu começar agora, nunca mais vou parar. Concentro meu foco na minha caneta, repousando sobre meu bloco de notas. É uma caneta *Mont Blanc*, com um rubi na ponta do clipe.

Alex me deu quando abri meu escritório de advocacia. Eu a encontrei na minha bolsa, com um bilhete escrito à mão.

Para a minha esposa, supergostosa. Eu te amo. Sempre. Para sempre. Seu grato marido, Alex.

Eu sorri quando a encontrei. Será que lhe agradeci por isso? Não consigo me lembrar. Eu deveria ter agradecido. Deveria ter agradecido a ele todos os dias por me amar. Por ter certeza de que eu sabia que era a pessoa mais importante de sua vida. Eu deveria ter feito mais...

— E agora é tarde demais — murmuro.

Jack coloca a mão nas minhas costas e se inclina para perto de mim.

INOCÊNCIA

— Kylie, temos que ir lá embaixo, se você quiser ver Alex antes que o levem para a prisão do condado.

Eu olho para cima. O júri se foi. O juiz está entrando em seu gabinete. Há um baixo burburinho de atividade e conversas ao meu redor. Aceno para Jack, e lentamente fico de pé. Jack levanta a mão como se quisesse dizer a alguém para parar.

— Kylie, lamento muito. — Matt Gaines está às minhas costas. A raiva se avoluma dentro de mim, chegando a um ponto em que estou a segundos de explodir. Jack toca minha mão, me encarando com o olhar suave, balançando a cabeça de um lado ao outro.

— Pegue suas desculpas e enfie-as no seu cu, Matt — consigo dizer, entredentes. — Não quero ouvi-las, e jamais as aceitarei.

Eu me afasto antes que ele possa dizer mais alguma coisa e sigo para o corredor dos fundos, atrás da sala de audiências. Jack e Jake me seguem até o elevador e descemos lentamente até o porão onde se encontram as celas de detenção. Fiz este percurso algumas vezes para discutir opções de apelação com meus clientes. Sou muito boa em manter um comportamento profissional com eles, à medida que suas vidas desmoronam. Afinal de contas, minha vida não foi impactada por uma decisão.

Até agora.

Jake abre as portas que levam às celas, mas permanece no corredor. Jack me conduz para a cela de Alex. Ele está de costas para nós, mas se vira quando ouve a porta de metal pesado se fechar atrás de mim. Seus olhos estão arregalados. Ele afasta a mão do rosto, respirando com dificuldade.

Ele parece… perdido.

E eu não consigo falar. Meu peito se aperta. A inspiração enfia estilhaços de vidro que cortam minha garganta e meus pulmões.

Jack está explicando que pediremos clemência ao juiz na audiência de sentença, dentro de dois dias. Alex acena com a cabeça, mas seu olhar nunca se desvia do meu. Ele estende sua mão para mim.

Eu me aproximo, seguro sua mão entre as minhas e beijo os nódulos de seus dedos. Jack se afasta um pouco.

— Virei te visitar amanhã — digo, a voz rouca, com lágrimas escorrendo pelo meu rosto.

Alex nega com um aceno.

— Não, eu não quero que você vá para a cadeia. Ou para a prisão estadual quando eu for transferido para lá. Você precisa se manter o mais longe possível.

— Alex, não...

— Kylie, não quero que você me veja lá. — Seus olhos estão vidrados. Deus, eu odeio vê-lo assim. — Eu quero que você se lembre de mim antes de tudo isso.

— Não me importo com isso. Eu te amo.

— Você precisa seguir em frente, Kylie. — Sua voz soa tão baixa que me pergunto se o ouvi corretamente.

— Não!

Ele ergue a cabeça e foca o olhar no meu. Seus olhos ainda estão brilhantes com lágrimas contidas.

— Não aceitarei sua visita. Acrescentarei seu nome à lista de visitantes que não serão admitidos. Se você insistir no assunto, vou te demitir como minha advogada.

— Por que você está fazendo isso?

Ele se aproxima, a distância entre nós é quase inexistente agora. Estou surpresa que os guardas não estejam surtando, mas acho que até eles têm coração.

— Eu te amo muito, amor. Me mataria ver você, estar tão perto, e não poder te tocar. Nunca segurar sua mão ou te dar um beijo de despedida. Deus, como eu poderia me despedir de você?

Ele fecha os olhos por um momento antes de olhar novamente para mim.

— Eu preciso que você seja forte. Por nós dois. Preciso que faça isso por mim, Kylie. — Ele levanta minhas mãos para os lábios dele. — Pode fazer isso por mim?

Eu posso? Eu tenho que fazer. Falhei quando ele mais precisava de mim. Não posso negar isto a ele, não importa o quanto isso me mate. Esta é a minha penitência por não o proteger. Aceno, as lágrimas ainda escorrendo pelo meu rosto.

— Sra. Stone, precisamos transferir o prisioneiro para a prisão do condado até a sentença — diz um dos policiais atrás de mim.

Eu aperto as mãos de Alex. Não posso soltar. Não consigo. Não sou forte o suficiente para isso. Ele é minha força. Minha rocha. *Como posso ser forte sem ele?*

— Está tudo bem, amor — Alex sussurra e afasta as mãos de entre as minhas. Ele tira sua aliança de casamento e a coloca na minha palma, fechando meus dedos ao redor. — Eles a tirariam de mim. Não posso mais ficar com ela.

Faz uma pausa, e olha para a minha mão que segura o anel.

INOCÊNCIA

— Deus, eu adorei usá-la. Adorei ser seu marido.

Alex se afasta. Os policiais algemam seus pulsos e tornozelos. Jack me puxa para fora da cela. Envolvendo meus ombros com um braço, ele me acompanha até o corredor onde Jake está esperando.

— Leve ela para casa — diz Jack. — Eu termino as coisas aqui e passo por lá mais tarde para ver como ela está. — Beija minha cabeça.

Jake me abraça da mesma forma que Jack fizera antes e me guia até a SUV estacionada na garagem subterrânea. Abrindo a porta traseira, ele me ajuda a entrar.

Antes de ele fechar a porta, coloco a mão em seu braço e ele olha para mim.

— Me perdoe, Jake.

Ele dá um sorriso singelo e fecha a porta. Ou ele se sente mal por mim ou me odeia. Deus, espero que ele me odeie. Ele deveria. Eu falhei com ele tanto quanto falhei com Alex. Eu falhei com todos.

E agora tenho que viver com isso.

CAPÍTULO 34

Jake estaciona no passeio circular, e eu saio do SUV. Subo a escadaria e abro a porta de casa, deparando com o vazio assim que piso o pé no vestíbulo.

Estávamos aqui há poucas horas. Ele me beijou. E me disse que me amava.

A dor paira sobre mim como uma nuvem carregada e escura, pesando sobre minha cabeça e meus ombros. Lentamente, ela me cobre como mel, penetrando em minha pele, sangue e ossos. A ausência de Alex perfura meu peito – como uma injeção letal cravada em meu coração, envenenando meus pulmões, suprimindo a capacidade de respirar.

Ele se foi. Ele nunca mais estará aqui.

E tudo isso é culpa minha.

Tantas lembranças me afligem. A primeira vez em que estive aqui, admirada com a magnificência desta casa. Admirada com o homem que me trouxe aqui para me proteger dos abusos do meu ex-namorado maluco. Todas as vezes, ele me cumprimentava assim que eu entrava na casa, no fim do dia. As brigas. As reuniões. Os momentos que não significavam nada na época, mas significam tudo para mim agora. As lembranças que nunca serão adicionadas, agora que ele se foi.

Os tremores se instalam lentamente até que meu corpo começa a sacudir. Minhas pernas se curvam, e eu desabo no chão, golpeando os azulejos frios com os joelhos. Um soluço se expande em meus pulmões, contraindo a garganta. O grito reverbera pelas paredes e tetos altos, lembrando-me do novo vazio que existe aqui.

Eu quero morrer.

As lágrimas escorrem em um fluxo constante, pingando no meu colo e no chão. Alex está em toda parte. Posso vê-lo de pé na sala, preparando um gin tônico para me dar assim que entro no aposento. O sorriso que me

INOCÊNCIA 205

fazia derreter cada vez que o via, ciente de que era repleto de sentimentos verdadeiros. Sentimentos que jamais havia sentido de qualquer outro homem em minha vida. Mais do que eu merecia.

Cubro o rosto com as mãos, incapaz de olhar para tudo o que perdi. Não posso viver sem ele. Não vou sobreviver sabendo que ele passará o resto de sua vida na prisão por minha causa.

Eu falhei com ele.

Que direito tenho de aproveitar a vida que ele nos deu enquanto cumpre prisão perpétua por um assassinato que não cometeu?

Eu não posso.

Os soluços continuam vindo. Tento respirar, mas a tristeza me impede. Eu não me importo. Não me importo se sufocar até a morte.

Eu prometi que não o visitaria. Isso significa que nunca mais vou vê-lo. Como posso voltar à minha vida antes de conhecê-lo?

Não há a menor possibilidade. Meu coração está se partindo pedaço por pedaço. Eu poderia muito bem já estar morta.

Um par de mãos segura meus ombros, e vejo os olhos arregalados de Paul. Ele me puxa contra seu peito, os lábios roçando minha orelha.

— Shhh… Kylie. Está tudo bem. Você vai ficar bem. Apenas respire… respire.

Ele está errado. Nada voltará a ficar bem. Minha vida acabou no segundo em que o veredito foi dado.

Ouço a voz de Ryan, mas não consigo me concentrar nas palavras. Não me importa o que ele está dizendo. Nada disso é importante para mim. Por que eles não podem simplesmente me deixar em paz com minha tristeza? Só me deixem me deitar em posição fetal até que eu me transforme em pó e possa ser varrida para longe e jogada fora.

Eu deveria estar morta.

Sinto uma leve picada no meu braço. Viro a cabeça e avisto Ryan tirando uma agulha do meu bíceps e dizendo algo a Paul. Paul me levanta em seus braços e me carrega pelo corredor até o meu quarto. Ele me deita na cama, e eu rolo, agarrando o travesseiro de Alex com firmeza e inspirando profundamente.

Eu já sinto falta dele.

Eu o quero de volta.

Eu quero morrer.

CAPÍTULO 35

Meu cérebro está confuso e derretendo dentro do meu crânio. Tento abrir os olhos e me pergunto se as pálpebras foram coladas.

O que aconteceu comigo?

Eu me viro e tento alcançar Alex, porém minha mão toca apenas o lençol frio e liso.

Alex. Ele não está aqui.

Eu me encurvo, com o queixo quase tocando o peito, e tento bloquear a percepção de que ele está na prisão por minha causa. Começo a ofegar, tomada pelos soluços sufocantes. Lágrimas escorrem pelas bochechas, umedecendo o colchão.

Ele nunca mais estará aqui.

Meu corpo treme com soluços, então cubro a cabeça com os cobertores. Nunca mais verei Alex. Ele me proibiu de visitá-lo na prisão.

Por que prometi a ele que ficaria longe?

Eu o imagino lá deitado em um catre, trajando um macacão laranja com as inscrições da prisão do condado estampadas de preto nas costas. Ele não tem mais controle sobre sua vida, nem sobre suas atividades diárias. Para um homem como Alex, que está acostumado a controlar os destinos das empresas e dos homens no mundo inteiro, isto equivale a tortura.

Ele merecia o melhor de mim. Eu afasto as cobertas da minha cabeça e me viro de costas. A luz do sol se infiltra pelas janelas, anunciando um belo dia.

O que estou fazendo? Não tenho o direito de ficar aqui deitada, sentindo pena de mim mesma. Nada mudará até que eu faça isso acontecer. Alex não tem como se livrar desta confusão em que o meti. *Eu* devo fazer isso.

Chuto as cobertas para o pé da cama e me sento. Chuveiro e café.

Depois posso formular um plano. Ao abrir a torneira do chuveiro, me enfio sob a ducha escaldante. Algo sobre o calor e a solidão me permite pensar claramente. Alex tem contatos influentes que devem ser capazes de ajudá-lo a sair dessa. Mas quem? Jack? Talvez. Embora ele esteja perto de se aposentar, não tenho certeza se quero envolvê-lo em algo que possa, potencialmente, mandá-lo para a prisão.

Jake. Jake conhece todos os contatos de Alex que operam um passo, ou dois, fora da lei. Se conseguirmos elaborar um plano para interceptar Alex durante o trajeto entre as prisões, e levá-lo para fora do país, ele terá dinheiro suficiente para sobreviver em algum lugar que não tenha acordo de extradição com os Estados Unidos.

Será que ele tem residência em algum desses países? Vou acrescentar isso à lista de perguntas para Jake. Ele deve ter uma lista de todas as posses de Alex, ou saber como posso conseguir acesso a essas informações. Afinal de contas, sou a Sra. Alex Stone. O que é dele agora é meu. E pretendo usar nossos recursos para libertá-lo.

A ideia de me rebelar contra o sistema judicial em que eu acreditava e amava há tanto tempo não me incomoda tanto quanto imaginei. Mas o sistema falhou comigo e dizimou a vida que Alex e eu merecemos compartilhar por anos futuros. Que se foda a Senhora Justiça. Ela fez vista grossa ao caso de Alex, e permitiu que um homem inocente fosse punido sem cometer o crime pelo qual foi condenado.

A única outra opção disponível para mim é a apelação da condenação. Isto pode levar anos e não é uma alternativa aceitável. Não, Alex deveria ser livre. Agora. E se isso transformará nós dois em fugitivos, que assim seja.

O amor é uma emoção poderosa. Eu costumava amar a lei. Isso acabou. Eu amo mais Alex, e farei qualquer coisa por ele.

Não importa o que isso signifique para mim.

Eu me seco e visto uma calça de ioga e uma camiseta, seguindo direto para a cozinha em busca de café. Jake, Ryan, Paul e Lisa estão de costas para mim quando entro, e estão assistindo ao noticiário. Encosto-me ao balcão e ouço o repórter falar sobre o veredito. As fotos de Alex sendo levado da corte, algemado, se repetem enquanto os jornalistas debatem sobre o caso e a defesa que apresentei. Jake me olha de relance, os olhos entrecerrados e o cenho franzido. Ele abre a boca, provavelmente para que Lisa desligue a TV, mas eu balanço a cabeça.

Preciso ver isso. Não posso fugir.

Uma jovem repórter está caminhando em direção a um homem saindo de um veículo. Eu o reconheço. Ele é um dos jurados.

— *Foi difícil chegar a uma decisão para condenar um homem tão proeminente em nossa comunidade?* — a jovem mulher pergunta.

Ele nega com um aceno de cabeça e fecha a porta do seu carro esportivo.

— *Não, foi fácil. A acusação tinha um caso sólido. Alex Stone assassinou seu pai.*

— *Alguns argumentaram que a promotoria não conseguiu apresentar um caso convincente.*

— *Bem, eles não estavam no júri, não é? Todos concordamos que ele era culpado.* — Ele olha diretamente para a câmera. — *Não importa que Alex Stone seja um bilionário. Isso só demonstra que não importa quem tem mais dinheiro. Qualquer um pode ser mandado para a prisão.* — O carro se afasta. A repórter se vira de frente à câmera, mas não estou mais prestando atenção ao que ela está dizendo.

Há algo de errado com esse jurado. *Mas o quê?* A pista está bem ali. Algo sobre o ocorrido simplesmente não parece certo.

Ryan se vira e me vê.

— Oi, docinho. Você está acordada. — Ele rodeia a bancada e coloca o braço sobre meus ombros, me puxando para o calor de seu corpo. — Como você está se sentindo?

Olho novamente para a TV. A repórter se foi, e o noticiário agora está focado em outra coisa. No entanto, não consigo tirar a entrevista da cabeça.

— O que foi, K? — Paul pergunta, inclinando-se sobre o balcão e apertando meu braço.

Olho para ele por um longo momento, e depois olho para Jake.

— Preciso do carro.

— Não tenho certeza se essa é uma boa ideia — diz Ryan.

Jake assente.

— Você quer as chaves do Porsche?

— Não — respondo. — As do Maserati.

Ele me atira as chaves.

— Tome cuidado.

Eu pego meu celular, calço um par de chinelos que sempre ficam próximos à porta que leva à garagem, e saio enquanto Jake intercede por mim com Ryan e Paul. Jake sabe que quando não estou bem — e preciso resolver um problema — eu dirijo.

Com toda a velocidade.

Eu ligo meu celular e coloco Linkin Park para tocar, conforme saio da

INOCÊNCIA

209

propriedade e pego a longa estrada que leva à cidade. Quando chego à rampa de acesso à interestadual, já estou perto de 160 km por hora. Felizmente, nesta manhã de sábado, as estradas estão quase desertas. Não há tráfego intenso, então ultrapasso os outros carros com facilidade.

Qual era o problema com aquele jurado? Não deve ser porque ele parecia ter uma antipatia geral pela riqueza de Alex. Havia algo sobre seu comportamento durante o julgamento? Eu me lembro das duas mulheres que mal conseguiam olhar para Alex ou para mim. O que elas estavam fazendo depois que o veredito foi lido?

Eu tento me lembrar, mas fiquei tão dominada pela incredulidade que foi difícil me concentrar em qualquer outra coisa além da minha própria dor. *Egoísta*. Eu deveria ter prestado atenção em tudo. Algo que eu pudesse usar para ajudar a tirar Alex desta confusão.

Aquele homem também era incapaz de olhar para nós? Ele parecia irritado conosco? Não, não foi o que ele disse, nem mesmo a maneira como o disse. É algo sobre a cena como um todo.

O carro? O que tem ele? Era um carro esportivo de alto nível. Um Jaguar. Com placas temporárias.

— Caralho!

Pego a próxima saída e paro em um estacionamento do McDonald's. Rapidamente ligo para Jake.

Depois de um toque, ele atende.

— Preciso pagar sua fiança por excesso de velocidade?

— Não — rebato. — Mas obrigada pelo voto de confiança. Lisa ainda está aí?

— Sim.

— Pode me colocar no viva-voz?

— Está ligado — diz ele. — Pode falar.

— Lisa, os arquivos da seleção do júri estão aí em casa?

— Sim, eu trouxe todas as caixas comigo — Lisa responde.

— Ótimo, descubra o nome do jurado que foi entrevistado esta manhã e obtenha todas as informações. Na verdade, arranje as infos de todos os jurados. Estou voltando.

Lisa organizou os arquivos de cada jurado na mesa da cozinha antes que eu chegasse.

— Onde está o do jurado que foi entrevistado? — pergunto.

Ela me entrega o dossiê. A aba no arquivo diz Russell Irwin. Eu folheio as informações básicas dele. Cinquenta e cinco anos de idade. Trabalha como engenheiro de manutenção em uma escola de ensino médio local. *Por isso, não ganha muito dinheiro.* Eu pego minhas anotações e as examino.

— Ele tentou sair do júri, alegando que o transporte não era confiável.

— Eu me lembro agora — Lisa comenta. — Ele disse que tinha um carro muito velho e que era propenso a avarias. Não tinha como pagar os custos do conserto ou comprar um novo. Anderson disse a ele para pegar o ônibus.

Jake foca o olhar sobre mim.

— Até onde sei, um Jaguar XF é um veículo bastante confiável.

— Especialmente os novinhos em folha com placas temporárias. Esta é uma nova aquisição para o Sr. Irwin.

— Beleza — diz Paul. — Deixem os leigos entrarem na conversa. O que isto prova?

— Não prova nada — diz Jake.

Uma onda de adrenalina se alastra pelo meu corpo.

— Porém sugere fortemente que alguém pagou pelo voto do Sr. Irwin.

— Mas você não precisaria de mais de um jurado? Seria preciso mais de uma pessoa para convencer as outras onze a mudarem o veredito para culpado — Lisa salienta.

— Você nunca assistiu ao filme *Doze homens e uma sentença*? — Paul se dirige a ela.

Eu inspiro fundo.

— Se o meu palpite estiver correto, são três jurados.

— Okay, não quero jogar um balde de água fria nisto, mas um Jaguar novinho em folha não é barato — argumenta Paul. — Pagar a três pessoas aproximadamente o preço de um carro de luxo exigiria uma quantia substancial de capital.

Ryan encosta o quadril contra o balcão.

— Quem teria tanto dinheiro disponível, e uma vingança pessoal contra Alex?

Eu olho para Jake, e vejo sua expressão mudar.

— Sysco.

INOCÊNCIA

— Porra. — O ar sai de meus pulmões como se eu tivesse levado um soco no estômago. A sala fica silenciosa por um momento.

Meu cérebro rapidamente elabora uma lista de verificação do que precisa ser feito.

— Temos que ver se algum dos outros jurados recebeu qualquer quantia vultosa de dinheiro. Lisa, preciso que passe pela lista de jurados e suplentes. Veja quem se parece com os candidatos mais prováveis e coloque-os no topo.

Ela pega um arquivo da mesa e começa a folheá-lo, com Paul ao seu lado.

— Vou ajudar.

— Jake, precisamos fazer uma visita ao Sr. Irwin — digo. — Alguém precisa visitar Alex. — A tristeza se infiltra dentro de mim como uma onda de frio. Detesto não poder visitá-lo e dizer no que estou trabalhando. Mas eu prometi. E, neste momento, ele precisa de mim para investigar.

Ryan coloca a mão no meu ombro e aperta.

— Eu vou, docinho.

Eu aceno, sufoco o soluço no meu peito e afasto as lágrimas.

— Não conte nada disto a ele. Ainda não. Pode virar um grande nada, e não quero que ele tenha falsas esperanças.

CAPÍTULO 36

Jake e eu estamos na varanda da frente de um trailer, localizado em uma estrada de chão fora da cidade. A cerca de madeira é torta por conta de anos em que as pessoas deviam se escorar a ela. Duvido muito que seria difícil consertar. Na verdade, não estou totalmente confiante de que a varanda aguente nosso peso, pois as tábuas estão rangendo e gemendo sempre que um de nós se move.

Puxando a porta de alumínio sem a tela, Jake bate com os nódulos dos dedos. Aguçamos os ouvidos para ouvir qualquer ruído no interior, mas só há silêncio. A menos que o Sr. Irwin tenha decidido dirigir seu carro não muito confiável em vez do Jaguar, o homem está em algum lugar da propriedade. Jake verificou os fundos do trailer quando entramos e confirmou que o carro esportivo novo do Irwin estava aqui.

Batendo na porta mais algumas vezes, uma porta interior se abre e sons de passos se aproximam da porta da frente.

— Caramba, estou indo — diz uma voz masculina, tossindo com força pouco antes de abrir a porta. Eu reconheço o som dos meus anos convivendo com um fumante. Meu pai tinha a mesma tosse, e eu me pergunto se Irwin também é alcoólatra.

Fico ao lado da porta, não querendo que o jurado me veja imediatamente. Isso não é nem um pouco difícil, já que Jake, e seu tamanho de *linebacker*, preenche o espaço me bloqueando de vista.

— Sim? — o homem pergunta.

— Você é Russell Irwin? — Jake sonda, ainda de óculos escuros e parecendo intimidador.

— Quem quer saber?

— Eu trabalho para Kylie Stone — diz Jake. — Minha equipe e eu estamos visitando os jurados para perguntar os motivos pelas quais você e os outros votaram da forma como votaram. Uma espécie de *post-mortem*, se é que me entende. Você deveria ter sido informado de que este é o procedimento padrão. Na verdade, você pode ser abordado por pessoas da Promotoria para discutir isso também.

— O que você quer saber? — diz Irwin, sua voz é cautelosa.

Jake levanta um bloco de notas.

— Tenho algumas perguntas. Você se importaria se eu entrasse?

Irwin se afasta, e posso ver a porta se abrir ainda mais.

— Tanto faz — diz o homem, suspirando.

Jake entra, dando as costas para Irwin, e eu me esgueiro para dentro antes que ele perceba que estou lá fora e tenha a chance de fechar a porta na minha cara.

— Que merda é essa? — A voz de Irwin se altera. — Você não disse que ela estava aqui. — Aponta o dedo para mim.

Jake apruma a postura, estufando o peito, deixando a arma presa ao coldre à vista.

— Sente-se, Sr. Irwin.

O homem me olha de relance, mas depois se esquiva e se senta em uma cadeira, voltando a se concentrar em Jake.

— O que vocês querem saber? E sejam breves. Tenho um compromisso esta manhã.

— Alguém te contatou antes do início do julgamento, e lhe fez perguntas sobre ser jurado? — pergunto.

Pegando um maço de cigarros da mesa ao lado, Irwin puxa um e o coloca entre os lábios.

— Não me lembro de nada disso ter acontecido.

— Ninguém lhe pediu que desse o voto de culpabilidade durante as deliberações?

Irwin acende o cigarro. Dando uma longa tragada, ele segura a fumaça por um momento, e depois a sopra lentamente na minha direção.

— Não. Como eu disse àquela repórter, seu marido é culpado.

— Eu o investiguei um pouco, Sr. Irwin — comenta Jake, dando uma conferida no bloco de notas. — Você trabalha como zelador em uma escola, ganhando cerca de vinte e quatro mil dólares por ano. Você tem uma ex-mulher e dois filhos, um ainda vive em casa com a mãe, portanto você paga pensão alimentícia.

— Sim, e daí? — pergunta Irwin, estreitando os olhos.

— Estou pensando como um homem, que parece viver modestamente — Jake olha ao redor do trailer — pode pagar um veículo que custa mais do que você ganha em dois anos? Digo por seus registros bancários.

Irwin se levanta da cadeira, avançando e tentando arrancar o papel da mão de Jake.

— Seu filho da puta, você não tem o direito...

— Por que você tem um depósito de cem mil dólares em sua conta, Sr. Irwin? — Jake pergunta.

— Eu ganhei na loteria — Irwin debocha.

— Chequei isso também — anuncia Jake. — A loteria estadual não tem registro de que você ganhou qualquer valor.

Irwin traga o cigarro novamente, e olha para Jake.

— Herança.

— Tente novamente, Sr. Irwin, mas esta é sua última chance de dizer a verdade.

— Ou o quê? — Irwin caçoa.

Jake levanta o braço onde a arma se mantém guardada.

O pomo-de-Adão do homem se agita conforme ele tenta engolir, os olhos se arregalam.

— O que você quer saber?

— Quem lhe deu o dinheiro? — pergunto.

Irwin me encara.

— Não sei quem realmente depositou o dinheiro. A mulher disse que estava representando alguém que tinha muita grana e estava disposta a pagar por uma condenação.

— Como era a mulher? — pergunta Jake.

— Morena, talvez estivesse usando uma peruca ou algo assim. Mais velha, mas ainda gostosa para a idade.

— Qual é o nome dela?

Irwin abana a cabeça.

— Não sei. Ela nunca me disse. Apenas disse que estava transmitindo uma mensagem de um amigo. Assim que saí do tribunal ontem, havia um depósito na minha conta e o carro estava aqui quando cheguei em casa.

— Você deve ter lhes dado mais informações do que isso — argumento.

— Por quê? O King Kong aqui foi capaz de conseguir meus registros bancários — diz Irwin, acenando com a cabeça em direção a Jake.

INOCÊNCIA

215

É verdade.

— Tudo bem, comece do início. — Jake opta por se sentar em uma cadeira do outro lado da poltrona onde Irwin está, já que o sofá decadente já viu dias melhores. Eu não quero saber de onde vêm todas as manchas no material outrora bege.

Escolho um pedaço não completamente coberto de sujeira, e me sento na beirada.

Irwin pega outro cigarro do maço.

— Eu recebi um telefonema de uma mulher — admite, o novo cigarro preso entre os dentes enquanto ele o acende. — Ela disse que precisava de ajuda com uma pequena inundação em sua casa.

— Por que você estaria recebendo um telefonema como esse? — pergunta Jake.

— Eu faço uns trampos para complementar minha renda. De qualquer forma, marquei um encontro com ela e peguei as chaves da casa. Aparentemente, ela deixou a água correndo na banheira, inundou o banheiro, o quarto e vazou através do teto para alguns dos quartos abaixo. Acho que, quando os ricos fazem merdas estúpidas como essa, deixam a casa e ficam em um hotel cinco estrelas até que a bagunça seja limpa.

— Onde vocês se encontraram?

— Em uma cafeteria no centro da cidade… Coffee Bean, ou algo assim. De qualquer forma, quando cheguei lá, ela me contou o porquê de eu estar realmente lá.

— Você concordou em fazer com que os outros jurados votassem a favor da condenação e enviou um homem inocente para a prisão pelo resto da vida — disparo as palavras, fervilhando de raiva e quase partindo para socar a boca do desgraçado.

— Não fui só eu. Tinha duas outras mulheres que também deveriam ter sido pagas. Elas também estavam alegando que que Stone era culpado.

As mulheres que não quiseram olhar para mim durante o julgamento. Eu sabia que algo estava errado, mas nunca, em um milhão de anos, pensei que fosse porque ambas estavam mancomunadas em manipular a decisão do júri.

Irwin segura o cigarro entre os dedos, cinzas caindo no chão, e aponta para mim.

— A mulher que me fez a oferta tem um ódio absurdo por você. Disse que você conseguiu tudo que ela deveria ter. Encheu o saco dizendo que não era justo que você tivesse o homem mais rico do mundo que não só estava apaixonado por você, mas era completamente dedicado a você. — Estreitando os olhos, ele se inclinou um pouco mais. — Você conseguiu o que ela queria.

Eu olho para Jake, esperando que ele saiba para onde ir a partir daqui, porque tudo o que passa na minha cabeça, agora, é assassinar o homem à minha frente, e quanto tempo levará para que alguém encontre seu corpo enterrado no terreno. Dramático, sim. Mas não estou sendo racional no momento. Só sei que preciso sair daqui, antes de dizer ou fazer algo do qual me arrependa.

Jake se levanta.

— Certo, Sr. Irwin, obrigado por sua cooperação. Vou precisar que fique por aqui no caso de termos mais perguntas para você. — Gesticula em direção à porta e olha para mim. — Sra. Stone, depois de você.

Estou imaginando que a formalidade de Jake comigo é algum tipo de truque, porque não há como Irwin permanecer aqui depois de admitir que aceitou suborno e manipulou o júri.

Assim que chegamos na SUV, eu me viro para Jake, mas ele já está ao telefone.

— É o Jake. Preciso de vigilância em um cara. O nome é Russell Irwin. Ele precisa ficar em casa até que eu dê sinal verde. Se ele sair para fumar, mijar ou deixar o vento soprar pelo seu cabelo, quero saber disso.

Jake dá à pessoa do outro lado da chamada o endereço, juntamente com a descrição dos veículos que ele possui, e encerra a chamada.

— Ele estará aqui em cerca de cinco minutos. Vamos dirigir até a estrada e esperar até que ele chegue.

— E depois? — pergunto. Passa pela minha cabeça perguntar quem é o cara que está vindo vigiar Irwin, mas não quero realmente saber. E não me importa, desde que ele impeça o babaca de fugir antes que possamos arrancar uma confissão oficial dele.

— Temos que encontrar as outras duas juradas e a pessoa que fez os acordos em nome de Sysco — diz Jake.

— Se for mesmo John — argumento.

— Só há uma maneira de descobrir, e é encontrando essa morena. Quem Sysco usaria para fazer suas vontades?

A pessoa teria que odiar Alex.

— Com o passado de Alex dispensando as mulheres depois de transar com elas no primeiro encontro, essa lista poderia ser extensa.

INOCÊNCIA   217

Jake assente e depois concentra o olhar ao meu.

— Mas tem apenas uma mulher que realmente descarregou a ira contra você e Alex.

É claro, a mulher que tentou nos separar, dizendo que Alex estava tendo um caso com ela.

— Rebekah.

Um carro preto com janelas escurecidas se aproxima. Jake acena assim que o veículo passa por nós. Esta deve ser a pessoa enviada para vigiar Irwin.

Eu me viro no assento para enfrentar Jake.

— Sabe, no ano passado, quando me encontrei com John no hospital estadual, ele me disse que tinha alguém do lado de fora o ajudando. Quem quer que fosse, essa pessoa se parecia comigo e estava aparecendo em lugares onde eu nunca tinha estado e alegando que era eu. Poderia ter sido Rebekah.

— Só que Rebekah é loira.

— Ela poderia estar usando uma peruca.

Jake arqueia as sobrancelhas e passa a marcha do carro.

— Vamos ver o que Rebekah quer confessar — diz ele, seguindo em direção à cidade.

Espero que ela esteja disposta a falar de uma cela, enquanto livra Alex da dele.

CAPÍTULO 37

Rebekah mora no décimo andar de um prédio da empresa de Alex. Não sei se Alex sequer se dá conta disso, e não me importo neste momento. Tenho certeza de que sua presença aqui é ou um remanescente da relação comercial que eles tinham antes de me conhecer, ou sua tentativa esfarrapada de permanecer em sua vida de qualquer maneira que ela puder.

Ela atende à porta vestindo apenas um robe de seda rosa. Seu cabelo está uma bagunça, e eu me pergunto se é do sono ou de atividades extracurriculares na cama.

— O que você quer? — ela pergunta, os olhos entrecerrados e com um sorriso presunçoso.

Jake dá meio passo para dentro de seu apartamento.

— Temos que lhe fazer algumas perguntas, Rebekah. Podemos entrar, ou você gostaria que fizéssemos uma cena aqui fora no corredor para que todos os seus vizinhos possam ouvir?

Suspirando, ela se afasta e abre a porta para nós.

— Kylie, você está com uma aparência horrível. Não está dormindo bem?

Ela está curtindo o meu sofrimento, como sempre. Eu realmente odeio esta vadia.

— Há quanto tempo você e John planejaram incriminar Alex por assassinar seu pai? — cuspo.

Sutil, Kylie. Não foi a melhor abordagem.

— Do que você está falando?

Uma porta se abre atrás de mim, e os olhos de Rebekah se arregalam.

— Bek? — pergunta uma voz masculina. — Você sabe se deixei meu cinto...

Eu me viro e fico encarando o homem saindo do quarto, de jeans e sem camisa. Ele levanta a cabeça e estaca em seus passos quando nossos olhares se encontram.

Reyes.

— O que você está fazendo aqui? — pergunta Reyes, os olhos flamejando de raiva.

— Estou juntando os pontos e chegando à conclusão de como Alex foi condenado — rebato, apontando para os dois. — Há quanto tempo vocês dois trabalham juntos? Começou antes de você tentar me fazer parecer como se eu tivesse perdido o juízo? Ou você se envolveu em conluio com John para levar Alex à prisão?

— Do que você está falando? — Reyes dispara, o cenho franzido em confusão. Se ele está fingindo não saber o que está acontecendo, ele deveria ganhar um Oscar.

Rebekah desvia o olhar para longe de mim, mastigando o lábio inferior.

— Você não parece tão surpresa com minhas alegações, Rebekah — comento. — Você se passou por mim várias vezes no ano passado, não é mesmo?

Respirando fundo, ela fecha os olhos.

— Sim.

Reyes vira a cabeça na direção dela, os olhos arregalados.

— Que porra é essa?

A respiração que retive presa em uma cavidade escura dos meus pulmões, é, finalmente, liberada após meses me sentindo como se ninguém realmente acreditasse que eu não tivesse enlouquecido no período em que eu e Alex nos separamos, seis meses atrás.

Rebekah se volta para Reyes, o queixo trêmulo.

— John veio até mim. Ele me disse que me machucaria se eu não o ajudasse.

Meu coração bate acelerado; consigo ouvir o sangue martelando em meus ouvidos.

— Mentira. Ele te disse que se eu estivesse fora do caminho, você teria uma chance de ficar com Alex.

Suas bochechas ardem em vermelho-vivo, e ela envolve seus braços em torno da cintura.

— No começo, sim, mas depois mudei de ideia e quis parar.

— Por quê? — pergunta Jake.

Rebekah dá um passo na direção de Reyes e segura sua mão.

— Eu te conheci — ela diz, diretamente a ele. — Decidi que é aqui que quero estar, com você.

Reyes se afasta de seu toque, as narinas dilatadas.

— E você não achou que deveria me dizer o que estava acontecendo? Kylie poderia ter sido morta.

— Sinto muito. As coisas estavam indo tão bem, e eu não queria estragar tudo com...

— A verdade? — interrompo.

Rebekah me encara com rancor.

— Se você quiser saber, eu estava cansada de você ficar entre mim e o que eu quero. Primeiro Alex, e eu sabia que você tinha Chris... — ela acena para Reyes — caidinho por você. Além disso, tudo se resolveu. O plano de John foi descoberto, e você e Alex reataram.

Ela coloca a mão no peito de Reyes, mas ele a afasta com um safanão.

— Eu ia contar a verdade na véspera do Ano-Novo, mas então você ligou e disse que Alex havia pedido Kylie em casamento. Pensei que tinha acabado e que ambos poderíamos seguir em frente e ser felizes.

— Exceto que John e James fugiram da prisão, eu fui sequestrada e Alex foi incriminado por assassinato. Por que você não se apresentou quando Alex foi preso, ou em qualquer momento durante o julgamento? — pergunto, os punhos cerrados, meu corpo tremendo.

— Pensei que você fosse uma advogada melhor e conseguiria inocentá-lo.

Meu punho acerta sua mandíbula com um estalo. Rebekah tropeça para trás e grita de dor. Avanço em sua direção, pronta para dar-lhe uma surra, mas Reyes se coloca entre nós. Jake segura meu braço e me obriga a dar um passo atrás.

— Vamos todos nos acalmar — diz Reyes, me olhando de relance. — Como você pode ter certeza de que armaram para Alex? Você tem novas evidências?

Quero explicar, mas minha mão está latejando, e a dor irradiando pelo meu braço. Merda, isso dói!

— Um dos jurados confessou a manipulação do júri — declara Jake. — Cremos que há pelo menos mais dois, também.

— Ai, caralho! — Reyes entra na cozinha e abre o freezer. Ele arremessa um saco de gelo para Jake, que o coloca sobre meus dedos vermelhos.

— Russell Irwin disse que uma mulher o contatou e lhe ofereceu cem mil dólares e um Jaguar novinho em folha para convencer os outros jurados a condenarem Alex — digo, estremecendo de dor por conta do frio da compressa e o calor do inchaço nas articulações.

INOCÊNCIA

Reyes esfrega o rosto.

— E você pensou que foi Rebekah quem abordou Irwin?

— Irwin disse que a mulher estava chateada por eu ter conseguido o que ela queria. — Encaro a vadia, disposta a partir para cima dela novamente, mesmo que eu quebre todos os ossos da minha mão.

Rebekah está massageando o queixo com cuidado, onde meu soco acertou.

— Não fui eu. Eu juro.

— E por que eu acreditaria em qualquer coisa que sai dessa sua boca mentirosa e nojenta?

Reyes balança a cabeça.

— Não poderia ter sido ela. Nós saímos da cidade no fim de semana, assim que o júri se reuniu para deliberar.

Bem, caralho...

Se não foi Rebekah, então quem foi, porra?

Minha mente vasculha através da conversa com Irwin.

— Irwin disse que conheceu a mulher em uma cafeteria na cidade. — Olho para Jake para confirmar.

Ele assente.

— Sim, o Coffee Bean.

— Que fica no saguão do Hotel Rowe — comento, à medida que me concentro um pouco mais. — Precisamos ver se há imagens do circuito de segurança da cafeteria durante o fim de semana antes do início do julgamento.

— Eu tenho um contato lá — diz Reyes. — E quanto ao Irwin? Onde ele está?

— Na casa dele — diz Jake. — Coloquei alguém o vigiando.

Reyes tira seu celular do bolso.

— Eu vou mandar alguns policiais para lá.

Atiro o saco de gelo no chão, ao lado de Rebekah, e a vejo se sobressaltar. Infantil, talvez, mas me dá um pouco de satisfação vê-la com medo de mim.

— Vamos até o Rowe e torcer para que não tenham apagado nenhuma gravação que possa nos ajudar.

Jake, Reyes e eu estamos às costas do jovem segurança do hotel, Fitz, enquanto ele mostra o vídeo em uma das doze telas na parede à nossa frente.

— Vocês têm sorte — diz ele. — Mais algumas semanas, e isto teria sido deletado.

Faço uma rápida oração de agradecimento a Deus por termos conseguido chegar a tempo.

O vídeo em preto e branco começa a reproduzir. As pessoas estão entrando e saindo da cafeteria por duas portas, uma do saguão do hotel, a outra para o uso do público em geral. Jake confirmou com Irwin que se encontrou com a mulher misteriosa no sábado, às três da tarde. Fitz rapidamente avança o vídeo para a data, e para cerca de trinta minutos antes da hora do encontro, caso a mulher chegue mais cedo. Não tem como saber se a mulher é uma hóspede no hotel ou se vem da rua como Irwin.

Tantas pessoas entram e saem do local. Eu tento me concentrar no rosto de todas as mulheres para ver se reconheço alguém, mas até agora, ninguém me parece familiar. Na marca de 3:06h, Irwin entra, compra um café e se senta em uma mesa de frente para a câmera. Eu deixo escapar um suspiro longo. *Ele não poderia ter virado para o outro lado para que pudéssemos ter uma visão da mulher quando ela se senta?*

Em poucos minutos, uma mulher se aproxima da mesa, de costas para a câmera. Não há som no vídeo, então não consigo perceber o que estão conversando entre si. Não que isso importe, pois, mesmo se houvesse som, dificilmente conseguiríamos ouvir a conversa deles acima de todo o barulho. A mulher estende a mão para Irwin, e ele a segura. Não dá para saber quem é a mulher sem ver seu rosto, mas algo sobre a maneira como ela movimenta a cabeça, a postura, e como apertou a mão de Irwin me parece familiar. Não posso descartar completamente Rebekah, mesmo que Reyes lhe forneça um álibi.

A mulher se senta diante de Irwin, e os dois conversam por cerca de vinte minutos. A conversa parece agradável o suficiente. O homem nunca parece zangado, ou excessivamente feliz. Se eu não soubesse o teor e a implicação da conversa, pensaria que eram dois amigos apenas batendo papo. Não um plano diabólico para assegurar a condenação do meu marido.

Eu vejo Irwin acenando, se levantando e passando pela mulher, jogando o copo no lixo quando ele sai da cafeteria. Chegando um pouco mais perto da tela, inspiro fundo, esperando que a mulher se vire para que possamos ter qualquer vislumbre de seu rosto. Como se ela lesse meus

INOCÊNCIA

223

pensamentos, ela se levanta da cadeira, e se vira para observar Irwin saindo dali. Seu rosto fica exposto para a câmera.

— Pause aí — Jake diz a Fitz. A imagem oscila levemente, mas seu rosto é nítido na tela.

— Você precisa salvar esta filmagem — instrui Reyes. — Eu vou conseguir um mandado o mais rápido possível. Até lá, não apague, não fale sobre isso e não mostre a ninguém, a menos que sejam detetives ou da Promotoria. Você pode me enviar um retrato do rosto da mulher?

Fitz assente.

— Sim, senhor. — Ele aperta algumas teclas no teclado e o telefone de Reyes apita.

Reyes olha para mim e Jake.

— Vou mandar isto para Irwin e confirmar se é ela. Você sabe quem é a mulher?

Um arrepio se alastra por todo o meu corpo, transformando-se rapidamente em uma febre de fúria que abala minhas terminações nervosas. Eu olho para Jake.

— Sim, eu sei quem ela é. — Eu me viro e saio em disparada da sala.

E a puta vai pagar.

Reyes e Jake me alcançam conforme sigo até a recepção e pego o telefone do balcão. Peço para ser conectada a um dos hóspedes, e a operadora prontamente faz minha ligação. O telefone é atendido no primeiro toque.

— Mãe? — A bílis sobe na garganta quando me engasgo com o carinho que jurei nunca mais dedicar a esta mulher. Fecho os olhos e obrigo minha voz a soar agradável. Bem, agradável pode ser um exagero, mas menos furiosa do que me sinto. — Eu preciso te ver.

O silêncio perdura por um segundo. Porra, ela sabe que algo está acontecendo. Eu tenho que ser esperta e fazê-la acreditar que preciso dela agora que Alex está na prisão, e que estou completamente só.

— Claro — ela diz, a voz exalando preocupação que sei que é fingida. — Você quer que eu vá até sua casa?

— Não, estou aqui no hotel. Posso subir?

Ela me dá o número do quarto, e eu desligo o telefone. Jake, Reyes e eu subimos pelo elevador. O quarto de Angelina fica no final do corredor. Jake e Reyes se recostam à parede, fora de vista, enquanto bato na porta.

Angelina está usando uma calça de cor creme e uma blusa bege. Seu cabelo e maquiagem estão perfeitos, como sempre, e eu me pergunto como compartilho quaisquer genes com esta mulher. Nós somos completamente diferentes.

Ela se afasta da porta.

— Minha querida. — Ela me dá um abraço desajeitado, rígido e com um braço só; não é um abraço maternal. — Entre.

Ela abre o caminho para uma sala de estar com sofá, poltrona e televisão. Uma porta logo adiante depois deve ser a do quarto. Lava quente substitui o meu sangue, queimando através de minhas veias. Tudo isso, provavelmente, está sendo pago por John.

Deixo a porta aberta e entro, para permitir que Jake e Reyes venham logo atrás. O suave clique me diz que a porta está fechada. Angelina se vira para me encarar, com um sorriso brilhante – embora completamente falso –, emplastrado em seu rosto. Seus olhos se arregalam e o sorriso vacila ao ver Jake e Reyes de pé às minhas costas.

— Mãe, este é o Sargento Reyes, ele é um investigador da Promotoria. — Viro a cabeça para Reyes, sem desviar o olhar da mulher na minha frente. — Sargento, esta é Angelina Tate Delaney, a mulher do vídeo.

— Que vídeo? — As palavras disparam da boca de Angelina rapidamente. — Do que você está falando?

Reyes se aproxima e pigarreia.

— Sra. Delaney, preciso fazer algumas perguntas sobre seu envolvimento com um homem chamado Russell Irwin.

Seu rosto fica pálido na mesma hora. Ela leva a mão ao pescoço e se afasta.

— Não conheço ninguém com esse nome.

— Você não se encontrou com o Sr. Irwin na cafeteria do hotel há cerca de duas semanas? — pergunta Reyes.

Ela gesticula com a mão no ar, descartando a acusação.

— Não, nunca estive sequer naquela cafeteria.

Reyes coça o queixo.

— O vídeo mostra o contrário, Sra. Delaney.

Ela fecha a cara, mas depois seus olhos se iluminam.

INOCÊNCIA

— É verdade, eu me esqueci — diz ela, os cantos da boca dela se curvando levemente para cima. — Entrei na cafeteria. Troquei brevemente amabilidades com um homem... que deve ter sido o cavalheiro a quem você se refere. Sou abordada com frequência por homens que desejam falar comigo. Se eu me envolvesse com cada um deles, não teria como me lembrar de muita coisa.

Não consigo evitar o revirar dos olhos. A arrogância desta mulher é espantosa, mesmo diante de provas condenatórias.

— O Sr. Irwin afirma que você lhe ofereceu um suborno, isso é verdade?

Ela sacode a cabeça com força, o fino véu de confusão fingida escorregando um pouco.

— Não tinha ideia de que ele era jurado no caso do meu genro.

Pegamos você!

— Eu nunca disse que o Sr. Irwin era um jurado, Sra. Delaney — declara Reyes.

Cerro meus punhos ao meu lado. A audácia dela de chamar Alex de genro.

— Eu sei que você fez isso. Os jurados subornados estão todos preparados para testemunhar que você os pagou para condenar Alex.

Estou mentindo, mas não me importo. Preciso que ela confesse na frente de Reyes antes que ela se defenda.

— Eu só não entendo: por que você fez isso?

Ela entrecerra os olhos, as narinas agora alargadas.

— Você quer saber por quê? Porque você tem a vida que eu deveria ter. Tentei consertar as coisas contigo, mas você me rejeitou, me expulsou da sua casa e da sua vida como se eu fosse lixo. Você deixou bem claro que não precisava de mim. Você só precisava do Alex.

— Daí, se Alex estivesse fora de cena, você poderia se tornar a mãe que me apoiava e eu ficaria tão perturbada que a receberia de braços abertos. Então você teria acesso à minha casa, e ao dinheiro do meu marido...

Eu a encaro, esperando que ela negue minhas acusações. Nem uma palavra sai de sua boca.

— Como conseguiu bancar todo o dinheiro dos subornos?

Angelina respira fundo e levanta o queixo, recuperando a compostura mais calma.

— Não é o meu dinheiro. Alguém queria ver Alex fora de cena ainda mais do que eu.

— John Sysco. — Não é uma pergunta.

Angelina assente, confirmando todos os meus medos – John estava por trás de tudo isso. Como tem estado desde o momento em que Alex e eu começamos a nos relacionar.

— Ele matou James?

Angelina caminha até o bar, serve-se de um copo de vodca e se senta no sofá. Ela toma um gole, o copo tremendo em suas mãos.

— Eu não estava lá, e não conheço os detalhes, mas, sim, ele matou James e incriminou Alex pelo assassinato. — Ela olha para mim, um pequeno sorriso em seu rosto, e algo mais: orgulho? — John sabia que você conseguiria que Alex fosse absolvido, então ele pagou para obter uma condenação.

Reyes pressiona a tela de seu telefone e olha para mim.

— Matt, é o Reyes. Nós temos um problema. Tenho um jurado confirmado no caso de Stone que admitiu ter sido pago para influenciar o júri a votar a favor de uma condenação. Também tenho a confissão da mulher que lhe ofereceu o suborno. Cremos que há pelo menos mais dois jurados que também foram pagos. — Reyes está em silêncio, ouvindo o que Matt está dizendo. — Kylie e Jake já estão aqui. Foram eles que descobriram a manobra de manipulação do júri.

— Sem imprensa — digo em voz alta o suficiente para Matt me ouvir pelo telefone. — Não até que o resto dos jurados tenha sido questionado e descubramos quem mais estava envolvido.

— Ouviu? — Reyes pergunta a Matt. — Vamos prendê-los agora. Nos vemos na delegacia.

Peço ao Reyes que me entregue seu celular antes de desligar.

— Vou fazer uma moção esta tarde — digo, assim que pego o telefone. — Quero que Alex saia hoje à noite.

— *Kylie, você sabe que isso não é possível. Tenho que ter tempo para investigar a fundo e ver se suas alegações são verdadeiras. Não tente me intimidar. Se for verdade, então você terá meu total apoio para conseguir que a condenação seja revogada.*

Expiro audivelmente, pois sei que Matt está certo. Não importa que provas eu tenha, não há como Alex evitar passar outra noite na cadeia.

— Conduza sua investigação, mas ambos sabemos que é preciso apenas um jurado convictamente manipulado para que a condenação seja deixada de lado.

— *Estou totalmente ciente disso.*

— Matt, John Sysco estava por trás disto. Ele assassinou James e pagou o dinheiro dos subornos.

INOCÊNCIA

227

— *Porra* — Matt sibila. — *Vá para casa e prepare sua moção, e dê um tempo, Nancy Drew. Eu te ligo quando souber de mais alguma coisa.*

Deixo o comentário condescendente passar. Não é legal entrar num conflito com Matt quando preciso dele do meu lado nisto. Eu encerro a chamada e devolvo o telefone para Reyes. Dois policiais chegam e algemam Angelina.

Reyes se inclina para perto de mim e sussurra ao meu ouvido:

— É a sua mãe?

Eu aceno com a cabeça.

Ele assovia.

— Ter dinheiro deve ser uma merda; até sua própria família tentará te ferrar para conseguir um pouco dele.

— Eu não amo Alex por causa de seu dinheiro — declaro. — Eu o amo apesar disso.

CAPÍTULO 38

A sala de audiências está novamente lotada. Acho que as pessoas querem testemunhar um homem que tem tudo se transformar em um homem que não tem nada, apenas com a pronúncia de algumas palavras do juiz e um floreio de sua caneta. Bem, se eles querem um show, eles estão prestes a ter um. Mas não aquele que esperavam.

Jack e eu trabalhamos a noite toda preparando a audiência desta manhã, e nenhum de nós teve a oportunidade de explicar o que está acontecendo para Alex. Eu poderia ter mandado Ryan ou Paul explicar, mas eu sabia que Alex teria perguntas que eles não seriam capazes de responder. Além disso, se tudo correr bem, acho que ele ficará mais do que feliz com o resultado.

Matt e eu estamos revendo as confissões assinadas por Angelina, Irwin e as duas juradas que também aceitaram subornos. A porta do corredor dos fundos para a corte se abre. Matt e eu olhamos para cima enquanto Alex é acompanhado até a sala. Não o vejo desde que me despedi dele na cela de detenção, dois dias antes. Ele está vestindo um macacão laranja. Uma corrente ao redor de sua cintura possui duas guias que interligam as algemas ao redor de seus pulsos e os grilhões nos tornozelos.

Não posso olhar para ele agora. Meu coração vai se partir, e posso desmoronar. Mais tarde, depois de tudo isso ter terminado, terei um colapso mental. Agora, tenho que me manter inteira e fazer com que esta audiência resulte em absolvição.

Matt organiza os documentos e me entrega uma pilha de cópias. Às minhas costas, uma cadeira é arrastada para que Alex se sente à mesa da equipe de defesa; as correntes passando por um anel de metal na parte inferior. No caso de Alex tentar uma fuga.

— O que está acontecendo? — Ele pergunta a Jack.

— Sua esposa encontrou um fio solto e o está puxando.

O juiz Anderson entra e o oficial de justiça chama o tribunal à ordem. Chego à mesa da defensoria enquanto Anderson diz a todos para se sentarem, então espero que o escrivão leia o caso que está sendo chamado.

— Chegou aos meus conhecimentos que tem havido alguns novos desdobramentos no caso e que a acusação e a defesa desejam ser ouvidas.

— Sim, Meritíssimo — diz Matt, seguindo para a tribuna. — Chegaram algumas informações ao meu escritório, ontem, que indicam que o júri deste caso pode ter sido comprometido. Desde a descoberta, temos investigado todas as pistas, e parece que pelo menos três jurados foram pagos em troca de seus votos durante as deliberações. Também parece que parte do acordo em troca de dinheiro exigiu que os jurados convencessem os outros jurados a votarem pela condenação, também.

O juiz Anderson olha por cima dos aros de seus óculos caídos na ponte do seu nariz.

— Eu li as moções do Estado e da defesa para destituir a condenação. Presumo que você tenha provas que gostaria de compartilhar com o tribunal neste momento, Sr. Gaines.

— Sim, Meritíssimo. Tenho uma confissão assinada por um dos jurados, Russell Irwin, que recebeu dinheiro e presentes acima de cento e cinquenta mil dólares em troca de seu voto para condenar o Sr. Stone. Tenho também uma confissão de Angelina Delaney, que ofereceu ao Sr. Irwin, e aos outros dois jurados, subornos em nome de um terceiro. Até agora, temos imagens de vídeo do encontro da Sra. Delaney e do Sr. Irwin em uma cafeteria; o Sr. Irwin está preparado para testemunhar que a Sra. Delaney ofereceu o suborno nesse encontro. Além disso, temos os registros bancários dos três jurados em questão, comprovando os depósitos de cem mil dólares em cada conta no dia da condenação.

— Acusações foram processadas contra os jurados e... — o juiz Anderson folheia os documentos que ele está segurando — também contra a Sra. Delaney?

— Sim — Matt confirma. — Neste momento, o Estado gostaria de solicitar ao Tribunal que anulasse a condenação. Todas as acusações contra o Sr. Stone serão retiradas.

O juiz assente e olha para mim.

— Alguma coisa a acrescentar, Sra. Stone?

Eu me levanto.

— A defesa apoia o pedido do Estado e solicita que o Sr. Stone seja solto o mais rápido possível.

Anderson recosta-se à cadeira, retira seus óculos e inspira fundo. Beliscando a ponte do nariz, ele esfrega os olhos com força. Em seguida, recoloca os óculos e se inclina contra a bancada.

— Este tem sido um caso perturbador desde o início, e parece que acabará da mesma maneira. Um júri é vital para o desenrolar eficiente e lícito da justiça sob nosso sistema judicial. Quando alguém mexe com essa integridade, o sistema falha... como fez neste caso. O pedido de destituição da condenação por parcialidade é concedido.

Anderson se volta para a mesa da defesa.

— Sr. Stone, o senhor foi tratado injustamente pelo sistema judiciário, e, em nome deste tribunal, peço desculpas. Você é um homem livre.

A sala de audiências é tomada por ofegos e aplausos. Eu me sento e enlaço o pescoço de Alex. Um comportamento muito pouco profissional, mas não estou nem aí. Nada vai me impedir de celebrar este momento com ele.

Os olhos de Alex estão arregalados, a testa marcada por uma ruga acentuada.

— Estou livre?

Eu acaricio o seu rosto e contemplo os lindos olhos azuis.

— Você está livre, amor.

Jack sorri para mim, se levanta, e aperta o ombro de Alex.

— Vocês dois saiam sorrateiramente pelos fundos. Eu me encarrego de dar uma declaração à imprensa, e vejo os dois em casa mais tarde.

O oficial de justiça remove as algemas, o que se torna um pouco difícil, porque Alex está segurando minha mão e se recusa a soltar. Ele rapidamente abraça sua família, que aguardava ansiosamente na fileira da frente da galeria, antes de sermos escoltados até a cela de detenção no porão. Sinto um calafrio quando me lembro da última vez em que estive aqui. Pensei que estava me despedindo de Alex para sempre. Agora, ele está sendo liberado para que possamos ir para casa.

Jake dá a Alex uma muda de roupas que eu trouxe de casa. Ele se veste, deixando o macacão laranja no chão da cela, e nós entramos no SUV. Estamos sentados tão perto um do outro, que parece que temos a mesma pele. Alex olha pelo vidro traseiro de vez em quando. Sua perna está quicando para cima e para baixo, a mão livre agarrada ao joelho.

INOCÊNCIA

— Por que você continua olhando para trás? — pergunto.

Ele me olha de relance e suspira.

— Não acredito que isto tenha realmente acabado. Uma parte minha está esperando ver luzes e sirenes, e a polícia me prendendo por assassinato novamente.

Levo a mão dele até os meus lábios.

— Isso não vai acontecer. Além disso, eles não podem fazer isso. O juiz arquivou o caso por parcialidade, o que significa que o promotor não pode apresentar novamente as acusações.

— Então, acabou mesmo?

— Sim, amor.

Ficamos em silêncio por um minuto, deixando a ficha cair. Sinto como se uma válvula tivesse sido aberta, liberando toda a pressão acumulada dentro de mim desde que Alex foi preso. A leveza que me domina é inebriante.

Alex se vira para me encarar.

— Como Angelina conheceu John?

— Ela disse que ele a contatou pouco tempo depois de nos casarmos, disse que sabia que tínhamos uma desavença… — Eu rio diante do eufemismo. — Ela lhe disse que achava que eu não queria nada com ela, então ele ofereceu uma solução para ajudar a nos reaproximar. Ela afirmou que só concordou com o plano no início para que pudesse me ver novamente e esperava que eu estivesse mais aberta a ter um relacionamento com ela. Quando virei sua família contra ela, ela optou pelo plano de John. Como eu temia desde o início, ela só estava interessada em seu dinheiro, não em reconstruir um vínculo comigo.

O polegar de Alex esfrega o dorso da minha mão. É um gesto simples, que ele já fez mil vezes, mas que agora parece mais especial. Sem dúvida, teria sido uma das milhões de pequenas coisas que eu sentiria falta todos os dias pelo resto da minha vida se as coisas não tivessem dado certo para nós hoje.

— Essa foi uma jogada um pouco arriscada de John. Angelina poderia tê-lo denunciado às autoridades.

Dou de ombros.

— Ele pode ter suspeitado que ela tentaria se reconciliar comigo por conta própria, mas John sabia que eu jamais a aceitaria de volta em minha vida. Ele só tinha que se sentar e esperar pelo inevitável.

Jake estaciona o carro dentro da garagem e nós entramos na casa pela porta da cozinha, e somos recebidos por aplausos. Garrafas de champanhe estão alinhadas na bancada. Alex vai até sua família e amigos, aceitando abraços e cumprimentos de todos. Eu o observo, hipnotizada por seu sorriso, e as risadas que irrompem de seu peito. O tilintar das taças de champanhe é um coro mágico de esperança que enche a sala.

A cena é maravilhosa... linda... e me surpreende. O que é... O que era. O que minha vida poderia ter sido se as coisas tivessem corrido mal hoje.

Foi pura sorte eu ter descoberto a manipulação do júri. Tantas perguntas passam pela minha cabeça, todas elas começando com "e se".

E se eu não tivesse descoberto o que havia de errado com a entrevista do Irwin? E se Irwin e Angelina não tivessem confessado? E se Alex tivesse sido condenado hoje à prisão perpétua em vez de ser solto?

Eu estava a um fio de nunca mais ver Alex novamente.

Lágrimas enchem meus olhos. Minha respiração acelera no peito e, de repente, fico tonta. Colocando a taça no balcão, saio da cozinha e sigo pelo corredor. Fecho a porta da biblioteca atrás de mim e me posto à janela. O sol está se pondo lentamente no oeste, deixando para trás longas sombras através da grande extensão de grama. O mar parece escuro, com apenas espumas brancas que surgem ao longo da superfície e logo desaparecem. Cruzo os braços, à medida que a paisagem desbota diante das lágrimas que nublam meus olhos. O choro salta livre da garganta, e começo a arfar em busca de ar.

Mãos se acomodam sobre meus quadris, e um corpo se aproxima do meu.

— Calma, amor. — Os lábios de Alex pressionam suavemente contra meu ombro. Eu me viro, envolvendo seu pescoço com os braços e enterrando o rosto em seu peito. Soluços sacodem meu corpo.

Alex alisa meus cabelos com a mão, me tranquilizando e me permitindo expressar o medo que tem consumido minha vida.

— Sinto muito, Alex — arquejo, entre soluços. — Isso foi tudo culpa minha.

— Retirar minha condenação? Sim, foi, e estou perfeitamente bem com isso. — Sua voz é calma, leve e jovial.

Afasto a cabeça para trás e encaro os lindos olhos azuis.

— Não. Por todos os problemas. Desde que você me conheceu.

— Não estou entendendo.

— Isso tudo foi causado pelo John, desde o início. Ele fez de tudo e usou sua necessidade de me proteger contra nós. Ele orquestrou meu sequestro, matou seu pai e o incriminou por assassinato. E ainda tem a minha mãe, juntos eles conseguiram que você fosse condenado. Você quase passou o resto de sua vida na prisão, tudo porque se apaixonou por mim.

Acariciando meu rosto com a mão, ele esfrega o polegar ao longo da minha mandíbula, os olhos azuis me cativando com seu olhar intenso.

— Você acha que eu me arrependo de ter te conhecido?

— Você deveria. — Eu desvio o olhar, incapaz de encará-lo. A vergonha me consome. — Lamento que você me tenha conhecido.

Ele se afasta de mim, e eu imediatamente sinto falta do calor de seu corpo. Segurando minha mão, ele me leva à cadeira e nós nos sentamos.

— Qual era o seu plano? — ele pergunta.

— Meu plano?

— Quando você acordou ontem de manhã, depois que fui condenado, e antes que descobrisse que tinha algo de estranho com o tal Irwin, o que você ia fazer?

Engulo em seco e evito seu olhar. Como vou dizer a ele que estava disposta a infringir a lei para garantir que ele fosse livre?

— Me diga — pede, apertando minha mão.

— Planejar sua fuga.

— Por quê?

Eu movo a cabeça e o encaro.

— Se você fosse pega, teria sido mandada para a prisão junto comigo — ele declara. — Então, por que arriscar?

— Porque eu te amo. Eu faria qualquer coisa por você, Alex. Te fiz uma promessa de que não seria mandado para a prisão por um crime que não cometeu. Eu falhei com você... Eu não ia falhar novamente. Minha vida não significa nada se eu não puder compartilhá-la com você.

— Eu sinto o mesmo por você. — Ele fecha os olhos e recosta a testa à minha. — Você é minha vida, meu futuro. Se isso significa que só posso passar mais cinco minutos contigo, eu não mudaria um minuto sequer do tempo que passei ao seu lado. Eu certamente nunca desejaria não ter te conhecido. Nunca me arrependerei de ter você em minha vida.

Ele beija meus lábios, e só então percebo que este é o nosso primeiro beijo desde que ele foi solto. Eu agarro a parte de trás de sua camisa com força, e entreabro meus lábios para receber a língua dele contra a minha. Ele desliza os dedos pelo meu cabelo, segurando minha nuca e me mantendo imóvel enquanto aprofunda o beijo. O calor percorre meu corpo todo, provocando todas as minhas terminações nervosas e trazendo minha alma de volta à vida com uma descarga elétrica.

ANNE L. PARKS

Ele finalmente se afasta, e ambos respiramos fundo para nos acalmar.

— Eu tenho algo que te pertence — digo, ainda ofegante. — Eu não quero mais isso.

Ele franze o cenho.

Eu tiro a corrente do pescoço e solto a aliança dele na palma da minha mão antes de colocá-la em seu dedo.

— Não tire nunca mais.

Ele admira a aliança com olhos brilhantes.

— Nunca.

— Enquanto você viver — acrescento, e beijo o símbolo de nosso amor e compromisso.

— Sempre. — Ele beija meus dedos, o olhar nunca se desviando do meu.

— Para sempre — sussurro.

INOCÊNCIA

EPÍLOGO

Dois anos depois...

O sol brilhante se projeta sobre as casas brancas mediterrâneas que circundam a baía. Será que todas essas construções brancas ajudam a tornar o mar da Grécia nesse azul majestoso pelo qual o país é famoso? Eu também me pergunto, contado as inúmeras vezes em que já estive aqui, como nunca percebi o quanto é bonito.

Eu olho para Kylie, o vento levantando sua saia branca leve e transparente. Ela está rindo, e juro que não há outro som no mundo que eu adore ouvir mais.

Bem, talvez um outro som... o que saiu de sua boca esta manhã quando fiz amor com ela.

Eu confiro meu relógio enquanto Kylie se mantém de costas para mim. Ela diz que eu me preocupo demais com o horário quando estamos de férias.

— Temos que cumprir horários rígidos em casa, e quando estamos trabalhando. Estas são nossas férias... não importa se perdemos algo porque perdemos a noção do tempo. Então, pare de verificar constantemente seu relógio, ou te jogarei no Mar Mediterrâneo — ela ameaçou o mesmo destino para meu telefone, então tento mantê-lo escondido no bolso da bermuda.

E eu me sinto liberto – e livre.

Liberdade. Algo que nunca mais vou deixar de apreciar. Junto com minha linda esposa. Quase as perdi há dois anos, e nunca mais quero reviver o sofrimento dos dois dias infernais enquanto esperava que minha sentença fosse proferida, sabendo que seria a última vez que eu veria Kylie novamente.

Mas ela tirou um coelho da cartola e garantiu minha liberdade. Os jurados que aceitaram os subornos receberam uma punição leve em troca de cooperação e testemunho. Kylie tinha ameaçado o promotor, Matt Gaines, se ele não garantisse a pena máxima de prisão de cinco anos pelo papel que sua mãe exerceu em manipular o júri.

Angelina está agora em uma cela de prisão, mas em um ano estará apta para pedir liberdade condicional.

John Sysco ainda está foragido. Todas as tentativas para encontrá-lo não deram em nada, como se ele tivesse desaparecido no ar.

Kylie está conversando com um cavalheiro mais velho sentado atrás de um cavalete, no final da doca. Ela me olha, acena, e até daqui posso ver o largo sorriso em seu rosto.

Caramba, essa mulher me faz feliz.

Ela pode ficar parada com um olhar vazio no rosto — o que ela faz com frequência, especialmente quando se prepara para um julgamento —, e ainda fazer meu coração acelerar. Ela abre a carteira e tira algumas contas, entregando-as ao homem. Ele pega as notas, entrega-lhe um pequeno quadro e beija o dorso de sua mão. Caminhando na minha direção, seu sorriso ilumina seu rosto.

Eu suspiro e balanço a cabeça. Sem dúvida, ela pagou o dobro do valor do quadro. Para uma advogada de primeira, ela fracassa na arte de pechinchar.

Parando diante de mim, ela vira o quadro para que eu possa vê-lo. É uma paisagem, com casas brancas, água azul e barcos. Temos cerca de sete ou oito — perdi a conta — em nosso quarto de hotel, e todos são muito parecidos. No entanto, ela jura que são diferentes. Quem sou eu para discutir?

— É muito bonito — comento.

— Eu também acho, e o homem que o pintou é um querido.

Ela diz isso de cada homem velho de quem ela compra um quadro também. Não consigo reprimir o riso. Ela é muito encantadora.

Eu olho por cima do ombro dela para ver se nosso barco está chegando ao cais. Não quero olhar para o relógio, mas deve estar chegando a qualquer minuto. Um homem está de pé a cerca de seis metros de nós. Suas costas estão viradas para mim, mas algo sobre ele me é familiar. Os pelos em meus braços se arrepiam e meu senso de proteção vem à tona. Ele se vira, e eu puxo Kylie contra o meu corpo, abraçando com firmeza.

John Sysco.

Minha pressão aumenta, e o instinto de partir para cima dele e quebrar seu pescoço me domina. A morte é boa demais para o desgraçado. Ele merece ser torturado — a morte chegando em intervalos em dias, ou semanas.

INOCÊNCIA

237

— O que foi? — Kylie tenta se afastar de mim, mas seguro seus braços. Ela vira a cabeça para olhar por cima do ombro.

— Não, não olhe.

Ela fica parada, com os olhos arregalados enquanto me encara.

— Alex. O que tem atrás de mim? Você está me assustando.

Eu a puxo para um abraço apertado. *Merda, a última coisa que quero fazer é assustá-la. Mas se ela visse John...*

Preciso que Jake saiba o que está acontecendo, para que ele possa rastrear Sysco. Este é o mais próximo que já estivemos dele. Pelo menos, que eu saiba, de qualquer forma. O fato de o idiota estar aqui, e não parecer nem um pouco surpreso em nos ver, me diz que ele tem nos seguido.

Fecho os olhos e conto lentamente até dez. Não posso matá-lo com todas essas pessoas ao redor. Por mais que eu queira, não vou me colocar em posição de ser enviado para a prisão e perder Kylie. Nunca. Abrindo os olhos, espreito o local onde John estava. Ele se foi, e não consigo encontrá-lo.

Porra!

Kylie se debate em meu abraço, tentando se livrar. Eu respiro fundo, exalo e afrouxo meu agarre. Quando ela se afasta, seus olhos se estreitam sobre mim.

Eu sorrio.

— Amor, eu não queria que você visse o que o pássaro pegou em suas garras e levou embora. — Detesto mentir para ela, mas não tem como contornar isso. Se ela souber que John está aqui, e potencialmente nos perseguindo, ela descerá para aquele lugar sombrio onde se esconde quando John é uma ameaça.

Seu rosto empalidece.

— Uma cobra?

Assinto, e vejo seu corpo estremecer.

— Foi esperto — diz ela, olhando em volta. — Então, não que eu não goste de ficar em uma doca com você na Grécia, mas por que estamos aqui?

— Esperando nossa carona.

— Para onde?

— Uma ilha. — Sorrio, uma risada subindo no meu peito. Sei que estou sendo evasivo. Intencionalmente, também, já que sei que a deixa louca por ter que tirar informações de mim, uma ou duas palavras de cada vez. Isso é um jogo divertido e nunca perde a graça.

— O que tem na ilha? — ela pergunta.

ANNE L. PARKS

— Uma casa.

Afastando-se de mim, ela apoia as mãos nos quadris, inclinando a cabeça para o lado. Eu gostaria de poder ver seus olhos, mas ela está usando óculos escuros.

— Uma casa?

— Nossa casa — esclareço.

— Nossa casa? — Sua boca forma um sorriso um pouco intrigado, um pouco perturbado.

— Em nossa ilha. — *É, isto está ficando mais divertido a cada segundo.*

— Nossa ilha — ela repete, inclinando os quadris em uma pose beligerante. — Você comprou uma ilha?

— Você pediu uma.

Ela fica em silêncio por um momento, e só posso imaginar que ela está tentando se lembrar do momento em que me pediu uma ilha. Sua boca se abre. Ela se lembra...

— Meu Deus, Alex, era uma piada.

— Você não quer a ilha?

— Bem... sim, eu quero a ilha. — O sorriso se estende de orelha a orelha.

Aproximo meu corpo do dela, agarro gentilmente seus antebraços e a puxo até mim.

— É o presente de aniversário atrasado.

— Essa viagem é o nosso presente de aniversário. — Sua voz tem aquele toque sedutor que me faz querer jogar tudo para o ar e fazer amor com ela aqui mesmo na doca.

— Só uma parte do presente. Eu tinha que te trazer aqui de alguma forma. A ilha é a principal surpresa.

Ela prende os dedos no meu cinto e baixa o tom de voz:

— Sabe, não me importo com flores como presente.

— Eu te dei isso no dia do nosso casamento.

Ela sorri, da mesma forma que sorriu quando descobriu que eu havia escolhido as flores que tinham mais significado para nós dois e mandei fazer um buquê para nosso casamento.

— Tá, eu também gosto de chocolates.

— Esse foi o presente do ano passado.

Ela inclina a cabeça para trás e ri, e meu coração quase explode no peito.

— Você pagou para que eu fizesse uma visita particular a uma fábrica

INOCÊNCIA

239

de chocolate com nozes de macadâmia no Havaí. Isso não é a mesma coisa que me comprar uma caixa de chocolates para o nosso aniversário.

Eu a puxo em meus braços e a trago tão perto que nossos lábios quase se tocam.

— Tem protocolos demais para se dar presentes. Você não pode esperar que eu conheça todos.

Ela balança a cabeça, o sorriso de volta ao rosto.

— Você comprou uma ilha.

Beijo seus lábios com gentileza.

— Eu comprei uma ilha.

— *Mais notícias: o corpo de John Sysco foi encontrado próximo ao litoral da Grécia. Sysco foi acusado do assassinato de James Wells. O filho da vítima, o empresário bilionário, Alex Stone, chegou a ser condenado, mas a condenação foi anulada quando a cúmplice de Sysco o implicou no crime. Sysco estava cumprindo uma pena de vinte e cinco anos no hospital estadual, pela tentativa de homicídio da esposa de Stone, Kylie Stone. Sysco e Wells, que também cumpria uma sentença no mesmo hospital, pelo assassinato da mãe de Stone, escaparam e se tornaram foragidos da polícia. O corpo de Wells foi encontrado na propriedade de seu filho. Sysco esteve foragido por mais de dois anos, até que seu corpo foi encontrado ontem cedo pela manhã.*

Embora os resultados da autópsia não tenham sido divulgados, a causa preliminar da morte é suicídio, no entanto, o médico legista não descartou a possibilidade de assassinato.

AGRADECIMENTOS

Por onde começar... Este livro foi a primeira coisa que escrevi, e foi o catalisador para minha carreira de escritora. Muitos livros foram publicados antes disto, e foi realmente difícil compartilhar este com o mundo por medo de que ninguém o amasse tanto quanto eu (e eu não estava preparada para esse tipo de negatividade em minha vida). Tantas pessoas me ajudaram a publicá-lo e me encorajaram ao longo do caminho a me tornar uma escritora e uma pessoa melhor.

Joan Turner, minha revisora da JRT – você é incrível e não apenas faz excelentes comentários, mas sabe como acariciar corretamente o ego de uma autora. Obrigada por me fazer melhor do que sou.

Drue Hoffman, meu assistente virtual de design de capa, é um gênio produtor. Que dia de sorte foi quando você concordou em me ajudar. Espero que não seja uma decisão da qual você se arrependa. Ter você me ajudando nesta indústria louca tem sido um presente maravilhoso. Ter você como um amigo é uma bênção.

Buoni Amici Press, você faz com que as relações públicas pareçam fáceis, e me ajudaram bastante nessa caminhada. Obrigada por tudo o que fazem!

Minha agente, Stephanie Phillips, da SBR Media, agradeço por toda sua ajuda para levar esta série a pessoas que talvez nunca tenham tido conhecimento ou acesso a ela. Os agentes são realizadores de sonhos, estou feliz que você seja a minha!

À Lisa Regan, Toni Anderson e Freya Barker, que leram este livro e ofereceram orientação e endossos. Vocês são a nata, e eu desejo ser como vocês, não apenas em suas habilidades de escrita estelar, mas em sua generosidade e espírito. Obrigada por todas as palavras de encorajamento.

À Kruse Photography, que tirou fotos incríveis para minhas capas.

A *Stephen Landers-Hughes:* o modelo perfeito, o Alex perfeito. Obrigada por carregar minha mala pela cidade de Nova York e ser sexy durante todo o processo.

À minha família: Obrigada... e me desculpem ;)

Nada disto é especial sem os leitores. A todo leitor que se arriscou e pegou um livro meu, e me permitiu ocupar seu tempo com minha história, eu agradeço do fundo do meu coração. Espero que vocês tenham se divertido. Para aqueles que deixaram críticas, vocês são pedras preciosas.

SOBRE A AUTORA

Nascida e criada na região das Montanhas Rochosas, Anne L. Parks morou em todos os cantos dos Estados Unidos com seu marido marinheiro. Com formação jurídica, ela mudou de carreira e seguiu seu sonho de se tornar autora. Quando não está escrevendo, passa o tempo lendo, praticando ioga, andando de bicicleta e mimando sua cadela da raça Pastor Alemão, Zoe. E bebendo vinho.

Parks ama criar estórias com mistério, reviravoltas e muito suspense. Com experiência em criminalística, além de um marido militar, ela está bem familiarizada com machos alfa altamente treinados, embora ligeiramente exaustos, e sempre a postos para levar os vilões à justiça, ao lado de mocinhas corajosas que os amam, mas que conseguem lidar com qualquer obstáculo. Assassinos, terroristas, dramas nos tribunais... Mesmo se tratando dos aspectos mais sombrios da natureza humana, Parks não teme se envolver nas profundezas das perversidades, levando seus leitores ao longo da jornada.

A The Gift Box é uma editora brasileira, com publicações de autores nacionais e estrangeiros, que surgiu no mercado em janeiro de 2018. Nossos livros estão sempre entre os mais vendidos da Amazon e já receberam diversos destaques em blogs literários e na própria Amazon.

Somos uma empresa jovem, cheia de energia e paixão pela literatura de romance e queremos incentivar cada vez mais a leitura e o crescimento de nossos autores e parceiros.

Acompanhe a The Gift Box nas redes sociais para ficar por dentro de todas as novidades.

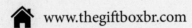 www.thegiftboxbr.com

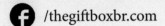 /thegiftboxbr.com

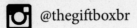 @thegiftboxbr

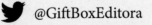 @GiftBoxEditora